Julio Cortázar y el hombre nuevo

Julio Cortázar
y el hombre nuevo

Graciela Maturo

FUNDACIÓN INTERNACIONAL ARGENTINA

Maturo, Graciela
    Julio Cortázar y el hombre nuevo - 2ª. ed. - Buenos Aires :
Stockcero / Co-Editorial Fundación Internacional Argentina, 2004.
    252 p.; 23x15 cm

    ISBN 987-1136-18-8

    1. Crítica Literaria. I. Título.
    CDD 801.95

Edición: Andrés Beláustegui
Diseño de cubierta: Maureen Boyle
Fotografía de cubierta: Julio Cortázar, París 1968 - Alicia D'Amico
Gentileza archivo Alicia D'Amico

Distribución en USA
stockcero.com
stockcero@stockcero.com

Oficinas en Buenos Aires:
Viamonte 1592 (C1055ABD) Buenos Aires, Argentina
54 11 4372 9322

Nota preliminar

Las páginas de la primera versión de este ensayo fueron escritas entre 1963 y 1966, premiadas por un jurado presidido por el filósofo Rafael Virasoro e integrado por las profesoras Nilda E. Broggini y Laura Milano en 1967, en la provincia de Santa Fe, y completadas en 1968 para su publicación por la editorial Sudamericana. La intención que me llevó a redactarlas, en un momento en que la crítica sobre Julio Cortázar no tenía aún un gran desarrollo ni era, a mi juicio, suficientemente comprensiva de su obra, fue destacar en ella la presencia fundamental de la Razón Poética y mostrar su relación con el humanismo tradicional en el cual se formó su autor. La línea de estudio que abordaba, sin excluir otros enfoques, se centró principalmente en una fenomenología del texto que privilegió las figuras simbólicas, los entramados míticos, las alusiones, metáforas y otras *unidades de sentido* que se me evidenciaron como signos de un texto recóndito, algunas veces explícito. La consideración de esos elementos, y de su funcionalidad en el contexto, me llevó a aventurar el asentamiento de la obra en una visión que he llamado indistintamente poética, "superrealista", mágica o esotérica, y que consideré en última instancia religiosa en el más amplio sentido de esta expresión, por ser otorgadora de sentido a la realidad misma y no al lenguaje convencional u otras construcciones artificiales.

La profusa labor del escritor, que abarca una diversidad de títulos correspondientes a cuentos, novelas, poemas y misceláneas, aparte de ensayos, testimonios y cartas, publicados o inéditos hasta su muerte, me confirmó en mis afirmaciones iniciales justificando el impulso que puso en marcha esta edición ampliada, que damos a conocer como homenaje a Julio Cortázar al cumplirse veinte años de su muerte.

Ciertamente su obra, que se extiende a lo largo de casi cinco décadas proyectando su influencia en las letras hispánicas durante los últimos años del siglo XX, dio lugar a una crítica muy desarrollada, que dedicó preferente atención a su problemática existencial, psicoanalítica o sociológica, o desplegó enfoques lingüísticos, estructurales, semiológicos y deconstructivos a los que ofrece amplia aplicación, configurando al presente una corriente crítica de gran amplitud cuyos aportes son indudablemente valiosos. Examinar esa corriente crítica excede los límites propuestos a esta obra, y sólo ocasionalmente consideraré algunos enfoques que le son próximos, ampliando selectivamente la bibliografía.

Deseo agradecer dos decisivos estímulos a la presente publicación. En primer término el apoyo moral y la colaboración intelectual de la profesora Hebe Monges, quien desde un tiempo antes se había ofrecido a ayudarme en la tarea de búsqueda de textos, lectura y relectura, así como en las evaluaciones críticas que hemos compartido en amistosa compañía. En segundo término, a Teresa Anchorena, Facundo de Almeida, Liliana Piñeiro y el equipo de colaboradores de la Fundación Internacional Argentina, por haber alentado y auspiciado la edición y haberme invitado a participar de las celebraciones puestas en marcha en el presente año, dedicado a Julio Cortázar.

Buenos Aires, 15 de abril de 2004

Graciela Maturo

Como los eleatas, como San Agustín, Novalis presintió que el mundo de adentro es la ruta inevitable para llegar de verdad al mundo exterior y descubrir que los dos serán uno solo cuando la alquimia de ese viaje dé un hombre nuevo, el gran reconciliado.

Julio Cortázar, *La vuelta al día en ochenta mundos* (1967)

Capítulo I
Esbozo de un itinerario biográfico

Julio Cortázar nació en Bruselas el 26 de agosto de 1914. Ese fortuito nacimiento fuera del país, motivado por la estadía de sus padres en Europa, parece ya signar su destino de argentino en destierro. En el 18 vino a la Argentina con su familia, luego de breves estadías en Zurich, donde nació su hermana Ofelia, y en Barcelona. Vivió hasta los treinta y siete años en la Argentina, país al que perteneció por su sangre, formación, relación histórica y lenguaje, si no bastara para certificarlo su propia y radical afirmación, que fue permanente hasta el fin de sus días.

Su madre, doña Herminia Descotte, a quien conocí, tenía ascendencia francesa y alemana. Acerca de su padre, Julio Cortázar, aportaré los datos proporcionados por mi gentil colega Clara Cortazar, hija del conocido folklorólogo Augusto Raúl Cortazar: el abuelo de Julio, Pedro Cortázar Mendioroz, había nacido en Bilbao, y se estableció como jefe del Banco Hipotecario (o del Banco Nación, dato no verificado) en la ciudad de Salta, donde contrajo matrimonio con Carmen Arias Tejada, descendiente de antiguas familias del Norte Argentino. Tuvieron cuatro hijos: Pedro, Octavio Augusto (padre de Augusto Raúl), Julio (padre de Julio Florencio) y Carmen Rosa. De ello se deduce que Julio Cortázar y Augusto Raúl Cortazar, que escribieron su apellido de distinto modo, eran primos hermanos. La separación de sus padres, que se produjo tempranamente, apartó a Julio de la familia paterna. Luego de que dijera de sí mismo "ningún guerrero ilustre", etc., vino a saberse que su abuela estaba emparentada con José Moldes, guerrero de la Independencia, y con Félix Arias Rengel, expedicionario del Chaco.

Por mi parte, pese al origen bilbaíno del abuelo de Cortázar, recuerdo haber hallado su apellido en documentos del Tucumán que revisé por otros motivos. Otro comentario de Clara Cortazar se refiere a la común ascendencia de Julio y el Che Guevara en un antepasado lejano, Adrián Cornejo. En fin, incluyo estos datos curiosos e interesantes, sin variar un ápice en mi convicción, proveniente del humanismo: el hombre es hijo de sus obras.

Accediendo a mi pedido, Cortázar me hizo llegar en 1963, la síntesis autobiográfica que sigue, y que ha sido reproducida por diversas publicaciones:

Nací en Bruselas en agosto de 1914. Signo astrológico, Virgo; por consiguiente, asténico, tendencias intelectuales, mi planeta es Mercurio y mi color el gris (aunque en realidad me gusta el verde). Mi nacimiento fue un producto del turismo y la diplomacia; a mi padre lo incorporaron a una misión comercial cerca de la legación argentina en Bélgica, y como acababa de casarse se llevó a mi madre a Bruselas. Me tocó nacer en los días de la ocupación de Bruselas por los alemanes, a comienzos de la primera guerra mundial. Tenía casi cuatro años cuando mi familia pudo volver a la Argentina; hablaba sobre todo francés, y de él me quedó la manera de pronunciar la "r" que nunca pude quitarme. Crecí en Banfield, pueblo suburbano de Buenos Aires, en una casa con un gran jardín lleno de gatos, perros, tortugas y cotorras: el paraíso. Pero en ese paraíso yo era ya Adán, en el sentido de que no guardo un recuerdo feliz de mi infancia; demasiadas servidumbres, una sensibilidad excesiva, una tristeza frecuente, asma, brazos rotos, primeros amores desesperados. ("Los venenos" es muy autobiográfico). Estudios secundarios en Buenos Aires: maestro normal en 1932. Profesor normal en letras en 1935. Primeros empleos, cátedras en pueblos y ciudades de campo, paso por Mendoza en 1944-45 después de siete años de enseñar en escuelas secundarias. Renuncia a través del fracaso del movimiento antiperonista en el que anduve metido, vuelta a Buenos Aires. Ya llevaba diez años escribiendo, pero no publicaba nada o casi nada (el tomito de sonetos, quizá un cuento). De 1946 a 1951, vida porteña, solitaria e independiente; convencido de ser un solterón irreductible, amigo de muy poca gente, melómano, lector a jornada completa, enamorado del cine, burguesito ciego a todo lo que pasaba más allá de la esfera de lo estético. Traductor público nacional. Gran oficio para una vida como la mía en ese entonces, egoístamente solitaria e independiente.[1]

En noviembre de 1951 se fue a París, donde residió hasta su muerte. Su trabajo como traductor en la UNESCO lo condenó durante algunos años a la vida nómade, de la que a veces se quejaba, pero en el fondo era afín a su inquietud permanente.

Quisiera añadir a los años de su formación el nombre de dos de sus recordados maestros de juventud: Arturo Marasso y Vicente Fatone. O el recuerdo imborrable que dejaron sus clases sobre los *poetas malditos* en sus discípulos de Mendoza. Emilia y Enrique Zuleta Álvarez me han facilitado apuntes de clase que guardaron con devoción. Pero es en la obra del escritor donde queda escrita su biografía profunda y verdadera.

Mario Goloboff, biógrafo de Cortázar, ordena los siguientes datos de la vida del escritor: en 1953, viaja a Italia. Al regreso se casa con Aurora Bernárdez; tendría más tarde nuevas uniones, con Ugné Karvelis y con Carol Dunlop. En 1963, realiza su primera visita oficial a la Cuba socialista. En 1970, publica *Viaje alrededor de una mesa*[2] (ponencia presentada en la mesa redonda "El intelectual y la política", celebrada en París en abril de ese año) así como *Literatura en la revolución y revolución en la literatura*[3] (texto de la polémica sostenida por Cortázar y Vargas Llosa con Oscar Collazos y publicada originalmente en la revista *Marcha* de Montevideo, a partir del 29 de agosto de 1969). En 1973, en ocasión de la aparición de su novela *Libro de Manuel* viaja a la Argentina. Visita también Ecuador, Perú y Chile, donde se entrevista con el presidente Salvador Allende. En 1974, obtiene el Premio Medicis (Francia) para autores extranjeros por la novela *Libro de Manuel*, y dona el monto del premio a la resistencia chilena. Inicia su participación en el Tribunal Russell. En 1975, viaja a los Estados Unidos (Oklahoma) en ocasión de la Fifth Oklahoma Conference on Writers of the Hispanic World dedicada a su obra (21 y 22 de noviembre). Realiza lecturas de sus textos en la Universidad de Oklahoma. En 1979, visita Panamá y Nicaragua. A partir de esta fecha, iniciará una intensa campaña internacional en apoyo a la joven revolución nicaragüense. En 1981, el presidente Miterrand le concede la nacionalidad francesa.[4]

Muere en París el 12 de febrero de 1984. Póstumamente aparecen, entre otras obras, *Los autonautas de la cosmopista* (en colaboración con Carol Dunlop), *Salvo el crepúsculo*, *Nicaragua tan violentamente dulce*, *Alto el Perú* y *Nada en Pehuajó*.

Julio Cortázar y la generación del 40

Cortázar se incorpora al ámbito literario argentino con un libro de sonetos, *Presencia*[5]. Algunas revistas jóvenes recogen, alrededor del 40, sus colaboraciones, firmadas –como su primera obra– con el nombre de Julio Denis. Su visión cósmica y universal, su cultura y lenguaje, lo vinculan innegablemente con aquella famosa *generación del 40*, uno de los grupos que en la literatura argentina se hacen acreedores al título de haber integrado una *generación*.

No se trata de una mera vinculación cronológica o circunstancial ni de un aire pasajero. Hay motivaciones más hondas, que se evidencian al seguir atentamente su trayectoria y al escuchar las voces que desde la revista *Canto* proclamaban:

> El tiempo pasa gravemente. Alguien está detrás de una alta ventana, próximo a la tibieza de un velador nocturno, alma adentro. Bajo los mismos astros, un oído final escucha derramar vanamente su sangre por la tierra. El alma, sin embargo, nos acerca en el mundo. Su misterio nos somete a una angustia que pareciera sin origen, que no sabemos explicar, pero que rige lo auténtico de nuestras expresiones. Vivimos un instante difícil en el que acechan desesperación y soledad. Por calidad de jóvenes y condición de poetas, presentimos que hasta la muerte más inútil cumple una consecuencia de savia y una misión histórica. Algo se siente naufragar en todo eso, pero la profecía nos sostiene frente al porvenir.[6]

Es la del 40 una generación de poetas, que siente hondamente el impacto de la Segunda Gran Guerra precedida por el desgarramiento de hermanos en España; que participa de una profunda crisis de todos los valores y se vuelve a los oráculos de la poesía europea buscando la continuidad de una línea espiritual –no de una actitud estética ni de un programa retórico– en un intento desesperado de rescatar lo humano. Rilke, Lubicz-Milosz, Baudelaire, Rimbaud, Novalis, Hölderlin, Shelley, Keats, Valéry, Lautréamont, el surrealismo, son presencias que se instalan con toda realidad en las páginas de los *cuarentistas* aleccionados también por voces más próximas como las de Neruda, Marechal, Molinari, Lugones, Mastronardi. Una concepción poética del mundo, un agudísimo sentimiento del tiempo y una equivalente tensión hacia la eternidad figurada en una mítica edad áurea o en finales y lejanos paraísos, desvela las voces de Juan Rodolfo Wilcock, Enrique Molina, Miguel Ángel Gómez, Olga Orozco, Daniel Devoto, Alfonso Sola González, Roberto Paine, Basilio Uribe, César Fernández Moreno, León Benarós, Eduardo Jorge Bosco, Alberto Ponce de León, Ana María Chohuy Aguirre.

La primacía del espíritu romántico se impone a través de sus obras. Intuyen, con diversas matizaciones de sentimiento y expresión, una ordenación mágica del universo. Expresan a menudo un contacto pleno, místico, con esa realidad que en otros momentos aparece como irrecuperable y huidiza, marcada por el signo trágico del tiempo. Todo ello justifica la denominación de *neorromántica* dada por Juan Carlos Ghiano y otros críticos a esta generación, fundamentalmente "encauzada en la primacía de los sentimientos"[7].

Ellos mismos postulan una "poesía adentrada en el corazón del hombre, bien ceñida a su alma". León Benarós, uno de los más depurados poetas de ese grupo decía:

> Nosotros, desde nuestro mundo personal, buscamos lo esencial del verbo, más en el acontecer interior que en el deslumbrante artificio de la fácil y desmontable metáfora. [...] Nosotros somos graves, porque nacimos a la literatura bajo el signo de un mundo en que nadie podía reír. De ahí pues, que casi toda nuestra poesía sea elegíaca.[8]

Cortázar también empieza siendo un elegíaco, y lo será siempre en cierto modo; sólo que su penetrante sentimiento del tiempo y de la destrucción se resuelve vitalmente en una actitud de búsqueda, no de quietismo, coincidiendo con la actitud que, en menor grado, caracteriza a otros integrantes del grupo *cuarentista* y que Enrique Molina designa acertadamente como *tantálica*.

Sabido es que Daniel Devoto, el *Ángel Gulab* a cuyo cuidado se deben bellos y aún no reeditados libros de poesía, fue uno de los elementos catalizadores y vitales del grupo del 40. Comentando la antología de David Martínez, Devoto rememora los años en que se forma aquel, e incluye de manera particular a Julio Denis, figura, a su juicio, no por un tanto retraída del primer plano menos digna de atención:

> Ateniéndonos a los hechos, como consecuencia del primer Premio Martín Fierro, que estrechó el conocimiento de muchos jóvenes poetas, en 1940, Miguel Ángel Gómez, Calamaro y Marsagot fundaron la revista *Canto*; al año siguiente, Castiñeira de Dios, Uribe y Pérez Zelaschi presentaron *Huella*. Sus colaboradores eran prácticamente los mismos: Molina, Wilcock, Paine, Sola González, Carlos Alberto Álvarez, Olga Orozco, Alberto Ponce de León, deben sumarse, para que nada falte, la presencia activa y anónima de Eduardo Jorge Bosco y la colaboración de Julio Denis (*Demophoon qui doit devenir Triptoléme*, dice en *Perséphone* André Gide). Entre 1940 y 1941, además, se publicaron algunos de los mejores libros poéticos de este tiempo: el *Libro de poemas y canciones* de Wilcock; *La casa muerta* de Sola González; *El arroyo perdido* de Etchebarne; *La sombra* de Jonquiéres; *Amora* de Miguel Ángel Gómez; *Tiempo de muchachas* de Ponce de León; *Las cosas y el delirio* de Enrique Molina.[9]

Unido por lazos de amistad personal a Daniel Devoto, a Eduardo J. Bosco, a Jonquiéres, Cortázar participa por esos años del mundo espiritual del *cuarentismo*. Así lo demuestran sus propias opiniones, vertidas en algunas de las caracterizadas revistas del grupo:

> Ahora sabemos que Arthur Rimbaud es un punto de partida, una de las fuentes por donde se lanza al espacio el líquido árbol de esta poesía nuestra. [...] La obra del surrealismo reconoce francamente su filiación a la que agrega la proveniente de Lautréamont, tan poco sumergido

en nuestro avizorar americano y tan merecedor de él. [...] Ocurre que Rimbaud (y de ahí su diferencia básica con Mallarmé) es ante todo un hombre. Su problema no fue un problema poético sino el de una ambiciosa realización humana, para la cual el Poema, la Obra, debían constituir las llaves. Eso lo acerca más que todo a los que vemos a la poesía como un desatarse total del ser, como su presentación absoluta, su entelequia. E intuimos, además, en ese logro una recompensa trascendente, una gracia que replica a la necesidad inevitable de unos pocos corazones humanos.[10]

Al escribir este artículo en la revista *Huella*, dirigida por José María Catiñeira de Dios, Julio Cortázar definía su propia actitud poética, más comprometida con el quehacer interior que con la pretensión de un logro estético. Y además daba la medida de un momento decisivo en su trayectoria vital y expresiva: el de su aceptación plena del misterio real, su aproximación a la fe, su decisión de no volverse atrás. Que muchos de los poetas del 40 hayan abandonado esta actitud para derivar en posiciones eminentemente "literarias" no invalida el hecho de que podamos considerar los rasgos antes apuntados como definitorios del grupo generacional que acoge al joven Cortázar.

NOTAS

1. Carta a Graciela (Maturo) de Sola con fecha 4 de noviembre de 1963. Publicada en: Cortázar, Julio. *Cartas 1964-1968* - Tomo II. Buenos Aires, Alfaguara, 2000.
2. Cortázar, Julio. *Viaje alrededor de una mesa.* Buenos Aires, Ed. Rayuela, 1970.
3. Collazos, Oscar; Cortázar, Julio; Vargas Llosa, Mario. *Literatura en la revolución y revolución en la literatura.* México, Siglo XXI, 1970.
4. Goloboff, Mario. *Julio Cortázar. La biografía.* Buenos Aires, Seix Barral, 1998.
5. Denis, Julio. *Presencia.* Buenos Aires, Ed. El Bibliófilo, 1938.
6. Gómez, M. A.; Marsagot, J.; Calamaro, E. *Canto. Hojas de Poesía,* Nº 2, Buenos Aires, 1940.
7. Ghiano, J. C. *Poesía argentina del siglo XX.* Buenos Aires - México, FCE, 1957.
8. Benarós, León. *Canto. Hojas de Poesía,* Nº 1, Buenos Aires, 1940.

9. Devoto, Daniel. "David Martínez: Poesía Argentina, 1940-1949", *Sur*, Nº 185, Buenos Aires, 1950.

10. Denis, Julio. "Rimbaud", *Huella*, Nº 2, Buenos Aires, 1941.

CAPÍTULO II

LA POESÍA

Julio Cortázar fue un defensor de la Razón Poética, afirmada desde el orfismo en adelante por una larga cadena de filósofos y poetas, y revalidada en nuestro tiempo por figuras tan eminentes como Martín Heidegger, José Lezama Lima, Leopoldo Marechal, Octavio Paz y María Zambrano. No creo desacertado definirlo como un irrenunciable y profundo poeta cuya vía expresiva se ha ido apartando del canto y la palabra plena que expresan totalmente al creador, para embozarse en formas sustitutivas, aledañas, irónicas o ambiguas. Toda su obra va afirmando el desarrollo de una concepción mágica del mundo y una tensión erótico-mística que contradice o avasalla a la razón, descubriendo un modo profundo, de índole mística, de conocimiento y revelación.

Entiendo que la *palabra poética*, es decir, el lenguaje exigido en su plenitud semántica, sugestiva, fonética e imaginista, es la expresión que corresponde al acto de conocimiento por obra de la intuición amorosa. Por la vía de este vivir poéticamente, dice Martín Heidegger, alcanza el hombre su plena dimensión como *Pastor del Ser*. Sin embargo, se ha asistido también a un momento del arte que algunos han llegado a definir, desde el punto de vista del lenguaje, como la *muerte del cantor*[1]. Una concepción anti-romántica prosperó en el siglo XX reservando a lo poético el lugar de la cita, la alusión y la referencia histórica, y negando aquella vía del conocimiento profundo que afirmaron los poetas del humanismo. La poesía tomó rumbos coloquiales, aunque no siempre se ha desprendido de aquella visión. Guillaume Apollinaire puede ser un nítido ejemplo de incorporación a la palabra poética de elementos tradicionalmente adscriptos a la visión del novelista: el modo conversacional, el humor, la crónica del acontecer cotidiano, la descripción del mundo, sin omitir una visión auténticamente poética.

Otra vía adoptada por el poeta actual es el excurso narrativo –el cuento, la novela– que encubre o desarrolla ciertos nódulos específicamente poéticos. Esta parece ser una vía predilecta adoptada por el poeta Cortázar, quien sigue así una gran corriente de la narrativa contemporánea. Bajo la forma temporalizada del cuento, o la estructura de amplia organización de la novela, ofrecerá siempre los signos de una visión poética, la expresión no ya sintética sino comunicablemente desarrollada de una experiencia intuitiva que alterna con su comentario y reflexión. A sus cuentos, a sus novelas, son aplicables las palabras que Pierre Emmanuel adjudicó a la creación poética: "La poesía es una de las forma de la vida interior, una actividad organizada, metódica, con miras a un abrazo secreto".[2]

Nicolás Cócaro ha rescatado algunos romances para niños escritos por Cortázar alrededor de los veinte años. Cuatro de esos romances, publicados en el diario *La Nación* (domingo 17 de marzo de 1991), fueron editados en una plaqueta por la Universidad Católica de Salta[3]. Ellos son "Romance de la loquita", "Romance del niño malo", "Romance del niño niño" (Bolívar 1938), "Romance del niño salvaje". Esta poesía transparente, atenida a moldes tradicionales, muestra una faceta de Cortázar que lo relaciona con José Martí, con Federico García Lorca: la canción, los ritmos populares y la proximidad de la infancia, que mantienen en ellos la limpieza infantil de la mirada.

PRESENCIA

Puede sorprender que Cortázar, el Cortázar que años más tarde escribió *Historias de Cronopios y de Famas* y *Rayuela,* se haya iniciado con un volumen de sonetos. Pero no sorprenderá a quien descubra las líneas de fuerza de su labor y la constante aspiración a una forma estética que asoma en sus libros. Cortázar es, si se quiere, y pese a múltiples evidencias en contra, un *clásico* en el mejor sentido de esta deteriorada expresión. No es casual tampoco su admiración por John Keats ni su preocupación continua por el lenguaje, por la fijación de la multiplicidad del espíritu en la palabra. Todo ello hace de él un esteta, que lleva su inquietud vital, filosófica y mística al plano de la realización lingüística.

Su filiación romántica y simbolista se hace evidente en el primer libro, que dedica a Arturo Marasso (como unos años más tarde lo hará con su fino estudio de la poesía de Keats, aparecido en Mendoza), y en el que nombra a Mallarmé, Baudelaire, Rossetti, Cocteau, Góngora y Neruda: una confesión de lecturas y parentescos, que confirman sus vacilantes y a veces logradísimos versos.

La constancia de la música ("oh saludada deidad") me parece entre todas la más interesante y revelatoria de una identidad profunda y no desmentida luego en ningún momento. Cortázar se identifica totalmente con el lenguaje musical (no en vano admira a Góngora, a Baudelaire) y halla en él una plenitud insuperable. Su palabra expresa conceptual y emotivamente esta identificación, y en sus mejores momentos se acerca a ella en su sonoridad rítmica: "Bébeme, noche negra de los cantos...", dice en su poema "Jazz" que anticipa una de sus grandes devociones. La música es *noche,* es decir, *antilogos*, lenguaje sin palabras que por momentos contiene la Palabra misma. Y todo el libro es un clamor por una armonía perdida, orden o paraíso terrenal, cuya nostalgia tiñe el alma y la señala:

> se ha perdido
> la línea original de latitudes
> imperiosas...

De allí un tono elegíaco que lo asimila al tono de los primeros libros de Daniel Devoto, Olga Orozco, Miguel Ángel Gómez; tono que, ya lo he señalado, se considera típico del *cuarentismo* argentino.

La tensión espiritual de Cortázar se traduce en símbolos como el de la flecha y el río.

La guerra, herida dolorosa, se hace presente en uno de los poemas como oprobiosa afrenta del hombre. Pero más a menudo el poeta sobrepasa a su tema y se aboca al misterio del ser y al continuo asedio del poeta:

> quisiera ser la nada, ser un perro
> ser la langosta hartándose de cielos
> y el silbato quemando ruiseñores

Su vitalismo cifra en el amor la clave para la comprensión del universo. "Comprenderte, quererte", dice a Góngora, cuyo "oscuro sol no se descifra".

Dios se hace evidente en toda cosa, y particularmente en la música:

> tan inútil buscar sonido ausente
> de tu voz

Transcribe dos versos de Arturo Marasso:

> Lloré en la flauta penas y sentí de improviso
> que el mundo era tan sólo una música viva.

Similar intuición del mundo percibimos en toda la obra posterior de Cortázar; aunque no vuelva a aparecer claramente formulada la idea o el nombre de Dios: una concepción suprarreal del universo como armonía a la cual el hombre tiene fugaz acceso se instala profundamente en su espíritu. "Hay acordes. Lo sé...", y buscar esos acordes, ese paraíso en la tierra, es la tarea que se impone.

La música es uno de los caminos. "Supe de la poesía y de la magia", dice también. La naturaleza es música (Sonetos del amanecer, del sol) donde "todo morir es nuevo". Los sonidos, los colores y los perfumes se responden:

> nada se mueve aquí y todo se mueve
> en la teoría ardiente del color...

También se anticipan otros puntos que desarrollará en sus obras siguientes: el acopio racionalista, la falaz "sabiduría" contrapuesta al saber hondo de la sangre, el vivir, la experiencia ("Pneuma y no logos", dirá en *Rayuela*); el "Viaje del alma" (título de un soneto) trae la ya arraigada concepción del hombre como itinerante, que va haciéndose permanentemente en ese viaje interior que será el viaje de *Los premios* y el itinerario profundo de *Rayuela*.

"Tu viudo corazón, tu inacabada fiebre...", dice el poeta de poco más de veinte años que ya siente crecer en sí al *perseguidor*. Espera una armonización de los contrarios, tal como incansablemente la postularon Lautréamont y Breton:

> puede que allí tal vez parapetado
> detrás de los contrarios halles eso
> que llamas hoy anhelo de ser puro

El sentido de aventura se refuerza en la indagación de lo imposible:

> por qué alma mía erraste dulce y triste
> queriendo hacer humano lo inhumano

La insatisfacción, el sentimiento de lo imperfecto e inacabado hace vibrar su nota: "siempre queda algo más que en agujeros de sombra se te pierde", tal como lo experimenta su personaje Johnny en "El perseguidor".

La búsqueda es persecución de belleza y armonía, acto de riesgo, abandono de la seguridad:

> anhelo de ideales
> que busca la Belleza a cielo abierto
> y ya no es cierto aquello que era cierto
> y entra la noche por los ventanales
> abiertos al dominio de lo incierto

Su destino es buscar la rosa, el fuego:

> busca te ruego, el fuego con las manos
> del dolor y el amor que son hermanos...

Asentado en una aceptación (provisional y revisable) de la trascendencia, el primer libro de Cortázar adelanta, no conceptual, pero sí poéticamente, todos los temas que se despliegan en su obra: el sentimiento de la superrealidad, la lucha contra el tiempo, la esperanza en una armonía final o en una forma de armonía actual, presente, que se abre paso *en* el tiempo del hombre a través de la música, la palabra, el contacto pleno y total con el orden cósmico; la desconfianza hacia una razón omnímoda, el rechazo de lo sistemático, la afirmación del movimiento continuo. Todo ello ha sido volcado en el molde artístico más refinado y perfecto que ofrece la lengua castellana: el soneto. Sin embargo, son sonetos de una estructura interna abierta, en correspondencia con la tensión que expresan; la aspiración musical se traduce en rimas internas, en un claro sentido del ritmo, en la predilección por ciertos vocablos de especial sonoridad, pese a la ausencia de una preocupación puramente estética o un pulido ornamental de la palabra y el verso.

La riqueza verbal de Cortázar, aquí apenas insinuada; se hará presente con todas sus potencias en su poema escénico *Los reyes*, y en ciertas orquestaciones magistrales de su prosa posterior.

LOS REYES

Y a ti el mundo se te volverá sonido...

Considero a *Los reyes*, editado por el poeta Daniel Devoto, como un poema escénico concebido en la línea del *Orfeo* de Jean Cocteau o el *Narciso* de Paul Valéry.

Los reyes da la medida del lenguaje poético de Cortázar. Su estructura verbal se sostiene sobre una amplia cadencia rítmica. Comienza con un endecasílabo: "La nave llegará cuando las sombras...", y no son pocos los que junto a heptasílabos y alejandrinos se engarzan con fluidez en una prosa cercana al versículo de gran respiración. El lenguaje es magnífico y sonoro, pero no por esteticista, ausente de precisiones materiales, de detalles agudamente realistas. Vocablos prestigiosos se alternan con otros vulgares, incisivos. La lección homérica ha sido aprendida por el humanista Cortázar.

En *Los reyes* recrea el mito desde una honda vivencia que le permite abrirse a diversas perspectivas: él es Teseo, y Ariadna, y es también

Minotauro. Y sobre todo, *el citarista*, que para siempre tañerá el misterio, recobrará en oscura música su legado.

Los reyes –Minos, Teseo– asumen la gran empresa humana destructora de monstruos, tendiente a endiosar un *logos* y un poderío omnímodos. Minos, llevado por el cálculo de la ambición de poder. Teseo, por el amor y la acción heroica. Ariadna, *paloma de oro*, hermana y enamorada del monstruo, es el imposible amor, la frustrada ambición de entrega al misterio de lo irracional.

Frente a ellos, dramáticamente, se ubica Minotauro, monstruo híbrido y patético por su implicación en la humana lucidez y su conciencia de "otra" dimensión. Monstruo que acepta morir, como Polifemo, inmolado en el olvido y el desamor, Minotauro es el símbolo barroco-romántico-surrealista de la Razón Poética.

El drama se hace lírica exaltación, que culmina en la figura del citarista, figura clave en la obra de Cortázar. El músico, el poeta rescatador del sentido del universo, el heredero de un misterio que supera la lucidez del hombre. Por todos ellos habla Cortázar, poeta en el doble sentido de recreador de mitos y señor de la palabra.

En la expresión suntuosa y definitiva de *Los reyes* se advierten con claridad las modulaciones que luego integrará su autor en el amplio registro de la ironía y el humor, sin que se desvirtúen sus notas profundas.

Dice Ariadna:

> Estamos de este lado de esas piedras. Como la pared del pecho entre el negro corazón y el albo sol, el muro del arquitecto segmenta nuestros mundos. Un horror solitario y astuto cohíbe mis pasos. Puedo pensar en el jardín central, en el huésped bicorne. Mi corazón desfallece, renuncia al enigma. ¡Saber, sueño meridiano! Acceder, confirmar. Y en el borde mismo retrocedo como una ola sucia de arena, me repliego a mi confusa ignorancia donde bate la delicia del horror, la esperanza renovada!

Y agrega:

> ¡Oh libertad! La entrada es lisa. Cuántas veces he llegado al punto en que la galería principia a girar, a proponer el engaño sutilísimo.

He aquí el nódulo vital que centra la creación literaria –y la aventura interior– de Julio Cortázar: la libertad, abocada a los indefinidos caminos posibles, y la tensión indeclinable de un espíritu que intenta franquear los muros, pasar *al otro lado*, instalarse, con ambición rimbaudiana, en la *super-conciencia*. Ese espíritu halla a veces, súbitamente, el contacto con la eternidad, la plenitud vivamente anhelada y sin embargo no pospuesta a un término indefinido sino *actual*.

Teseo al contemplar a Ariadna dice:

> ¡Oh armonía presente, instauración feliz de lo continuo! Lazos aéreos ciñen su doble fuga, y de su relación sutil adviene mi alegría. Serénate y apacigua tanto tráfico oscuro mirando lo que dura, sostenido y claro, en su ritmo meridiano.

La contemplación, "entrega al presente", es la que instaura el contacto intemporal, la dimensión de un estado poético que cabría llamar místico.

La realidad siempre aparece para Cortázar sobrepasando los esquemas que la lógica propone. De ahí su aceptación de lo desmesurado y *monstruoso* ("A solas soy un ser de armonioso trazado", dice Minotauro), su afán de instalarse en una objetividad, en una más amplia y profunda visión de lo real. Se hace evidente para el autor que el hombre se abroquela en falsas seguridades, sistemas provisorios, afirmaciones, negaciones. Y sin embargo, él mismo es también parte del misterio; Minotauro está alojado en su sangre:

> Yo bajaré a habitar los sueños de sus noches, de sus hijos, del tiempo inevitable de la estirpe. Desde allí cornearé tu trono, el cetro inseguro de tu raza [...] Desde mi libertad final y ubicua, mi laberinto diminuto y terrible en cada corazón de hombre.

Y más adelante, al citarista: "y a ti el mundo se te volverá sonido" ("el mundo era una música", dice el verso de Arturo Marasso citado por Julio Denis).

Con ello queda planteado, además, el problema de la creación artística. De esa nueva realidad que agrega a la realidad el poeta, al intentar descifrar, y traducir a un lenguaje humano, ese *sonido* universal.

> y el rito matinal os hallará a todos cara al sol y al júbilo

La esperanza, que formularon con vehemencia los surrealistas, en una reintegración de lo poético en la vida de los hombres, aparece aquí nítidamente propuesta. Y asimismo, el sentido ritual y hermético –sólo accesible a pocos– de la poesía:

> ¿Quién comprenderá nuestro cariño? Olvidado [...] Tendremos que mentir, continuamente mentir hasta pagar ese rescate. Sólo en secreto, a la hora en que las almas eligen a solas su rumbo [...] ¡Que extrañas palabras dijiste, señor de los juegos! Vienen ya. ¿Porque recomienzas la danza, Nydia? ¿Porque te da mi cítara la medida sonora?

La obra posterior de Cortázar no hará, en el fondo, sino comentar, aguda, críticamente, los momentos de poética lucidez que aparecen magníficamente resueltos en la palabra de *Los reyes,* y que siguen irrumpiendo en toda su narrativa.

Otros poemas

Al publicar la primera edición de este libro incluí poemas inéditos pertenecientes a dos volúmenes que Cortázar me anticipó. También hallé entonces, en diversas revistas, la continuidad de su expresión poemática.

La revista *Verbum* (N° 90, año XL), en 1948, presentó una breve selección poética, prologada por Carlos Mastronardi, bajo el nombre de "Poetas del río" (la revista registra también el anuncio de una antología de igual título); comprendía poemas de Horacio Armani, Jorge Calvetti, Jorge A. Capello, Adolfo P. Carpio, Julio Cortázar, Alberto Girri, Idea [sic], Enrique Molina (h), H. A. Murena, Olga Orozco, Arturo Rioja y F. J. Solero.

En su prólogo, el autor de *Conocimiento de la noche* se expresa sobre ellos en estos términos:

Los líricos que integran este excelente y conciso florilegio son representativos de un sentir estético que se aparta de los gustos corrientes y que en ningún momento se consubstancia con las formas convencionales en que se complace nuestra más reciente poesía. Los acentos elegíacos, la intuición del misterio crónico, la severa proscripción de las imágenes visuales y la tendencia a centrar la emoción poética en la intimidad del creador, nos dicen que no han permanecido insensibles a las proyecciones espirituales de nuestro tiempo. Ello no obstante, difieren de sus coetáneos en virtud del carácter de muchos rasgos y facetas. Aunque extremadamente reducido, es perceptible en sus poemas un eslabonamiento de hechos, una tenue substancia narrativa. La realidad es para ellos un manantial de símbolos; resulta explicable, pues, que la sola mención de seres o de objetos poéticos, vale decir, de entidades capaces de suscitar profundas resonancias en el lector, sea uno de los procedimientos constructivos más firmes y persistentes. [...] Con ardor razonado, como si los rigiera el convencimiento de que todo lenguaje de gran opulencia emocional no tarda en desgastarse y en perder validez, manejaron con laudable cautela sus medios verbales: en estas páginas la pasión es súbdita y no potestad opresora de la belleza.

El poema de Cortázar incluido en la breve selección de *Verbum* es, asimismo, ejemplar de su actitud creadora. Una elegida palabra, que tiende a la fijación de categorías simbólicas (*el jazmín, la flauta, la nave*, etc.) y un ritmo suave y sostenido, casi perfecto, hacen sus más notables características. El tema es nuevamente *el poeta*, ser que se debate entre la pura contemplación de la armonía del universo (*el jazmín*) y el tiempo, la "suficiente soledad compartida" que hace su destino existencial. "Como un culpable recaer", como si traicionara a cada ser que lo increpa, el poeta vuelve una vez y otra a "sigilosos ágapes".

En su profundo oído susurra melancólica

> la remota, lejana
> música de una estirpe sin reposo...

El tema del *citarista* (*Los reyes, Los premios,* etc.) está aquí plenamente formulado. La poesía como destino y como martirio, compartida por "una estirpe sin reposo..."

PRELUDIOS Y SONETOS

Al analizar los inéditos de Cortázar, luego recogidos en su publicación póstuma *Salvo el crepúsculo,* hablábamos de dos actitudes, dos temples diferentes aunque complementarios, que no se suceden sino que coexisten en el escritor. *Preludios y sonetos* lleva, en su original, las fechas 1944-1957. *Razones de la cólera* está datado en Buenos Aires, 1950-1951 y en París, 1956.

Bajo pautas formales absolutamente clásicas, los poemas de este libro desarrollan armónica y rítmicamente, los temas profundos de Cortázar: la belleza, el tiempo, la música, el misterio, el amor, la amistad.

Un lenguaje no enfático ni desmesurado, aunque sostenido por una permanente vibración lírica, encauza dominadas tensiones que a veces sobrepasan la contención y dejan resonar la nota inconclusa del interrogante, del impulso no resuelto. Pero toda tensión admite, en última instancia, el moldeado estético de una palabra rítmica y bella, que supone cierta armonización interior.

La contemplación de la belleza natural, o de las formas del arte, es una de las constantes motivaciones del libro. Con acentos mallarmeanos, Cortázar exalta la perfección de las criaturas del mito y el arte.

> ya en el césped, un peine
> de brisa le pasea
> su caracol de menta
> por las perlas del vientre...

> ("Preludio")

Una ondina, la arquitectura de Venecia, un ánfora griega. En la plenitud formal del objeto bello percibe el "júbilo secreto", el rumor, el movimiento del espíritu cristalizado en un instante. Como Keats en su "Oda a una urna griega", admirada y traducida en sus días de Mendoza, Cortázar recobra a través de la forma bella la "terribilidad" del misterio que le da hondura, y hace de ella un signo de la totalidad. Adscripta a la valoración del objeto artístico se da en estos poemas la idea de la continuidad y perduración de lo humano en la memoria.

Ello se expresa magníficamente en el soneto "Recado a Gracilaso", ejemplar por su rigor expresivo que establece un delicado equilibrio entre la melancolía y la esperanza. El tiempo, "la verde espada de los días", es una constante en toda su obra. En estos versos aparece a veces recobrado, fijado en su incomprensible devenir a través de la plenitud del ahora. O bien dramáticamente intuido en su acechanza de toda hermosura:

> Danzando vas en la belleza
> Que fluye de esa dicha leve
> oh niña que no ve moverse
> las alas de una rosa negra.

> ("The happy child")

"Toda la vida es un ayer", dice el poeta acosado por la fugacidad, pero consciente del tiempo como un todo que le es dado percibir paulatinamente.

> ... y si los labios son ya ausencia
> en el momento de besarlos
> su fiebre viene de otros labios:
> Elena y Diótima te besan...

Los poemas modulan y sintetizan temas desarrollados en la narrativa de Cortázar: el desdoblamiento interior ("de donde viene esa mirada / que a veces sube hasta mis ojos..."); "ella" inalcanzable; la amistad, el poeta: "Oh rosa, me hablan de la guerra...", dice el contemplador de la belleza, urgido por la acción que no rechaza, pero que sabe en sí misma insuficiente si no está sostenida por la vida total del espíritu. Sus versos rubrican el compromiso incipiente del poeta:

> yo no estoy lejos de la calle
> porque abra arriba mi balcón.

RAZONES DE LA CÓLERA

Los poemas que integran este volumen inician la línea del grotesco, que adquirió más tarde una dimensión considerable en la obra cortazariana. El temple armónico deja lugar, abruptamente, a la confrontación con el mundo histórico imperfecto y "caído", generador de ironía y humor, pero también de piedad por el ser humano, que luego se encauza en definiciones políticas. Se abre paso una depreciación formal y lingüística notable, íntimamente acorde con ese nuevo temple interior.

A la belleza del ritmo y la palabra depurada, se contrapone la disolución de la forma poética, el habla coloquial. Cortázar se vale de expresiones vivas del lunfardo porteño, introduce el juego de palabras y la parodia, incluyendo en este registro locuciones publicitarias y todo tipo de lugares comunes del lenguaje cuya aparente "inocencia" se carga de expresividad. El Cortázar clásico, que nunca abandonó el cultivo del soneto, domina igualmente un lenguaje de menciones directas, metáforas de raíz emocional, que imponen la visión del hombre común ante las cosas cotidianas. Pero sólo una insuficiente lectura podría negar a estas expresiones, próximas a la sensibilidad popular, la hondura intencional y el trasfondo común que las enlaza entrañablemente con los demás poemas y creaciones.

Me detendré en el poema "Masaccio", recordando que nuestra edición anterior dio a conocer estos poemas, por entonces inéditos. Su expresión poética ha evolucionado, desde *Presencia*, hacia un verso suelto, de ritmo poco marcado y lenguaje casi conversacional –sin perder en absoluto la plenitud semántica–, a veces articulado en endecasílabos. Elige a un personaje (¿elige, es elegido?): el pintor del Quattrocento italiano, y a través de él se nos da su propio lirismo, en una identificación vital que abarca en este caso la pintura y la real carnalidad del artista. La realidad superficial es sólo engaño para Cortázar-Masaccio. El contacto místico-poético abre las verdaderas puertas:

> Bosque de sombra, la luz te circundaba con su engaño
> dulce, un fácil puente sobre el tiempo
> torvamente la echabas a la calle
> para volverte a las capillas
> solo con tu certeza. Alguna vez
> le abrirías las puertas verdaderas, y un incendio
> de oro y plumajes correría sobre los ojos.
> Pero aún no era hora.

Masaccio está solo y busca el otro cielo:

> En lo adentro del día, en esa lumbre
> que hace estallar lo más oscuro de las cosas, busca;
> no es bastante aclarar: que la blancura
> sostenga entre las manos un martirio
> y sólo entonces, inefable, sea.

Masaccio, real y viviente, con el pan y el cuenco del agua en un andamio, con el croar de los grajos en el atardecer (el ojo del poeta, que abarca las grandes figuras del universo, es capaz también de la captación menuda y precisa, propia del novelista) es ahora Cortázar-perseguidor:

> su quieto corazón soñó un orden nocturno
> donde el ángel sobreviviera.

Ese quieto corazón es capaz de pasión, de violencia profética

> que estallaría en algún pecho,
> vaina lanzando lejos la semilla.

El conflicto interior de Masaccio, que siente vivir en sí el mundo pagano y los "aromas abaciales", se resuelve en integración:

> De ese desgarramiento hizo un encuentro
> y Cristo pudo ser de nuevo Orfeo

Cortázar mira y vuelve a crear esa muerte de Cristo pintada por Masaccio, desde la fuerza y la pasión de un sentido rescatador, inaugural: una "verde agonía".

El final, suavemente melancólico, trae la muerte de Masaccio, también rescatada en vida, en el vivir de otros que continúan su inconcluso trabajo –"cuántos oros y azules esperando"–, el trabajo siempre inconcluso de cada hombre:

> Se fue y ya amanecía
> Piero della Francesca.

Cada página de Cortázar ilumina la totalidad de su obra. En cada una de ellas está, tácita o expresamente, volcada en diversas matizaciones y tonos, su concepción de la vida cósmica como un *todo* del que el hombre asume, lúdicamente, una pequeña parte en el fluir engañoso del tiempo, pero al que es capaz de reintegrarse plenamente, liberado de su limitación espacial y temporal, a través del éx-tasis, del estar-fuera-de-sí, de la entrega al misterio que lo habita y en el cual realmente *vive*. Conceptualmente aceptada o no, veo en esta actitud una apertura a lo numinoso o sagrado.

Pese a que actualmente pueden hallarse estos poemas en sus libros *La vuelta al día en ochenta mundos*, *Último round*, *Salvo el crepúsculo* y otros, vuelvo a incluirlos para el lector de esta edición.

Apenas, apartando...

> Apenas, apartando los ojos del jazmín, osa el aliento
> posarse sobre el tiempo. Cuánto muerto
> con su flauta desierta, sus portales en vano.
> Así deriva por el mar la nave
> donde un musgo creciente se decanta en las velas.
> Apenas concebimos la soledad sabrosa
> porque cada ser nos increpa la mueca
> de una sola, sufriente soledad compartida.
> A veces sin embargo
> sobreviene un retorno, canta un ave de fronda su reclamo.

¿Qué enloquecidas manos nos citan a las fiestas?
Al corazón afluyen las lluvias del estío...
Temerosos oímos la distante llamada
como furtivamente, como un culpable recaer, y vamos
a sigilosos ágapes. El vino sabe amargo,
de cada flor irrumpen máquinas y relámpagos,
un perro lacerado que nos ladra
y tumbas en las viandas, y medusas.
De semejantes fiestas vuelve herido el poeta
a retornar el caracol de las marismas;
en su profundo oído susurra melancólica
la remota, lejana
música de una estirpe sin reposo, insistente tornando,
ya vanamente dicha y escuchada.

(En *Verbum*, Buenos Aires, Año XL, Nº 90, 1948)

Masaccio

I

Así la luz lo sigue mansa
y él que halló su raíz y le dio el agua
urde con sus semillas el verano.
Un oscuro secreto amor, una antigua noticia
por nadie confirmada, que sola continúa y pesa;
el vino hace su tiempo, la distancia se puebla
de construcciones memorables.
Por las calles va Masaccio con un trébol en la boca,
la vida gira, es esa manzana que le ofrece una mujer,
los niños y los carros resonantes. Es el sol sobre Firenze
pisando tejas y pretiles.
Edificio mental, ¿cómo crecer para alzarte a tu término?
Las cosas están ahí, pero lo que se quiere no está nunca

es la palabra que falta, el perro que huye con la cadena,
y esa campana próxima no es la campana de tu iglesia.
Bosque de sombra, la luz te circundaba con su engaño
dulce, un fácil puente sobre el tiempo.
Torvamente la echabas a la calle para volverte a las capillas
solo con tu certeza. Alguna vez
le abrirías las puertas verdaderas, y un incendio
de oro y plumajes correría sobre los ojos. Pero aún no era
                                             [hora.

Así va, lleno de jugos ácidos, mirando en torno
la realidad que inesperada sale en los portales
y se llama gozne, paño, hierba, espera.
Está seguro en su inseguridad, desnudo
de silencio. Lo que sabe es poco pero pesa
como los higos secos en el bolso del pobre.
Sabe signos lejanos, olvidados mensajes que esperan
en paredes ya no favorecidas; su fe es una linterna,
alzándose en las bóvedas para mostrar, humosa,
estigmas, una túnica, un abrazo maldito.
Vuelve y contempla y odia su amor que de rodillas bebe
en esa fuente abandonada. Otros
pasan sonriendo sus visiones
y alas celestes danzan un apoyo para la clara mano.
Masaccio está solo, en las capillas solas,
eligiendo las tramas del revés en el lodazal de un cielo
                                       [de mendigo,
olvidado de saludar, con un pan
sobre el andamio, con un cuenco de agua,
y todo por hacer contra tanto sueño.

En lo adentro del día, en esa lumbre
que hace estallar lo más oscuro de las cosas, busca;
no es bastante aclarar; que la blancura
sostenga entre las manos un martirio
y sólo entonces, inefable, sea.

II

La escondida
figura que ronda entre las naves
y mueve el agua de las pilas.

Entre oraciones ajenas y pálidos sermones
eso empezó a desgajarse. Él soportaba
inmóvil, oyendo croar los grajos en los campaniles,
irse el sol arrastrando los últimos oficios.
Solo, con el incienso pegado a la ropa, un gusto a pan
y ceniza. Traían luces.
Cuando salía andaban ya las guardias.
Pintar sin cielo un cielo, sin azul el azul
color, ¡astuta flauta! por la sombra
que antecede al color y lo anonada. En las naves
de noche veía hundirse el artificio,
confundidos los cuerpos y los gestos en una misma podre
de aire; su quieto corazón soñó
un orden nocturno donde el ángel sobreviviera.
Pintó el pago del tributo con la seguridad del que golpea;
estaba bien esa violencia contenida
que estallaría en algún pecho, vaina
lanzando lejos la semilla.
Un frío de pasión lo desnudaba; así nació
la imagen del que aguarda el bautismo con un gesto aterido,

[aspersión

de infinito contra la rueda de los días
reteniéndolo aún del lado de la tierra.
Un tiempo predatorio levantaba pendones y cadalsos;
sobrevenían voces, el eco
de incendios sonoros, poemas y desentierros.
Los mármoles tornaban más puros de su sueño,
y manuscritos con razones,
y órdenes del mundo.
En los mercados
se escuchaba volver las fábulas dormidas; el aceite

y el ajo eran Ulises. Masaccio iba contento a las tabernas,
su boca aliaba el ardor del pescado y la cebolla
con un eco de aromas abaciales, mordía
en la mancha fresca el grito de la condenación,
a la sombra de un árbol de vino que fue sangre.
De ese desgarramiento hizo un encuentro,
y Cristo pudo ser de nuevo Orfeo, un ebrio
pastor de altura. Ahora entrañaba fuerza
elemental; por eso su morir requería violencia,
verde agonía, peso de la cabeza que se aplasta crujiendo
sobre un torso de cruel sobrevivencia.
Pintó sus hombres con la profundidad del mar y no del cielo,
                                            [necesitado
de un obstáculo, de un viento en contra
que los probara y definiera y acabara.
Después le cupo a él la muerte,
y la aceptó como al pan o la paga,
distraído, mirando otra cosa
que tampoco veía. El alba estaba cerca
la vuelta de la luz legítima. ¡Cuántos oros y azules esperando!

Frente a los cubos donde templaría esa alborada
Masaccio oyó decir su nombre.
Se fue, y ya amanecía
Piero della Francesca.

                        (En *Sur*, Buenos Aires, Nº 195-196, 1951)

Ánfora

Apolo baila y con el pie va alzando
nacimiento cerámico, alegría
de la arcilla que crece a melodía
y sobre su espesura está girando.

Seno incipiente, mundo nuevo cuando
el color posa leve una teoría
procesional, o a la veloz porfía
de los aurigas viento al sol va dando.

Se quema aquí la espuma de las naves,
el vino que en el fondo perpetúa
la sombra de la tierra y de las aves,

y el júbilo secreto de esta forma
tiembla en el movimiento que insinúa
la libertad eterna de su norma.

(En *Preludios y sonetos*)

Recado a Garcilaso

Tu dulce habla, ¿en cuya oreja suena?

Aquí, señor, prosigue tu combate
de palomas y fuentes encendido
aunque en la noche esté el jinete herido
y el corcel no obedezca al acicate.

Aquí la guerra, aquí el Danubio abate
el estandarte con su azor ceñido,
¡Garcilaso! venado perseguido
por no nacido arquero que le mate.

Si vanamente ardida tanta nieve,
si de llantos la fronda entretejida
y hosca la estrella como amargo el higo,

más bella esta esperanza que nos mueve
los cantos y el encargo de tu vida.
–Adiós hermano. Adiós, Salicio amigo.

(En *Preludios y sonetos*)

Viento de esquina

Rompete aquí, vientito de la tarde, en plena cara.
¿Qué me traés? Campanas en almíbar
que me mando una a una despacito.
Olés a plátano, a río blando, a puente,
gato redondo de azotea, barrilete celeste, copetón y compadre.
Soplás porque te da la gana, porque sos así,
que vachaché. Me trabajás la bufanda,
me manoteás el chambergo. Y a las flores
te las pasás silbando, y a los canas
los hacés pensar en la jubilación, qué macanudo.

(En *Razones de la cólera*)

La patria

Esta tierra sobre los ojos
este paño pegajoso, negro de estrellas impasibles,
esta noche continua, esta distancia.
Te quiero, país tirado más abajo del mar, pez panza arriba
pobre sombra de país, lleno de vientos,
de monumentos y espamentos,
de orgullo sin objeto, sujeto para asaltos,
escupido curdela inofensivo puteando y sacudiendo banderitas,

repartiendo escarapelas en la lluvia, salpicando
de babas y estupor canchas de fútbol y ringsides.
Pobres negros.
Te estás quemando a fuego lento, y dónde el fuego,
dónde el que come los asados y te tira los huesos.
Malandras, cajetillas, señores y cafishos,
diputados, tilingas de apellido compuesto,
gordas tejiendo en los zaguanes, maestras normales, curas,
[escribanos,
centroforwards livianos, Fangio solo, tenientes primeros,
coroneles, generales, marinos, sanidad, carnavales, obispos,
baguales, chamamés, malambos, mambos, tangos,
secretarías, subsecretarías, jefes, contrajefes, trucos,
contraflor al resto. Y qué carajo,
si la casita era su sueño, si lo mataron en pelea,
si usted lo ve, lo prueba y se lo lleva.
Liquidación forzosa, se remata hasta lo último.
Te quiero, país tirado a la vereda, caja de fósforos vacía,
te quiero, tacho de basura que se llevan sobre una cureña
envuelto en la bandera que nos legó Belgrano,
mientras las viejas lloran en el velorio, y anda el mate
con su verde consuelo, lotería del pobre
y en cada piso hay alguien que nació haciendo discursos
para algún otro que nació para escucharlos y pelarse las manos.
Pobres negros que juntan las ganas de ser blancos,
pobres negros que viven un carnaval de negros,
qué quiniela, hermanito, en Boedo, en la Boca,
en Palermo, en Barracas, en los puentes, afuera,
en los ranchos que paran la mugre de la pampa,
en las casas blanqueadas del silencio del norte,
en las chapas de zinc donde el frío se frota,
en la plaza de Mayo donde ronda la muerte trajeada
[de Mentira.
Te quiero, país desnudo que sueña con un smoking,
vicecampeón del mundo en cualquier cosa, en lo que salga,
tercera posición, energía nuclear, justicialismo, vacas,

tango, coraje, puños, viveza y elegancia.
Tan triste en lo más hondo del grito, tan golpeado
en lo mejor de la garufa, tan garifo a la hora de la autopsia.
Pero te quiero, país de barro, y otros te quieren, y algo
saldrá de este sentir. Hoy es distancia, fuga,
no te metás, que vachaché, dale que va, paciencia.
La tierra entre los dedos, la basura en los ojos,
ser argentino es estar triste,
ser argentino es estar lejos.
Y no decir: mañana,
porque ya basta con ser flojo ahora,
Tapándome la cara
(el poncho te lo dejo, folklorista infeliz).
Me acuerdo de una estrella en pleno campo,
me acuerdo de un amanecer de puna,
de Tilcara de tarde, de Paraná fragante,
de Tupungato arisca, de un vuelo de flamencos
quebrando un horizonte de bañados.
Te quiero, país, pañuelo sucio, con tus calles
cubiertas de carteles peronistas, te quiero,
sin esperanza y sin perdón, sin vuelta y sin derecho,
nada más que de lejos y amargado y de noche.

(En *Razones de la cólera*)

SALVO EL CREPÚSCULO

En esta antología poética preparada por el autor y publicada después
de su muerte, aparecen poemas de distintas épocas, tonos y calidades.
La primera edición es de 1984, la segunda del 87.

El escritor renunció a ordenar, clasificar o datar estos textos, salvo
excepciones, y así lo dicen estas líneas previas que tituló "Arrimos":

Discurso del no método, método del no discurso, y así vamos. Lo
mejor no empezar, arrimarse por donde se pueda. Ninguna cronolo-

gía, baraja tan mezclada que no vale la pena. Cuando haya fecha al pie la pondré. O no. Lugares, nombres. O no. De todas maneras vos también decidirás lo que te dé la gana. La vida: hacer dedo, autostop, hitchhaiking, se da o no se da, igual los libros que las carreteras. Ahí viene uno. ¿Nos lleva, nos deja plantados?

El libro incluye unos quince sonetos que prueban el aprecio en que tuvo el autor su labor inicial, y la fidelidad que guardó en toda su vida a la forma ejemplar de la poética humanista moderna. Sobre su relación con el soneto, puede verse el apartado que dedica al tema en su libro autobiográfico *Un tal Lucas* (1979). Además de aceptar su esporádica dedicación a esta especie poética, se proclama humorísticamente creador del Zipper Sonnet, con traducción del poeta brasileño Haroldo de Campos.

Vemos también dos breves poemas en los que se despide de Yahvé diciéndole "No vengas ya". Su lectura puede llevar a afirmar la irreligiosidad de Cortázar, pero a mi juicio es a la inversa. Aún la blasfemia, ajena a la indiferencia, es de índole religiosa, y prueba la preocupación metafísica del escritor.

Negro el diez

Desde que inicié mi lectura de Cortázar he afirmado —contra la opinión de otros críticos— que hallaba en él un temple metafísico y religioso, manifiesto en sus primeras obras por su proximidad a la tradición judeo-heleno-cristiana, y luego más alejado de ella, encauzado por una vía mística y cada vez más abocado a esa intemperie poética que Rilke llamó *lo abierto*.

Su último poema, editado en forma de plaqueta por Aurora Bernárdez y presentado en Buenos Aires en 1994, me confirmó en esa apreciación. Se trata de una página escrita unos días antes de morir, quizás en el inicio de febrero de 1984, que adquiere el doble valor de ser su último mensaje, y de transferirnos plenamente su convicción metafísica y religiosa. Intentaré un breve escolio del texto, sin pretensión de agotarlo.

Julio Cortázar ve llegar la hora de su muerte, esa muerte propia de que hablaba el poeta checo, término y punto de llegada a tierra desconocida, como el poema lo dirá. Recordemos al lector distraído, y también al crítico anecdótico, que lo Absoluto no coincide con una idea prefijada de Dios, y que la misma palabra Dios es una metáfora para designar lo que desconocemos. Martín Heidegger ha hablado del "último Dios", que ha de advenir en la honda crisis actual de la humanidad superando las contradicciones entre el Ser y la Nada. Se trata del Principio sin Nombre, lo *Ereignis* o el puro Acontecimiento, como nos ha enseñado a verlo el filósofo.

Cortázar habla de la Noche, el Caos, la Oscuridad, la Negrura, como lo hace la mística del Maestro Eckhart cuando se refiere al *Urgrund*, la negación total, sin embargo fecunda y generadora, como vamos a verlo.

Negro el diez

Empieza por no ser. Por ser no. El Caos es negro.
Como es negra la nada.

Nace la claridad, su gallo triza el cielo,
se esponjan los colores vanidosos.
Pero el negro se ahínca primigenio. Toda luz
se abisma en el carbón, en el basalto.

Socavón en la sangre, en la memoria,
lo negro sube a la palabra, es la tormenta
rabiosa de los odios y los celos:
Othello el blackmoor, el moro negro
siempre, para el lívido Yago.

Padre profundo, pez abisal de los orígenes
retorno a qué comienzo.
Estigia contra el sol y sus espejos,
término de los cambios,
última estela de las mutaciones,
palabra del silencio.

Su palacio nocturno: el sueño, el párpado
sedosa guillotina del diurno pavorreal
para que sólo las similitudes
desplieguen sus tapices de morado, de púrpura y de óxidos,
harem del negro, esperma de los sueños.

Se diría que le gusta que lo aplaquen, lo espabilen, lo tiendan en
lisas superficies, como se hace aquí. Se diría que ama ser el
trampolín desde donde saltan los colores, su callado sostén.

Todo es más contra el negro; todo es menos cuando falta.
Cedes a estas metamorfosis que una mano enamorada
cumple en ti, te llenas de ritmos, hendeduras, te
vuelves tablero, reloj de luna, muralla de aspilleras
abiertas a lo que acecha siempre del otro lado,
máquina de contar cifras fuera de las cifras, astrolabio
y portulano para tierras nunca abordadas, mar
petrificado en el que resbala el pez de la mirada.

Caballo negro de las pesadillas, hacha del
sacrificio, tinta de la palabra escrita, pulmón
del que diseña, serigrafía de la noche,
negro el diez: ruleta de la muerte, que se
juega viviendo.

Tu sombra espera tras de toda luz.

El poema fue dividido en ocho estrofas sin numerar, con una línea
de cierre. A los efectos de su análisis e interpretación lo he separado en
dos partes, ligadas por breve transición. La primera parte comprende
las cinco primeras estrofas. La voz poética se halla elidida en el poema,
que se inicia con frases apodícticas, definitorias: "Empieza por no ser.
Por ser no. El Caos es negro / Como es negra la nada."

El caos será definido ahora por contrastación, y demuestra su superioridad sobre todo lo visible: "Nace la claridad, su gallo triza el cielo /

se esponjan los colores vanidosos. / Pero el negro se ahínca primigenio. Toda luz / se abisma en el carbón, en el basalto."

Atendamos al ahondamiento semántico que reside en los verbos *ahincarse* atribuido al negro, y *abismarse* atribuido a la luz que le es deudora. El complejo *claridad-gallo-colores-luz* resulta finalmente absorbido por la negrura del *no ser*, el *negro primigenio* que será llamado en singular metaforización, *carbón, basalto, socavón en la sangre, socavón en la memoria, tormenta, Othello-moro*, el amante celoso que contrasta con el *lívido Yago*; pero también, más intensamente, es llamado "Padre profundo, pez abisal de los orígenes" (con la pregunta, leve toque de ironía que se intercala: "retorno a qué comienzo"), *Laguna Estigia contra el sol, término, estela, palabra. Palabra* sí pero "palabra del silencio", que al fin vendrá a contrapesar esta palabra, como lo sugiere el oxímoron.

Hablo de una transición cuando en la sexta estrofa se introduce un cambio de tono: "Se diría que..." Ha iniciado con esta expresión impersonal y ambigua la personalización de ese Absoluto negativo, que "ama ser el / trampolín" de "los colores..." con lo cual da paso a una nueva serie.

Se inicia el segundo tiempo, las dos últimas estrofas seguidas de una frase final. Los dos primeros versos vuelven al tono inicial: "Todo es más contra el negro; todo es menos cuando falta." El peso de lo Absoluto se dimensiona desde una interioridad que ha sido aludida. Lo negro permite el equilibrio de los opuestos, la valoración de la luz, la contrastación ausencia/presencia. No olvidemos que el primer título de Cortázar es *La otra orilla*. Esa otra orilla le revela la significación del mundo y el trasmundo, los territorios ignorados, las leyes del ritmo, la grieta en el muro como diría Eduardo Azcuy.

Pero el signo más importante de esta segunda parte es el paso de la tercera persona a la segunda. Paso que comienza con este verso sorprendente: "Cedes a estas metamorfosis que una mano enamorada / cumple en ti..." Esa mano enamorada puede ser la mano que escribe, la mano del enamorado místico que intuye más que a Dios a la Divinidad, como lo asienta Mircea Eliade, esa divinidad que es inmanente y trascendente. De todos modos es imposible negar que este verso tiene una cadencia nueva, sinuosa, cargada de afectividad. Al dar cabida al tú el escritor se abre a la relación implícita yo-tú, y a continuación, en rítmica letanía le habla a ese Tú llamándolo "tablero, reloj de luna, muralla de aspilleras / abiertas a lo que acecha siempre del otro lado".

El desarrollo de la metáfora habla de su intensidad y profundización óntica. La Noche-Caos-Absoluto, *Origen* generador, recibe ahora la ofrenda del nombrar, acto sagrado y sacralizante. El poeta llama a la Noche "máquina de contar" lo no mensurable, y le fija su funcionalidad al decirle "astrolabio / y portulano para tierras nunca abordadas": es la guía que lleva al hombre hacia los territorios ignotos del Más Allá. Le dice también "mar / petrificado en el que resbala el pez de la mirada", nueva construcción metafórica en que se unen el yo y el tú, el pez y el mar.

El poeta, inmerso en la geografía de la noche, que es *caballo negro*, *hacha*, *tinta* con la que escribe, *pulmón*, apela ahora a los juegos a los que ha sido tan afecto, en este caso a la "ruleta de la muerte, que se / juega viviendo." La boca de sombra –así la llamó Víctor Hugo– ha dictaminado "Negro el diez", acaso fijando el día o la hora de la muerte.

Este poema extraordinario expresa finalmente de manera profunda e indubitable el temple religioso de Cortázar, que he señalado en toda su obra, pese a su refutación y alejamiento de los dogmas, las clasificaciones conceptuales, las teologías racionalistas. Su metafísica, próxima a la de Heidegger, despeña al poema hacia lo abisal. Se enfrenta a la muerte como un guerrero armado de entereza y serenidad; es el caballero medieval que entra conscientemente en el Reino de la Sombra.

Tu sombra espera tras de toda luz.

Notas

1. Chiarini, Paolo. *La vanguardia y la poética del realismo*. Buenos Aires, La Rosa Blindada, 1964.
2. Emmanuel, Pierre. *La poesía, ¿arte moribundo?* Buenos Aires, 1960.
3. Cortázar, Julio. *Poemas inéditos*. Salta, Universidad Católica de Salta, 1991.

Capítulo III

Cuentos y otras narraciones

Ahora sabemos que entre los primeros papeles de Cortázar se encontraban los cuentos que tituló *La otra orilla*, algunos de los cuales fueron luego incorporados en otros libros. Para quienes seguíamos entonces su evolución se hizo evidente un cambio que va desde el estilo poético suntuoso de su obra *Los reyes* a la prosa ambigua, traspasada de ironía, de los cuentos, en los que se abría paso otra manera de expresión, y otro modo de encarar al lector.

Una disconformidad interior, un creciente desacuerdo con el mundo, llevan al poeta Cortázar a expresarse por una vía indirecta, irónica, humorística y en ciertos casos agresiva, que también afectó a la esfera del poema. Su poesía-realidad interior empezará a volcarse a través de una narrativa simbólica que se emparenta con el realismo profundo, simbólico del *Quijote,* con cierta novela romántica o con el relato surrealista. Eran poetas los que desplegaron esas etapas, contrarias a la evolución de un realismo de las apariencias, y proclives a la mezcla de géneros. Cabe preguntarnos, por ejemplo, si las unidades del libro *Espantapájaros,* publicado por Oliverio Girondo en 1932, son cuentos o expresiones poéticas sometidas a pautas humorístico-narrativas.

Se hace evidente en la obra de Julio Cortázar la intrusión transformadora de la poesía en el cuento y en la novela. Él mismo ve lúcidamente esta transformación de los géneros literarios bajo el signo de lo poético, y lo ha expresado tempranamente en sus "Notas sobre la novela contemporánea" (*Realidad,* Buenos Aires, Nº 13, 1949). Muchos de sus cuentos y algunas de sus novelas ofrecen formas estructurales y texturas estéticas que los inscriben en las formas más perfectas alcanzadas por esos géneros, en tanto que otros se sitúan en los márgenes de esa tradición, o abordan abiertamente la destrucción de formas dadas.

BESTIARIO

Expresión de la náusea y la angustia, *Bestiario* (1951) inicia el estilo "antiliterario" de Cortázar: la disolución o reducción de las formas, el registro de la ironía.

Una alternancia analítico-patética da ritmo especial a estos cuentos, muchos de ellos escritos en primera persona, cuyo lenguaje parte del nivel coloquial para aprovechar, humorísticamente, lo vulgar y lo cursi. La falsa objetividad encubre un clima de horror, que en ocasiones admite toques teatrales. La visión del grotesco, vena que será específica y genial en su obra, asoma repetidamente.

"Casa tomada" –cuento que años después fue interpretado, no sin razones, como una metáfora del rechazo político de Cortázar al peronismo– es un ejemplo de esa falsa objetividad adoptada por un cronista aparentemente frío. Del relato se desprende una expresión de miedo a lo desconocido, y la plasmación real de una huida. Acaso una metáfora del autoexilio.

El tema de la poesía –la pretensión de instaurar un orden distinto, la soledad, el horror– es el centro de "Carta a una señorita en París"; cuento ejemplar por su rigor interno, que no desmiente la tensión poética, y por la pulcritud del trabajado lenguaje que se adapta a proustianos refinamientos.

Violar el orden, las costumbres, el ritmo habitual, es la luciferina tentación que acosa al poeta; reiteradas veces se alude a la poesía: "como un poema..." Lo insólito se presenta rompiendo el ritmo acostumbrado: "Solo con mi deber, con mi tristeza..." Es el poeta que se aísla y se emboza en la ironía: "La verdadera vida está ausente..." "Y mi Gide que se atrasa, Troyat que no he traducido". Coincide, con circunstancias biográficas de Cortázar, que atraviesa una época de crisis y desaliento. Sobre ese acabado orden estético que es el departamento de Andrée se volcará la náusea, el desorden, lo insólito: el poeta vomita *conejitos vivos* –puede pensarse en palabras, poemas, estos mismos relatos agresivos e irónicos que inundan el pulcro departamento–; Andrée en París, sólo verá el "puente fácil" donde su corresponsal ve "quebrarse la cintura furiosa del agua". La imagen del suicidio pone fin al relato, dando cabida a la ecuación poesía=imposibilidad. No se desarrollan ideas sino apetencias y sentimientos que encarnan en criaturas vivientes.

El tercer cuento, "Lejana (Diario de Alina Reyes)" versa sobre las posibilidades de la poesía, los *juegos poéticos*; todo son juegos: la rima, la aliteración, los palíndromos, los anagramas. "Alina Reyes, es la reina y... Tan hermoso éste porque abre un camino, porque no concluye." El juego poético crea el desdoblamiento, la ubicuidad, la tentativa de romper la incomunicación. "Porque a mí, a la lejana, no la quieren..."

Los lugares son intercambiables (Jujuy, Quetzaltenango) pero "sólo queda Budapest porque allí es el frío, allí me pegan y me ultrajan." La idea de un *lugar,* acaso fuera del tiempo y del espacio, en que *alguien espera,* se hace obsesiva: "alguien que se llama Rod –o Erod, o Rodo– y él me pega y yo lo amo". Y luego, no hay Rod –¿o hay?–, recordándonos a Laurent, en "El otro cielo".

La ambición de salir fuera del tiempo y del espacio se objetiva en imágenes concretas: "estar en una platea del Odeón y estar en Budapest entre la nieve". Y, siempre, la poesía como conocimiento y revelación: "un deseo de conocer al ir releyendo; de encontrar claves en cada palabra tirada al papel después de esas noches..."

Je suis un autre ha dicho Arthur Rimbaud; y Cortázar expresa permanentemente el afán de la integración total, de lo consciente y lo inconsciente, el yo y el sí mismo que habita en el fondo del hombre: "en el puente la hallaré y nos miraremos [...] se doblegará si realmente soy yo, se sumará a mi zona iluminada más bella y cierta..."

El juego poético ha dado el punto de partida, pero la poesía es hondamente para Cortázar aventura psicológica y ontológica, desafío y riesgo.

"Ómnibus", el cuento siguiente, es una nueva prueba de la unidad cíclica que mantiene toda su obra. Un viaje en ómnibus se transforma en un recorrido épico; asoma la idea de una "épica mínima" que después aparecerá, en su traslado a una pauta cómica, en *Rayuela* y en otras obras. Nuevamente se manifiesta el acoso: "solo con sus ojos para parar aquel fuego frío cayéndole de todas partes"; peligros indefinibles de los que "él" y "ella" huyen (recordándonos, nuevamente, a "El otro cielo", la *rue Vivienne*), por algunos momentos cómplices y solidarios, aunque después "cada uno llevaba su ramo, cada uno iba con el suyo y estaba contento".

"Cefalea" se orienta, como "Carta a una señorita en París" (como *Historias de Cronopios*), hacia vías de franca invención, con márgenes sugestivos y humorísticos. La homeopatía proporciona datos a partir de los cuales Cortázar inventa una fauna mitológica, e instala a sus personajes en un clima de pesadilla y metamorfosis real. Se patentiza el misterio, el mundo irracional, las fuerzas oscuras e implacables frente a las cuales el hombre queda indefenso:

> ... ahora la venida de la noche tiene otro sentido que no queremos examinar, [...] Cerrar las puertas de la casa es dejar a solas un mundo sin legislación librado a los sucesos de la noche y el alba.

En algún sitio está la armonía ("por fuera todo luna llena") pero entretanto los sucesos transcurren *de este lado* sin posibilidad de una apertura. La naturaleza, monstruosa y terrible, desencadena cambios angustiosos en los vagos protagonistas del relato. La objetivación de la angustia, el *horror por la realidad* manifiesto en todo el libro, halla en este relato un magnífico ejemplo.

El ejercicio lingüístico es notable en toda la obra de Cortázar. Ya he observado que los cuentos de este libro fluyen por los cauces del lenguaje corriente, aunque preciso e intencionado. Es interesante notar, asimismo, el aprovechamiento directo del habla convencional en boca de los personajes: sus lugares comunes, su modalidad sintáctica particular, su registro léxico, hacen reconocible la modulación de un lenguaje argentino, o más bien de *lenguajes* que pertenecen a distintas mentalidades y tipos sociales.

"Circe", contado desde un narrador que sin embargo ve desde uno de los personajes, es un relato admirablemente manejado dentro del nivel del lugar común expresivo. La náusea, el horror, la violencia se vuelcan aquí a través de una "inocente" crónica con visos folletinescos. Un noviazgo de barrio sirve de marco a Circe, Delia Mañara, quien encarna la atracción maligna e inferiorizante de la mujer. Como en otros cuentos, el asunto es *presentado* sin comentario, deja fluir su enorme fuerza expresiva sin adiciones que intenten enfatizarla.

"Las puertas del cielo" presenta a un espectador (Persio, Horario), el lúcido testigo que se desprende de su propio condicionamiento para mirar a su alrededor ("me daba asco pensar así, una vez más estar pensando todo lo que a los otros les bastaba sentir") y nuevamente reitera la visión repulsiva de lo real. En este caso lo real-humano (los *monstruos*) es fuente de extrañeza. También aparece, trasladada a un nivel mínimo, grotesco, la épica del hombre que busca a *la mujer* a través de las mujeres; la mujer-Maga, la intercesora, inalcanzable.

"Bestiario" es un cuento riquísimo, con mayor despliegue de posibilidades, un poder abarcador casi novelesco y una gran síntesis poética, en el sentido de presentación de *figuras* (como en *Rayuela*) con valor propio de irradiación sugestiva. Reminiscencias infantiles, experiencias vitales y una aguda conciencia de *visor* que sabe colocarse fuera del tejido real, se entretejen en este cuento. Cortázar nuevamente apela al estilo "cronista", al contar con inocencia, como si hiciera perdurar una visión infantil que ve desarrollarse un drama sin intentar su comprensión.

El mundo animal y el mundo humano llegan a ser intercambiables a través del clima de poderosa sugestión logrado. El formicario es una figura que repite, y aclara, el sentido de la totalidad: "Y le gustaba repetir el mundo grande en el de cristal." Hormigas, tigres, mamboretaes, caracoles; la presencia de los bichos y de las personas se hace obsesiva en su cambiante fluidez. Nino-pescado, el Nene-tigre, parecen sólo instantáneas identificaciones de esta visión del mundo humano *sub specie* animal. Cortázar inventará después una fauna humana.

Formas de la crueldad y el amor, la angustia, el miedo, el deseo, se objetivan con fuerza en imágenes de gran expresividad. El mundo en pequeño –el Mundo– es el lugar de la búsqueda y de los desencuentros. El Nene y Roma, Roma y Nino, Isabel y Roma, Luis, son los protagonistas de un drama movido por la pasión homosexual (Isabel mata al Nene por celos, en una manifestación de venganza y sadismo), por el encadenamiento de las situaciones que configuran un dibujo móvil y patético.

El Nene miraba a Roma como mandándola que se callara, Isabel lo veía ahora con la boca dura y hermosa, de labios rojísimos, en la tiniebla los labios eran todavía más escarlata, se le veía un brillo de dientes naciendo apenas.

La sensualidad cruel transfigura al personaje, como a los otros: el tigre es la naturaleza real del Nene.

Cortázar presenta los motivos que reelabora luego, una y otra vez. El tejido de situaciones entre un grupo de personajes cobra desarrollo novelesco en *Los premios*. *Rayuela* despliega libremente un juego de figuras poéticamente significantes. Todo ello, y los temas de la extrañeza, de la búsqueda, constantes en su obra, están presentes en estas páginas escritas con extraordinario rigor e intensidad.

FINAL DE JUEGO

Este libro, según su autor "rechazado por varios editores argentinos", aparece en México en 1956.

Final de juego prolonga y enriquece las pautas expresivas de *Bestiario*. Cortázar explora las posibilidades del lenguaje, aprovecha los lugares comunes del habla argentina media, las matizaciones expresivas de lo popular; aborda distintas perspectivas como relator, acentúa, en ciertos pasajes, la "objetividad", o deja despeñarse a sus protagonistas por la vertiente del monólogo interior.

Siempre siguen apareciendo en sus cuentos, más que aconteceres, *figuras* de rica irradiación significativa ("Axolotl") o *situaciones* humanas cuya sola presentación tiene una fuerza expresiva extraordinaria ("El móvil", "Torito").

Recuerdos infantiles dan carnadura real al primer cuento, que plantea el desencuentro, las imposibilidades. "Los venenos", escrito en un lenguaje infantil, es una recuperación de la óptica de un niño que interviene en la operación de envenenar a las hormigas de un jardín por medio de una máquina fumigadora. Un relato de aparente ingenuidad, en primera persona, comunica vivamente la entrega amorosa infantil, sutilmente entretejida en el episodio de la matanza de hormigas, y el desengaño, no por mínimamente motivado menos intenso, que desemboca en el gesto final del chico:

> Abrí la lata del veneno y eché dos, tres cucharadas llenas en la máquina y la cerré: así el humo invadía bien los hormigueros y mataba todas las hormigas, no dejaba ni una hormiga viva en el jardín de casa.

Como suele darse en los cuentos del autor, no hay comentario; las imágenes hablan su propio lenguaje, en un relato de gran contención emocional.

Lo lingüístico expresivo pasa muy a primer plano en "El móvil", contado por un compadrito de barrio. Cortázar conoce la eficacia de la directa presentación de lo patético, angustioso o insólito, a través de una expresión banal e indiferente. El protagonista relata un crimen en un barco, sin darle importancia, luciendo su "guapeada". El juego de un doble plano de apreciación (el que propone el relator y el que surge espontáneamente, a todo lector sensible, de la brutalidad del hecho mismo) es resorte del dramático impacto que el cuento produce. Esta técnica aparece en otros momentos de la narrativa del autor.

"Torito" está contado también desde la perspectiva interior de un personaje, pero no ya como soliloquio, como coloquial confesión, sino más próximo a la intención de captar la *corriente de la conciencia.* El tema del boxeador caído en la miseria tiene puntos de contacto, en cuanto situación existencial dramática, con "El perseguidor". A través de un lenguaje rudo, se filtran la nostalgia y la ternura.

El mundo de la pesadilla y el horror, tan evidente en "Bestiario", se prolonga en "La noche boca arriba".

"Las ménades" y "La banda" abordan directamente la vía del grotesco como ángulo de apreciación que se aplica a una circunstancia concreta extendiéndose a todo lo real. Entre el concierto de "Las ménades", el desborde monstruoso de las mujeres que interpretan un concierto ridículo, y el episodio de Berthe Trépat (*Rayuela*) no habrá más que un paso. Pero ese paso es importante en favor de la vibración humana, la compasión que traspasa la visión del grotesco en este último episodio.

"La puerta condenada" presenta una situación-símbolo: el llanto de un niño en la noche, en un cuarto de hotel. El motivo reaparece en varios momentos de la obra de Cortázar (Rocamadour en *Rayuela*) y parece cargado de implicaciones éticas y emotivas.

"Axolotl" ingresa en una visión más geométrica, des-realizada, aunque sin perder de vista la situación real que le da origen. Ante unos peces mexicanos vistos en un acuario de París, dice el protagonista: "comprendí que estábamos vinculados, que algo infinitamente perdido y distante seguía sin embargo uniéndonos". El mundo animal y su misterio fascinan a Cortázar, quien se entrega a una intuición contemplativa y lúcida que implica participación y alejamiento. Religamiento cósmico y abstracción reflexiva: la larva es sólo máscara, fantasma; el axolotl, hombre. La ambición del contemplador, pasar "al otro lado del vidrio", se cumple realmente en la identificación final que nos hace asistir al punto de vista del pez. La imagen surrealista se impone una vez más en la libre dinámica de una fantasía activa, movida por el deseo de penetrar las estructuras de lo real.

"Final del juego" pertenece también al plano de las figuras alegóricas. Contado por una niña, habla de juegos infantiles (qué importancia asumen para Cortázar los juegos, salida del tiempo, ingreso en el mundo de la magia, de las significaciones): las *estatuas*, las *actitudes*. Nuevamente un "contemplador" asiste –desde la ventanilla de un tren– al espectáculo de las tres niñas que juegan, aunque el ángulo narrativo se ha fijado en una de ellas. Lo mínimo es también aquí significativo; el mundo cerrado de las que juegan a las *estatuas*, regido por sus propias leyes, es el Mundo. La belleza fugaz, la melancolía que fluye de esos adornos perecederos, de esas actitudes efímeras –y en el total contexto ridículas–, el gesto dramático de Leticia por alcanzar la plenitud de un instante perfecto, se presentan al lector con enorme intensidad a lo largo de una narración mesurada y modesta, cargada de lugares comunes de lenguaje que le añaden ironía y ternura.

Si los primeros cuentos de Cortázar abordaban una apertura imaginista cargada de violencia, erotismo, tensiones rebeldes, vemos evolucionar su actitud hacia una comprensión cada vez mayor del mundo humano, que no implica la desaparición de lo monstruoso y repulsivo. Sus cuentos se inclinan a captar lo tremendo y maravilloso; sin recurrir a lo insólito, lo teratológico, lo *fuera de serie*, Cortázar se enfrenta a lo maravilloso-real, a la irreductible sustancia de que está hecha la vida cotidiana, con su trasfondo de misterio.

Las armas secretas

Esta actitud se muestra con evidencia en el tomo *Las armas secretas*. El primer cuento: "Cartas a mamá", muestra cómo la presencia de un hermano muerto se va instalando en la vida de un joven matrimonio, objetivando una realidad latente entre los dos. La vida habitual, las psicologías aparentemente simples, sufren una transformación ante oscuras fuerzas imposibles de dominar, que nos recuerdan al cuento "Casa tomada".

Los demás relatos del libro abandonan, al menos en apariencia, el testimonio psicológico, para ubicar al narrador en una postura objetiva, a veces casi objetivista en el sentido en que lo entiendió la *école du regard*.

Las implicaciones psicológicas surgen, en "Los buenos servicios", de actitudes, gestos y palabras transmitidos con cierta indiferencia por un visor ajeno al *pathos* del relato. Una vieja sirvienta es llamada a cuidar unos perros en una fiesta en París. La fuerza sugestiva característica de Cortázar alcanza una culminación en este cuento, cuya materia la da una historia de homosexuales. El drama pasional, el clima sofisticado y absurdo, y el dolor real de Madame Francinet, una pobre mujer de servicio, en el velorio de Monsieur Bebé (a quien la muerte otorga insospechada dignidad), configuran el clima de un auténtico grotesco con visos de tragedia, aunque vertidos en los moldes de una ejemplar contención expresiva.

Esta será ya, a mi modo de ver, una de las vías –si no *la* vía– más íntimamente adherida a la personalidad del autor, y más representativa de su singularidad y eficacia literaria.

He señalado ya, desde los primeros escritos de Cortázar, su preocupación por el lenguaje, evidente en el uso especialísimo y ultraconsciente que de él hace. En ocasiones esta preocupación se manifiesta expresamente y pasa a ser tema de la obra misma. Así ocurre en "Las babas del diablo" –como después en *Los premios* y muy particularmente en *Rayuela*–, donde la preocupación *literaria* se insinúa desde el comienzo:

> Nunca se sabrá cómo hay que contar esto, si en primera persona o en segunda, usando la tercera del plural o inventando continuamente

formas que no servirán de nada. Si yo pudiera decir: yo vieron subir la luna, o: nos me duele el fondo de los ojos, y sobre todo así: tú la mujer rubia eran las nubes que siguen corriendo delante de mis tus sus nuestros vuestros sus rostros. Qué diablos.

Este párrafo, con su exclamación final, expone la bipolaridad de Cortázar ante el problema del lenguaje: hace de este una vía insoslayable pero a la vez desecha su consideración "artística" y bizantina. Su actitud es poética por cuanto no se resigna a hacer de la palabra un mero vehículo del pensamiento lógico, sino que aspira, por distintas vías, a extraer de ella el máximo de posibilidades semánticas.

Todo el relato es visto así, críticamente, desde *el que escribe*; construye un metalenguaje: "Vamos a contarlo despacio, ya se irá viendo qué ocurre a medida que lo escribo..." El Morelli que aquí asoma proporciona un nuevo goce al lector al desdoblar su experiencia haciéndole participar, a la vez, de lo contado y del contar. "Y después del sí, que voy a poner, cómo voy a clausurar correctamente la oración..." Este meta-relato sirve a una tácita mostración de la insuficiencia del lenguaje. Percibimos que *no todo está dicho*; el paso de las nubes y de los pájaros nos retrae una y otra vez al tiempo del escritor, es decir, a una perspectiva lúcida y alejada, una *Verfremdung*, respecto de los hechos que, ya en tercera persona, va a protagonizar Michel, el fotógrafo. Se produce un juego muy particular en que el escritor se vuelve ubicuo, y tan pronto, lo sentimos compenetrado con Michel (escritor=fotógrafo, alguien que sólo puede reflejar, nunca interpretar) como íntimamente consustancializado con el chico (con ese chico que es también el adolescente de "El otro cielo").

> ... la soledad como un vacío en los bolsillos, los encuentros felices, el fervor por tanta cosa incomprendida pero iluminada por un amor total, por la disponibilidad parecida al viento y a las calles

El chico, la misteriosa Circe, el seductor oculto y depravado, juegan una comedia que al fin implica también al fotógrafo. "Michel es culpable de literatura, de fabricaciones irreales"; pero es la realidad profunda la que es desplegada en sus imágenes. La primera y la tercera persona alternan ya en la última parte del relato:

Michel tuvo que aguantar minuciosas imprecaciones [...] Cuando empezaba a cansarme oí golpear la portezuela del auto. [...] Pasaron varios días antes de que Michel revelara las fotos del domingo [...] Desde mi silla, frente a la máquina de escribir...

Cortázar se entrega, como en relatos anteriores, al juego de una fantasía liberadora, que hace nacer de una fotografía clavada en la pared el tiempo real, nuevamente vivido y definitivamente abolido en la pesadilla catárquica de Michel. En ese rectángulo clavado con alfileres, seguirán pasando las nubes sobre un cielo purísimo, sobre un cielo de lluvia –imágenes de llanto y purificación– hasta lograr la paz. Una rigurosa estructuración, un total dominio de la materia narrativa, se han puesto una vez más al servicio de una vivencia dramática. El cuento alcanza una de las cimas expresivas del autor.

Este volumen contiene además, una verdadera joya narrativa: "El perseguidor", cuento que puede considerarse clave o síntesis significativa de la labor de Cortázar, por lo cual le dedicaré una atención especial.

El último cuento de esta obra es "Las armas secretas". Salir fuera del tiempo, instalarse en otro tiempo, superponer a la propia otra dimensión vital es aquí más que una idea: una experiencia alucinante y tremenda, insuperablemente desarrollada. El lenguaje de Cortázar evoca la velocidad de un film: despliega imágenes que se suceden sin comentario, en un clima suprarreal. Lo extraordinario se instala con naturalidad en la cotidianidad del vivir.

La cita de dos jóvenes enamorados en un pabellón de caza en las afueras de París es el momento elegido por inexplicables fuerzas, para encarnar fugazmente otro espacio, otro tiempo, otra personalidad, para superponer dos experiencias que se fusionan misteriosamente.

Pierre es ya desde el comienzo del relato el *fuera de grupo*, el que se ve a sí mismo y a los otros desde afuera. Queda sugerida la infinita melancolía de la soledad que el amor no llega a borrar. Pierre está solo: "no alcanza a sentirla entre sus brazos mientras sube la escalera porque apenas ha pisado un peldaño ha visto la bola de vidrio y está solo..." Ella es "como todo el mundo"; para ella el sueño queda atrás al despertarse. En cambio, para Pierre lo aparentemente insignificante es lo importante; de golpe piensa en otra cosa, sale del tiempo, ve las cosas desde otro plano.

El cuento objetiva una experiencia psicológica llevada a un grado de plena y estremecedora realización. Pierre tiene extraños anuncios. Oye un *lied* de Schumann cuyas palabras no comprende. Piensa en una casa en Enghien, con una bola de vidrio en el pasamanos, siente las hojas secas en la cara. Pero en el Pont Neuf no hay hojas secas. Una nueva personalidad desconocida parece aflorar a intervalos, y aunque el narrador no lo señala en forma explícita, en algún momento queda abierta la posibilidad de un extraño caso de *posesión*.

El personaje es, inexplicablemente, Pierre; pero también el soldado alemán que aterra otra vez a Michèle en esa casa que es y no es la de Enghien. Se abre un juego de posibilidades interpretativas que Cortázar deja sutilmente librado al lector. ¿La personalidad del soldado alemán ha usurpado la conciencia de Pierre? ¿O éste tiene acceso a otra dimensión temporal donde una presencia invisible pero actuante entra en resonancia con él y lo impulsa a re-vivir una situación dramática?

Este relato prueba nuevamente la maestría expresiva del escritor, a la par que su audacia para bucear en la problemática del espacio-tiempo y en los fenómenos parapsíquicos, que escapan a toda explicación racional.

El perseguidor

"El perseguidor" adquiere el carácter de una *nouvelle*. Cortázar ha presentado un personaje, Johnny –inspirado en Charlie Parker, *the Bird*–, que a través de una dramática condición existencial alcanza una extraordinaria identificación empática con el autor y una indudable proyección universal.

La aspiración a la música, la concepción de la música como *lenguaje* por excelencia, vía abierta hacia otra forma de realidad, y la ambición de realizar lo humano en esa otra dimensión, hacen la médula expresiva del relato. Esa tensión encarna en un personaje vencido, enfermo, pobre, drogado, envejecido, desengañado, lúcido y melancólico, un Orfeo caído y arruinado, un hombre tierno y conmovedor. He aquí, dualmente, la grandeza y la limitación humanísimas de Johnny-Cortázar, Orfeo-Cortázar, *perseguidor* del paraíso, buscador de la plenitud del ser: "Ya para ese entonces me había dado cuenta de que mi destino era buscar". Y todo eso se da cotidianamente *en y desde la vida vulgar y opaca*, en la pieza sórdida del cuarto piso de la rue Lagrange: "una especie de coágulo repugnante", donde Dedée lava las tazas con su viejo vestido de luces. Todo es grotesco, miserable, y sin embargo, allí se da la experiencia de lo maravilloso, el contacto con la eternidad, la salida del tiempo: "Cuando empecé a tocar de chico me di cuenta de que el tiempo cambiaba".

La percepción especial del tiempo se da también en Johnny fuera de la música, y ello señala una vía de la experiencia psicológica que Cortázar desarrolla en sus libros. Johnny cuenta lo que su memoria registra en el *métro*:

> Dos minutos y te he contado un pedacito nada más. Si te contara todo lo que les vi hacer a los chicos, y cómo Homp tocaba *Save it, pretty mamma,* y yo escuchaba cada nota, [...] Bueno, si te contara en detalle todo eso, pasarían más de dos minutos, ¿eh, Bruno?
>
> —Si realmente escuchaste y viste todo eso pasaría un buen cuarto de hora –le he dicho, riéndome–.
>
> —Pasaría un buen cuarto de hora, eh, Bruno. Entonces me vas a decir cómo puede ser que de repente siento que el *métro* se para y yo me salgo de mi vieja y Lan y todo aquello, y veo que estamos en Saint Germain-des-Près, que queda justo a un minuto y medio de Odeón. [...] ¿Cómo se puede pensar un cuarto de hora en un minuto y medio?

Otro tiempo, no el que miden los relojes y las estaciones del *métro*, se insinúa con fuerza. "Si yo pudiera solamente vivir como esos momentos, o como cuando estoy tocando y también el tiempo cambia..." ¿Qué otra cosa es esa experiencia sino la que se da, fugaz e imperfectamente, en el estado poético, la que se presenta con nitidez a un místico disciplinado en la vida del espíritu?

"Ando solo en una multitud de amores", dice un verso de Dylan Thomas que Cortázar le hace decir a Johnny, en tanto que Bruno hace una crónica frívola de la marquesa y sus amigos. Ese juego sobre planos distintos crea un efecto muy caro al escritor, quien parece entretenerse en crear divertimentos, contrastes, derivaciones, mientras deja resonando en el fondo del cuento las notas profundas y estremecedoras de su tema.

Cortázar habla de la música, del *jazz*, y parece estar definiendo su propia ambición expresiva:

> Este *jazz* desecha todo erotismo fácil, todo wagnerianismo por decirlo así, para situarse en un plano aparentemente desasido donde la música queda en plena libertad, así como la pintura sustraída a lo representativo queda en libertad para no ser más que pintura. Pero entonces, dueño de una música que no facilita los orgasmos ni las nostalgias, de una música que me gustaría poder llamar metafísica, Johnny parece contar con ella para explorarse, para morder en la realidad que se le escapa todos los días. [...] Veo ahí la alta paradoja de un estilo, su agresiva eficacia. Incapaz de satisfacerse, vale como un acicate continuo, una construcción infinita cuyo placer no está en el remate sino en la reiteración exploradora, en el empleo de facultades que dejan atrás lo prontamente humano sin perder humanidad. Y cuando Johnny se pierde como esta noche en la creación continua de su música, sé muy bien que no está escapando de nada. Ir a un encuentro no puede ser nunca escapar, aunque releguemos cada vez el lugar de la cita; y en cuanto a lo que pueda quedarse atrás, Johnny lo ignora o lo desprecia soberanamente. [...] Sus conquistas son como un sueño, las olvida al despertar cuando los aplausos lo traen de vuelta, a él que anda tan lejos viviendo su cuarto de hora de minuto y medio.

El "regreso" de ese no-tiempo es terrible. Se constatan sólo los huecos, la inseguridad:

> Eso era lo que me crispaba, Bruno, *que se sintieran seguros*. Seguros de qué, dime un poco, cuando yo, un pobre diablo con más pestes que el demonio debajo de la piel, tenía bastante conciencia para sentir que todo era como una jalea, que todo temblaba alrededor, que no había más que fijarse un poco, sentirse un poco, callarse un poco, para

descubrir los agujeros. En la puerta, en la cama: agujeros. En la mano, en el diario, en el tiempo, en el aire: todo lleno de agujeros, todo esponja, todo como un colador colándose a sí mismo...

Pero Johnny es una especie de energúmeno, un loco al que "no se le puede seguir así la corriente", porque no acepta la baba de la facilidad superficial, y se pregunta si es él el del espejo, y cómo el pan es otra cosa y al mismo tiempo es una cosa interior, algo que está en él mismo cuando lo ve y lo toca con los dedos.

Y hay que decir, como dice Bruno, forzándose a decirlo: "Pobre Johnny, tan fuera de la realidad..." Aunque sean los otros los que están fuera de la realidad, o tocando apenas su superficie.

Cortázar insiste en traer a primer plano su propia búsqueda óntica y existencial, su desvelo por conciliar la experiencia de la plenitud con la percepción agudamente dramática del tiempo, su conciencia lúcida del yo, de la identidad separada y actuante, y de la presencia total del Ser. Esta pasión vital no se da, sin embargo, a través de un encauzamiento específicamente poético; se distorsiona cervantinamente, al pasar por los filtros del pudor y la contención, que imponen a su personaje las pautas del grotesco, delatando las señas de una grandeza que Cortázar defiende de aproximar al genio o a la santidad:

> Nadie puede saber qué es lo que persigue Johnny, pero es así, está ahí, en *Amorous*, en la marihuana, en sus absurdos discursos sobre tanta cosa, en las recaídas, en el librito de Dylan Thomas, en todo lo pobre diablo que es Johnny y que lo agranda y lo convierte en un absurdo viviente, en un cazador sin brazos y sin piernas, en una liebre que corre tras de un tigre que duerme. [...] En Johnny no hay la menor grandeza, lo he sabido desde que lo conocí, desde que empecé a admirarlo. [...] es realmente el chimpancé que quiere aprender a leer, un pobre tipo que se da con la cara contra las paredes...

El no-héroe, el hombre común despertando y mirando su propia existencia y sintiendo nacer en él la dimensión que lo distiende hacia el ser total, esa dimensión que lo hace para siempre un perseguidor, un *hungry*.

La *nouvelle* de Cortázar es casi una novela, tan intensa y pródiga se da en ella la materia narrativa, la plasmación de los personajes, y aún la creación de una atmósfera particular en la cual se mueven. Se crea acentuadamente el contrapunto emoción-ironía, y se vuelca en las formas de una prosa cambiante, próxima al orden musical en magníficas ondulaciones, en despeñamientos casi torrenciales, y por momentos seca y distante, cortada en breves cláusulas descarnadas. El contenido poético del relato sobrepasa la pretendida moderación irónica y deja resonando en el ánimo del lector una romántica tensión que se desmesura hacia lo infinito.

Historias de Cronopios y de Famas

Escritos entre 1952 y 1959, los relatos de *Historias de Cronopios y de Famas* (1962) retoman y ahondan incisivamente una vía ya insinuada en sus primeros cuentos: la de una invención irónica e intencionada, que transparenta un lirismo de gran intensidad.

"Y estamos todos en el ladrillo de cristal..." La rutina, los sistemas, las ideologías, las palabras aceptadas y muertas, la obediencia a una situación ya hecha en la cual nos sentimos instalados y en la que permanecemos por inercia o por cobardía; tales parecen ser los elementos sugeridos por la imagen del ladrillo-mundo, que encierra al personaje de la primera historia (¿historia?, poema, sería más justo, pese a la ausencia de ambición formal). Frente a ella se despliega vivamente otra imagen:

> ... la calle, la viva floresta donde cada instante puede arrojarse sobre mí como una magnolia, donde las caras van a nacer cuando las mire, cuando avance un poco más...

La verdadera vida es otra, parece decir Cortázar con su admirado Rimbaud, y contrapone tácitamente el hombre conforme y rutinario al hombre despierto y creador ("Rómpele la cabeza a ese mono, corre desde el centro hacia la pared y ábrete paso [...] Oh cómo cantan en el piso de arriba"), el que transforma su vida diaria en aventura

("Y juegue mi vida mientras avanzo paso a paso para ir a comprar el diario a la esquina").

Esta actitud, hondamente poética si se da a la poesía el sentido de quehacer interior, indagación, espacio de revelación del ser, sostiene el libro, vertido en un encauzamiento irónico, casi agresivo. Las *instrucciones* adoptan el lenguaje del recetario comercial, de la publicidad corriente: se engarzan imágenes de extraordinaria, explosiva virtualidad poética, que, sin comentario alguno, actúan como elemento de choque ante la comodidad mental, la seguridad y el confort adquiridos en la aceptación de un vasto edificio ideológico.

El elemento de *juego,* presente o esbozado en otras páginas, alcanza aquí insuperable desarrollo. Cortázar entiende el juego en el sentido mágico en que lo han entendido los surrealistas. No es el despliegue de un mero goce o ejercicio gratuito, sino un *juego significante* capaz de destruir las apariencias y revelar la escondida estructura de la realidad. Opera decididamente una desrealización encaminada a una captación profunda de lo real: léase surreal, o suprarreal, por mi parte prefiero Real, en apoyo de Virginia Woolf. Los objetos son sólo puntos de referencia, figuras de móvil y fugaz significación que sirven de apoyo a una continua indagación que los destruye. Tres cuadros son, por ejemplo, el punto de partida para la irónica propuesta de caminos interiores: místico, poético, científico, que aparecen como igualmente falibles y desconcertantes. Cortázar inquieta, hostiga a su lector, lo interna en su propio *pathos* a través de sinuosas y humorísticas proposiciones. Su expresión sobrepasa, en otros momentos, la duplicidad, el juego de planos característicos del humor, para hacerse portadora directa de la tensión poética:

Más difícil, más recogido y sigiloso es el menester de horadar la piedra opaca bajo la cual serpentean las venas de mercurio, entender a fuerza de paciencia la cifra de cada fuente, guardar en noches de luna penetrante una vigilia enamorada junto a los vasos imperiales, hasta que de tanto susurro verde, de tanto gorgotear como de flores vayan naciendo las direcciones, las confluencias, las otras calles, las vivas. [...] Y no pedir ayuda a nadie, nunca.

Unos mineros horribles, esos "horribles trabajadores" de que hablaba Rimbaud, tejen galerías, buscan el secreto de las fuentes, el "corazón del agua".

La segunda parte del libro: "Ocupaciones raras" acoge breves historias aparentemente instaladas en un realismo ingenuo. La técnica desarrollada luego en *Rayuela* se emplea aquí de modo incisivo: cada *figura* apunta a una totalidad, cada pequeña historia es a la vez Historia, cada mundillo mínimo, el Mundo. Lo absurdo irrumpe en la vida ordenada y utilitaria, que revela su inconsistencia y absurdidad. Una familia delirante erige un patíbulo en "Simulacros", donde el poeta ajusticia metafóricamente a la luna (objetivando en una imagen irónica su auténtico romanticismo). La fuerza corrosiva de su humor, se evidencia en su tensión imaginista, su destrucción de toda apariencia de solemnidad o gesto repetido, carente de acotaciones críticas o explicativas: la desopilante actitud de una familia que se apodera de un duelo en "Conducta en los velorios", la suelta imaginación que se desborda en "Maravillosas ocupaciones", o la letra impresa que invade todo en "Fin del mundo del fin".

En todos ellos la fantasía en libertad irrumpe en forma avasallante sobre costumbres y módulos vigentes, sobre categorías aceptadas. El ímpetu vital de Cortázar alcanza alturas rabelaisianas. Otros fragmentos son de un humor más intelectual, crean la visión cómica de la épica a partir de episodios mínimos y ridículos: "La búsqueda del pelo", "Los posatigres". Lo insignificante y vulgar se vuelve decisivo y trascendente. Juega el autor con la relatividad del tiempo y del espacio: "Conducta de los espejos en la isla de Pascua", "Geografías"; rompe las rutinas de pensamiento: "Posibilidad de la abstracción", instala la permeabilidad total entre los niveles sueño-realidad; denuncia la acumulación de saber fósil: "Sabio con agujero en la memoria"; se burla olímpicamente de la superioridad numérica, la burocracia, el academicismo, la literatura y aún de sí mismo, de su propia impotencia y búsqueda sin término.

En "Plan para un poema", lleva a un franco plano humorístico el automatismo, las asociaciones, el canto de la poesía (*y Marat en su bañadera*). La ternura se filtra en ciertas imágenes, contamina su ironía: "Las gotas de lluvia"; "Historia con un oso blanco" lo implica en una visión melancólica de la vida humana. Su preocupación por el lenguaje, por un lenguaje veraz, directo, sin artificio, se evidencia en el uso del habla conversacional argentina, y en su tan atinada crítica a ciertos escritores de su país ("Etiqueta y prelaciones"). El estilo de Cortázar en este libro es verdaderamente proteico: ingenuamente narrativo, científico, conversacional, automático, poético o decididamente irónico, y más a menudo varias cosas a la vez, sin dejar de abordar nuevas formas expresivas que rompen la sintaxis lógica:

> ... el coaltar se pone a oler con vehemencia, la bola crece al nivel del día, pelos y patas solamente coaltar, pelos patas coaltar que musita un ruego y atisba la respuesta, la profunda resonancia del coaltar arriba, la miel del cielo, con su lengua hocico, en su alegría pelos patas.

Análoga intención poético-humorística lleva al escritor a inventar una fauna mitológica y parahumana: los *cronopios*, los *famas*, las *esperanzas*. Sin precisar nunca rasgos definitorios, Cortázar ubica a estos seres en zonas de vida que conocemos.

Los *cronopios,* verdes y húmedos, es decir *vivientes,* cantan y piensan en la *hermosísima ciudad,* siguen con la vista una baba del diablo, y se rigen por el *reloj-alcaucil* en que una hora equivale a todas las horas. Los *famas* cuidan de que las etiquetas estén en su sitio, son generosos y ordenados. Las *esperanzas,* bobas, parecen seres intermedios, más emparentados con los *cronopios* que con los *famas*.

Todos creen hablar de las mismas cosas pero no es así. "El fama era infra-vida; la esperanza para-vida; el profesor de lenguas inter-vidas; el cronopio super-vida." La inocencia con que Cortázar reviste su agresiva —y en el fondo quejosa— actitud, se transparenta en formas casi infantiles, que no le impiden someter a un implacable filtro las buenas maneras, los sistemas, la lógica, la Fe en la Ciencia, la Moral, la Familia y la Sociedad. Lo irreal, lo gratuito, lo mágico fluyen nuevamente sobre las formas acostumbradas del vivir, logran mostrarnos su falibilidad, inconsistencia y ridículo. Las imágenes en libertad hablan su propio lenguaje, avasallante y poético. En coincidencia con Jarry, Ionesco, Bradbury, Macedonio Fernández, su lirismo se ha embozado una vez más en la Humorística, rozando la genialidad.

Todos los fuegos el fuego

Todos los fuegos el fuego reúne trabajos de diversa perspectiva y matices, aunque de común denominador interior y realización, a mi ver, parejamente lograda. De modo general, puede observarse una intensificación de las dos líneas características de Cortázar: una aproximación ya muy íntima a lo dramático existencial –aunque siempre expresado a través de formas contenidas– y un notable desarrollo del plano poético-simbólico, que toma como punto de partida, situaciones existenciales. En la primera de las líneas mencionadas pueden ubicarse dos cuentos: "La salud de los enfermos" y "La señorita Cora".

El primero, tejido sobre el plano cotidiano de la vida de una familia, deja fluir, entremezclada de ironía, una melancolía infinita. La realidad de la ficción instalada en la propia vida ("Casa tomada", "Cartas de mamá") reaparece en los ausentes que pesan sobre unos seres vulgares y enternecedores. Lo anecdótico sirve de apoyo para afirmar la inutilidad de un engaño piadoso, la endeblez y la fugacidad de la vida humana.

En "La señorita Cora", la sustancia es ya mucho más patética. Con morosidad y "objetividad" decididamente cruel (los cambios de plano narrativo sirven a una óptica multiplicada y diversa de la situación, no por ello menos desgarrante) Cortázar reincide en el tema del adolescente, golpeado brutalmente por la realidad que lo rodea y, en este caso, sacrificado en medio de la indiferencia.

Los otros seis cuentos entran en una vía dilecta de su narrativa: la figuración simbólica, no entendida como fruto de la abstracción, sino como resultante de una continua indagación de lo real. Si el mundo es una foresta de símbolos, si la analogía abre, como lo quiere Baudelaire y Cortázar acepta, la comprensión de la realidad visible e invisible, el descifrador del universo será aquel que aplique la plenitud de sus potencias despiertas a descubrir esas correspondencias. Un elemento cualquiera puede ser signo de toda la realidad; una situación existencial abre analógicamente una interpretación de toda la existencia. La actitud no es pasiva, ya que supone una permanente combinación, y luego una libre remodelación de los datos, pero la tensión indagatoria no decrece. Intuición, imaginación y voluntad se proyectan activamente sobre la realidad y extraen de ella *figuras* de significación nunca terminante y conceptual, pero si ricamente sugestiva, con la plurivalencia dinámica de la imagen poética.

En "La autopista del sur", una aglomeración de automóviles en una carretera de los alrededores de París es la situación vital que da punto de partida a la reelaboración creadora. La "salida del tiempo" parece haber hallado aquí su objetivación en la inmovilidad, primero angustiosa, luego aceptada, de unos automovilistas que regresan a la ciudad. Esa inmovilización, desmesurada en forma expresiva, sirve para mostrar conmovida o irónicamente distintos aspectos de la existencia: solidaridad, incomunicación, desamparo, esperanza. Lo pequeño y vulgar adquiere una vez más dimensiones épicas. La entrada súbita en el vértigo de lo temporal aísla nuevamente a los seres, los sumerge en una espera agónica.

"Reunión" tiene aparentemente todos los rasgos de un "cuento realista". Pero el realismo de Cortázar, en la totalidad de su obra, es de naturaleza abarcadora y profunda, y no relega ningún aspecto de la relación entre el hombre y el mundo. El protagonista de "Reunión", el guerrillero carnalmente sufriente que es capaz de transmitirnos la angustia del asma o del hambre, es también el contemplador del dibujo que hacen unas ramas contra el cielo, y de la propia acción en que interviene, a la cual ve desarrollarse con la limpidez y exactitud musical de un cuarteto de Mozart. La idea de una "poesía de la acción" se impone con fuerza a partir de las instancias magníficamente logradas del relato. La consideración fugaz, pero no por ello menos incisiva, que hace su personaje, el Che Guevara, de su propio país, señala la preocupación de Cortázar por el destino de su pueblo al que ve, desde la amplitud de su perspectiva, en la patencia de su desorientación y limitaciones.

"La isla a mediodía", un cuento extraordinario por su perfección y significación, objetiva un desdoblamiento interior que caracteriza permanentemente al escritor. Es él quien mira a través de un cristal, quien desea pasar al otro lado, pero también, en el cuento, el que es capaz de salir *realmente* fuera del tiempo e instalarse en un tiempo mítico, en una isla eterna y sin devenir, que depara la única forma posible de felicidad: rescatar al hombre de la duración y la corrosión. Marini, en la isla, mira verticalmente al sol; abre un hiato en la tensión temporal para reencontrar en medio del océano —y es una isla griega la suya— la plenitud.

La instancia final del cuento que en otra lectura puede remitir a un Ícaro castigado y caído, muestra la integración final de las dos partes de la personalidad de Marini, su yo habitual y su ser trascendente.

Los enfrentamientos libertad-azar, culpa-providencialismo, juego-realidad se hacen presentes a través de "Instrucciones para John Howell". Como en otros relatos, una situación es válida para toda la existencia; un hombre para todos los hombres. Somos actores y espectadores a la vez, interpretamos un papel sin nuestro consentimiento: "Usted no es actor; usted es Howell". Realidad y ficción se entrecruzan shakespearianamente en el relato, que muestra un drama *real* dentro del drama representado. El juego, en última instancia, deja de ser tal: todo juego es comprometido. Y en la oportunidad, única y fugaz, de *violar lo previsto*, Rice deja de actuar, huye. ¿Hasta qué punto, sin embargo, era libre de actuar? ¿No pesaba sobre él una fatalidad irrevocable y trágica? El sentido de la responsabilidad y la culpa le imponen una huida final. Tales son entre muchos, algunos de los interrogantes que se mueven en la rica sustancia de este cuento urdido con maestría.

Dos situaciones análogas, alejadas en tiempo y espacio, se aproximan en "Todos los fuegos el fuego"; a través de ellas se insinúa con fuerza el tema de los desencuentros humanos, la soledad irrenunciable, la casi imposibilidad del diálogo. Marco "ha soñado con un pez, con un camino solitario entre columnas rotas". Irene también está sola "como desde una ya lejana noche nupcial, Irene se repliega al límite más hondo de sí misma". Una fatalidad separa a Marco de la fugaz y apenas entrevista felicidad que le ha ofrecido una sonrisa, una mirada. "Todo es cadena, trampa". También entre Jeanne y Roland se interpone una voz inflexible, ajena, que dicta números con impasibilidad. Roland y el procónsul, indiferentes, buscan en el amor su propia y brutal satisfacción. El narrador insiste en detalles crueles: incapaces de amar realmente, actúan como victimarios y son a su vez arrasados por el fuego. La imagen del incendio alcanza el valor de un restablecimiento justiciero, vindicatorio para todos los tiempos y los hombres.

"El otro cielo" asume los rasgos de un relato-clave, construido sobre el plano real-simbólico. "Los pasajes y las galerías han sido mi patria secreta desde siempre". La adolescencia, tema recurrente en Cortázar, asoma en la evocación del pasaje Güemes: "ya entonces era sensible a ese falso cielo de estucos y claraboyas sucias". Pero el cuento no se despliega en una línea temporal sino en una perspectiva autobiográfica de síntesis que superpone tiempos y lugares, aunque se apoya en hitos de experiencia. Así, las galerías se entrecruzan y superponen, entretejiendo los caminos del desvelo que acosa permanentemente al *perseguidor*.

El pasaje Güemes, la Galérie Sainte-Foy, el Passage du Caire, etc., aluden con intencionalidad expresiva a los diversos campos —galerías cubiertas, secretas, iniciáticas— que siempre devuelven al *perseguidor* a la Galérie Vivienne: el mundo de la poesía, fuera del tiempo, con sus "rejas protectoras, sus alegorías vetustas"; el mundo que, sin embargo, será visto después como un "cielo de yeso" ajeno al cielo alto y sin guirnaldas de la calle. Una presencia se hace obsesiva en el mundo de las galerías, ese mundo secreto y protegido: "De ese alguien hablábamos poco..."

El sudamericano —Lautréamont, pero también Cortázar— aparece íntimamente ligado a esa presencia, que impone el terror en las galerías. "Josianne buscó al amo y yo lo dejé irse comprendiendo que necesitaba la protección suprema que todo lo allanaba". La melancolía, el sentimiento de la frustración, se hacen presentes:

> Ahora no soy más que uno de los muchos que se preguntan por qué en algún momento no hicieron lo que habían pensado hacer. En cambio me quedé con la Rousse y Kiki, fumando una nueva pipa y pidiendo otra ronda de vino blanco; no me acuerdo bien de lo que sentí al renunciar a mi impulso, pero era algo como una veda, el sentimiento de que si la transgredía iba a entrar en un territorio inseguro. Y sin embargo creo que hice mal, que estuve al borde de un acto que hubiera podido salvarme.

La narrativa se desarrolla poemáticamente, en secuencias que vuelven sobre sí mismas y entremezclan momentos distintos: París, Buenos Aires, París; terminación de la guerra, Hiroshima, Perón, liberación de París. Al mundo secreto y resguardado empieza a contraponerse con intensidad la calle, a cielo abierto, con sus olores acres: "Ya el deseo no bastaba como antes para que las cosas girasen acompasadamente y me propusieran alguna de las calles que llevaban a la Galérie Vivienne." Muchos signos señalan la crisis del espíritu: "Mi único reposo estaba en otra parte, [...] el gran terror estaba lejos de haber cesado", y Buenos Aires es de pronto París, los bulevares, "refugiarnos en el calor de los amigos."

El relato se tiñe de matices elegíacos: "Todo tenía algo de guirnalda (pero las guirnaldas pueden ser fúnebres, lo comprendí después) [...] una flor se trenzaba con la siguiente", y el vaivén de las imágenes crea la contraposición violenta entre dos mundos: por un lado, el abrigo, las guirnaldas de flores –aunque engañosas, bellas–, el abandono de la voluntad, el halago, la fiesta; por otro, el gran terror, la nieve, la inseguridad: "Algo estaba amenazando en mí al mundo de las galerías y los pasajes, o todavía peor, [...] mi felicidad en ese mundo había sido un preludio engañoso, una trampa de flores".

La embriaguez inocente de la Galérie Vivienne deja lugar a la presencia de lo tremendo e ineludible, que culmina en la imagen del sacrificio. El ajusticiamiento, que alude visiblemente a la misa, adquiere un sentido expiatorio, casi transformador; pero de nuevo asoman las antiguas querencias: "Hasta que otra vez fue el deslumbramiento [...] Ya no había Laurent". La muerte de Laurent –degradado, convertido sólo en Paul, el marsellés– y la muerte del sudamericano son "casi una misma muerte", e implican también, de algún modo, la muerte del protagonista, Mervyn-Cortázar, el retorno melancólico de la gran aventura. El escritor ha dejado expuesto, en este relato, el conflicto vital que subyace en toda su obra bajo la forma de un vaivén lírico-irónico: conflicto entre la lucidez creadora que hace de él un escritor, y el *pathos* místico que lo ubica, una y otra vez, en el nivel de la participación cósmica, o la insatisfacción consiguiente.

Octaedro

En 1974, casi simultáneamente con *Libro de Manuel*, Julio Cortázar publicó estos cuentos que integran un prisma de ocho caras. Ocho, número del infinito o representación de la cinta de Moebius, parece ser también el número de lo abominable, que se reitera en un universo sin salida. Lo opuesto a la utopía que campea en la mencionada novela.

Así, lo vieron los críticos Pedro Lastra y Graciela Coulson en un viejo artículo donde afirman: "La jubilosa danza que anuncia o espera el hablante de *Prosa del Observatorio* se transforma aquí en una suma de movimientos despojados de futuro".[1]

No es nueva en la narrativa de Cortázar esta percepción de la otredad que aterra y fascina, visión en la que nos introdujeron sus primeros libros. Estos cuentos intensifican aquella visión, explorando nuevas facetas del conocimiento y la Realidad.

Los dos primeros cuentos tienen mayor interés psicológico y quedan un tanto al margen del tratamiento de la alteridad. "Liliana llorando" registra el monólogo interior, por momentos delirante, de un personaje que prevé claramente su muerte y las secuencias posteriores: la silenciosa espera de su mujer Liliana, la presencia del amigo destinado a consolar su viudez. La supervivencia asegurada por un cambio en el diagnóstico deja en pie el ambiguo final del relato, escrito con ironía. En el segundo cuento, "Los pasos en las huellas" el escritor se aleja de su modo subjetivista más característico para mimetizarse con el estilo narrativo tradicional, atribuido a un autor argentino de los años 20 que decide escribir la biografía de otro escritor. Estimo que Cortázar, ya alcanzada la fama halagüeña y gravosa que le procuraron sus libros anteriores, ha entregado sutilmente una clave sobre su propia apreciación de la fama y su desconfianza de los estereotipos.

"Manuscrito hallado en un bolsillo" –título que rinde homenaje a antecesores como Poe y Potocki– vuelve al monólogo interior con un héroe que juega el juego de los encuentros y desencuentros en el *métro* de París. El cálculo de probabilidades, las estaciones donde hay combinaciones y las otras, dan pie al viajero para la espera de encuentros posibles con una, dos o más muchachas, hasta que halla aquella que comparte su juego, una metáfora de la vida a la que el azar acota y condiciona. Una vez más, Cortázar aborda la épica de lo mínimo, aunque en cierto modo construye el reverso de los maravillosos encuentros de Oliveira y la Maga. Este cuento se relaciona con el último del libro: "Cuello de gatito negro", donde advierto el lado más siniestro del juego, el encuentro con la muchacha ninfómana y destructiva, que coloca al protagonista en una situación de desamparo y desnudez.

Por su parte "Verano" nos permite asistir a la irrupción de lo Mágico, a través del caballo blanco enfurecido —nueva versión de Minotauro, exaltado en *Los reyes*—, en la vida tranquila y rutinaria de una pareja en su cabaña de vacaciones. La niña, ajena a la habitualidad de la pareja, parece ser el elemento conector de lo maravilloso, que desencadena a la vez la experiencia sexual y la vivencia poética.

El cuento siguiente, "Ahí pero dónde, cómo", se inicia con una frase que René Magritte puso como título de un célebre cuadro: *Esto no es una pipa*. Cortázar nos induce a captar la realidad habitual bajo otra perspectiva. En este caso se trata de la muerte del amigo, registrada por un locutor popular —con excelente recuperación del habla popular argentina— que no puede resignarse así nomás a aceptar que el muerto se halla en otra parte. La inanidad de los lugares comunes, e incluso cierta inoperancia de algunos ritos, se muestra plenamente en esa reflexión, interceptada por otro discurso sobre la muerte.

Cortázar fustiga la distraída inconciencia con que son tratados los más graves asuntos del hombre, aún por las mentalidades más exigentes. El cuento se relaciona íntimamente con otro de este libro titulado "Las fases de Severo". En este —donde Pedro Lastra y G. Coulson vieron reflejados los gestos de la pasión de Cristo— se despliega la minuciosa descripción de una ceremonia de muerte, que abarca fases como el sudor, los saltos, la invasión de las polillas y finalmente los anuncios del moribundo, que ha alcanzado la videncia. Terminados los juegos, el héroe deberá dormir con el pañuelo atado sobre el rostro. "¿Era un juego, verdad Julio?", pregunta el niño. "Sí viejo, era un juego". El nombre de pila del autor ha sido colocado incisivamente al final de esta trama que culmina en la muerte, en un cuento no casualmente dedicado a Remedios Varo, la creadora mexicana. Una vez más, se muestra un escenario absurdo, irracional e inexplicable, sobre el horizonte cierto de la muerte.

Entre esos dos cuentos se intercala otro de distinto enfoque y lenguaje: "Lugar llamado Kindsberg" donde se relata, en tercera persona, el encuentro de Marcelo con Lina, una muchacha chilena que hace *autostop* en las cercanías de Copenhague. La cena y la noche compartida en el hotel sirven de base para un ejercicio estilístico que acaso entremezcla recuerdos personales de Cortázar, los que hallarán variantes en el libro siguiente.

Erotismo, horror, azar, rigen este mundo narrativo que apunta al absurdo de la existencia y a la inalcanzable significación del Cosmos.

ALGUIEN QUE ANDA POR AHÍ

Publicado en 1977, durante la dictadura del autodenominado Proceso de Reorganización Nacional en la Argentina, es este, a mi juicio, un libro desigual, que contiene dos cuentos excelentes: "Apocalipsis en Solentiname" y "La noche de Mantequilla", entre otros de calidad apreciable y algunos más que podrían considerarse prescindibles. En general el libro expresa la angustia del sudamericano fuera de su patria y solo a medias inserto en otra sociedad, su vida dispersa en hoteles y reuniones internacionales, y cierta vaga expectativa que promueve el cuestionamiento personal y embozado compromiso con la causa americana.

"Apocalipsis en Solentiname" es una narración transparentemente autobiográfica que Cortázar asume en primera persona. Cuenta la impresión recibida al conocer la experiencia social desarrollada en la isla de Solentiname, Nicaragua, por el poeta y sacerdote Ernesto Cardenal. Los habitantes realizan trabajos en madera, esculturas y pinturas de primitiva sencillez. El autor recurre una vez más, como en "Las babas del diablo", al recurso de la fotografía, para imprimir al relato testimonial un giro metafórico. Se trata de la revelación, en París, de las fotografías de escenas idílicas captadas en Nicaragua. Sólo se verá en ellas el drama de la indigencia y la violencia imperante en toda América Latina. Nadie comparte la visión que sólo él capta, los otros se quedan en idílicas imágenes de superficie. Hasta cierto punto, Cortázar, al sobreponer dos momentos de su experiencia, preanunciaba el dramático final de Solentiname, que fuera arrasada por las tropas somocistas tiempo después.

También incluye este texto en su libro sobre Nicaragua (*Nicaragua tan violentamente dulce*, 1983) donde figura además, "Retorno a Solentiname", que evoca el momento de la reconstrucción, cercado por ese mítico tigre que es una amenaza latente en las sociedades latinoamericanas.

El otro cuento que destaco es "La noche de Mantequilla". No es la primera vez que Cortázar aborda el boxeo, tema favorito desde su juventud. "A mí me tocó asistir al nacimiento de la radio y a la muerte del box", dice en "El noble arte" (*La vuelta al día...*). Este cuento enfoca un famoso match en el que se enfrentan el argentino Carlos Monzón y el mexicano Mantequilla Nápoles, encuentro organizado por Alain Delon en París. El box se entrecruza con un tema que deja un amplio marco de sugerencias en el lector: la intriga nos dice que Estévez, espectador de la pelea, ha aceptado una misión secreta consistente en la entrega de un material a otro espectador que se sentará a su lado. El error cometido en esa entrega, y la vigilancia de que es objeto, determinan la muerte de Estévez a manos de sus mandantes. Como Monzón, cae derrotado. No deja de producir cierto desconcierto el entrecruzamiento de estas dos secuencias narrativas y su posible relación. En ambos casos hay una víctima, y presuntamente ambos son argentinos. ¿Hay alguna conexión subyacente entre este cuento y *Libro de Manuel*? El estilo *doblado* del relato permite inferir algo más que lo simplemente denotado.

En "Cambio de luces" se hace presente el recuerdo del viejo radioteatro, seguramente ligado, en los años treinta, a las mujeres de la familia Cortázar. Un actor radial, caracterizado por su rol de villano, entabla relación con una admiradora y esto inicia una historia de desencuentro, una constante en la narrativa del autor.

"Vientos alisios" es un ejercicio lúdico estructurado sobre la temática del doble, tan frecuentada. Como ocurrirá –en otro tono– en una de sus últimas obras, una pareja planea un viaje como un juego que consiste en la búsqueda de otros amantes, y en las perspectivas que estos, convertidos en espejos de su conducta, originan, llevándolos finalmente al suicidio.

De mayor interés es "Segunda vez", un relato de estirpe kafkiana, pese a que Cortázar nunca admitió la influencia del autor checo, del cual incluye un epígrafe en su libro *La vuelta al día...* La atmósfera de una extraña oficina estatal que envía citaciones a distintas personas, y la angustia que provocan en los que esperan aquellos que vienen por una segunda citación, hacen evidente el tema del terror y la desaparición de personas en un régimen totalitario. Si se piensa en el tiempo de gestación y publicación del libro se advierte la denuncia implícita, también presente en el cuento, menos logrado, que da título al libro, "Alguien que anda por ahí". La ejecución de la música de Chopin es el trasfondo del episodio fantástico en que el propio Chopin, con sus poderosas manos de pianista, da muerte al contrarrevolucionario que se prepara para colocar una bomba.

El libro encierra un cuento extenso, un germen de *nouvelle*, que se titula "La Barca". En él se introduce un metatexto que da cuenta de dos etapas en la escritura del cuento, con diferencia de veintidós años. Es significativo que en la segunda versión se imponga la voz de Dora, cuyo discurso va tipeado en letra distinta, pues se trata del personaje pirandelliano que cobra vida y expresa la voz autoral. Asistimos al despliegue de una compleja metáfora que permite visualizar, a través de diálogos, el destino indeciso de Valentina, solicitada por dos amantes. El lector advierte la proyección alegórica del texto, que esconde un dilema vivido por el autor, ante la pugna de dos horizontes disímiles: el propuesto por el chileno Adriano, que señala el regreso a América, y el presentado por Dino, identificado con el mítico Caronte. La muerte se perfila, una vez más, como el tema por excelencia de Cortázar, ligado a su indeclinable especulación metafísica, y acompañando su opción destinal por la vieja Europa.

El desencuentro amoroso, otro tema permanente, se expresa en "Las caras de la medalla", que contiene también una evidente sustancia autobiográfica. La escritura aparece aquí como el elemento mágico, modificador de la realidad rutinaria de una pareja cuyos integrantes son anverso y reverso de una medalla. Otra pareja desavenida y llamada a la muerte es la del cuento "Reunión en un círculo rojo", donde un hombre solitario que come en un restaurante de Wiesbaden se aproxima a una inglesa torpe y miope hasta que ambos, envueltos en una atmósfera amenazante, desembocan en un círculo tanático.

Finalmente, mencionaré dos cuentos menores, posiblemente escritos en la juventud del autor, que elaboran relaciones familiares: "Usted se tendió a tu lado" y "En el nombre de Boby". En el primero, practica un juego gramatical que encierra un cambio de relaciones entre un hijo y su madre, marcando la distancia que se abre entre los dos. En el segundo, presenta un triángulo familiar aparentemente apacible, conformado por madre, hijo y tía, aunque esta última, confidente de las pesadillas del niño, va creando una atmósfera de contornos amenazantes y terribles. Como en otros cuentos del autor, lo ominoso desgarra internamente la realidad cotidiana.

UN TAL LUCAS

Este breve volumen, publicado en 1979, encierra una suerte de autorretrato y biografía profunda del escritor llevado a pautas humorísticas. El protagonista, generalmente presentado desde la distancia de una tercera persona narrativa, es llamado Lucas —nombre de evangelista— y encarna al "artista adolescente", enfrentado con la sociedad. En forma de breves relatos, se anotan las convicciones, costumbres y preferencias de Lucas, o se despliega su conducta ante distintas situaciones cotidianas: su trato con la familia, amigos, comerciantes, etc. Desfilan situaciones absurdas, desopilantes, narradas con una naturalidad que acentúa su carácter cómico o tragicómico. Esta modalidad, que nos hace pensar en el humor surrealista tanto de algunos escritores como —y especialmente— de ciertos pintores, ha sido adoptada especialmente en la primera y la tercera parte del libro. En la segunda, campean modalidades variadas, que dan lugar a breves ensayos y algunos cuentos del mejor estilo lírico-narrativo predominante en su obra.

En "Lucas, sus sonetos" se vislumbran de forma transparente aspectos de la vida del autor, sus opciones o rechazos.

En ciertos casos el narrador renuncia a la distancia impuesta y escribe en primera persona ("Lucas, su patriotismo"):

> De mi pasaporte me gustan las páginas de las renovaciones y los sellos de visados redondos / triangulares / verdes / cuadrados / negros / ovalados / rojos; de mi imagen de Buenos Aires el transbordador sobre el Riachuelo, la plaza Irlanda, los jardines de Agronomía, algunos cafés que acaso ya no están, una cama en un departamento de Maipú casi esquina Córdoba, el olor y el silencio del puerto a medianoche en verano, los árboles de la plaza Lavalle.

De gran hondura y belleza son las páginas tituladas "Cazador de crepúsculos" o "La dirección de la mirada".

Cortázar crea un personaje transparente que es la versión humorística de Persio-Johnny-Oliveira-Traveler. Es el poeta en el mundo, con sus problemas y contrastaciones diarias, tratadas en breves relatos humorísticos. La forma dominante, una prosa narrativa corriente, despojada de todo impulso metafórico, produce un efecto cómico al servir a situaciones disparatadas, inesperadas, desopilantes y absurdas. El autor, próximo al humor de *Historias de Cronopios y de Famas*, vuelve a proyectar su visión insatisfecha del mundo cotidiano, al que mide con una sonrisa irónica, hilarante, reveladora, a veces cruel. Se trata también de una poética expuesta de manera oblicua y surrealista.

Queremos tanto a Glenda

Diez cuentos, desiguales en tono y calidad, integran este libro. El primero, "Orientación de los gatos", es un cuento breve escrito con deliberada ambigüedad, que ya se hace presente en el título. Osiris y Alana son sujetos indefinidos en la óptica del narrador distante que observa sus juegos. En ellos se revela la relación de Alana —hembra y felina— con la música y la pintura, hasta que la visión de un felino en un cuadro la incorpora definitivamente a ese mundo, dejando al narrador en su masculina otredad.

"Queremos tanto a Glenda" introduce la figura de la actriz británica, admirada por el escritor en el teatro y en el cine, cuyas actuaciones triviales generan en él una decepción que lo decide a actuar sobre ella. Se trata de la acción de la literatura sobre la vida, generadora de un entredicho real que será tratado en su libro siguiente.

El tema de los dobles, tan preciado en la cosmología cortazariana, aparece en el cuento "Historia con migalas" (migalas: arañas tropicales) regido por el miedo. Transcurre en una isla solitaria donde una pareja se siente acechada por un peligro indefinido, que se relaciona con los ocupantes de un *bungalow* vecino.

Un hálito kafkiano preside el cuento "Texto en una libreta", complejo y minucioso. Se desarrolla en la época antigua del primer subterráneo de Buenos Aires, donde actúa una organización delictiva, y registra una temática familiar a Cortázar: los recorridos subterráneos, el túnel, metáfora de la búsqueda y el infierno.

"Recortes de prensa" parece basarse en la expresión de Hobbes: "El hombre es lobo del hombre". Distintos recortes periodísticos dan lugar a una visión del horror humano.

Una historia de suburbio con los elementos típicos de la bigamia, el abandono y el castigo se despliega en "Tango de vuelta". En "Clon" un grupo de intérpretes de Gesualdo, incorpora en la vida real un tema de amor y muerte tomado de la música que interpretan. Una especie de epílogo de este cuento aparece en el siguiente, titulado "Graffiti". Allí expone las leyes que rigen el mundo de la narración, como lo hace también en "Historias que me cuento", narración sobre las historias inventadas antes de dormir, después soñadas o compartidas por personajes del sueño. Certifica este cuento el permanente vaivén del escritor entre realidad, sueño y fantasía creadora.

Finalmente, "Anillo de Moebius" (se refiere a la cinta de Moebius, físico del siglo XIX que representó el infinito a través de una imagen que aúna anverso y reverso) presenta en diferente tipografía los discursos interiores de una joven inglesa, de formación puritana, que ha sido violada, y del violador, un vagabundo francés. Vivos y aun después de muertos, estos personajes muestran las posibilidades de su aproximación, a pesar del crimen.

DESHORAS

Superior al libro que lo antecede, *Deshoras* reúne ocho cuentos, como *Octaedro*, y repite su calidad. El primero, "Botella al mar", es asumido como una carta del autor real a la actriz Glenda Jackson, dando cuenta de un film reciente que lleva por título *Hopscotch*, equivalente de *Rayuela*. Los juegos del libro *Queremos tanto a Glenda* han sido respondidos con un folletín cinematográfico que presenta la muerte del escritor, y suscitan en él cierta velada indignación. Dando fin al juego, inscribe su texto en la relación vida real/escritura, nivel aludido en otras partes del libro.

"Fin de etapa" elabora una de las situaciones favoritas de Cortázar: un contemplador –en este caso una mujer, Diana– conduce su coche dejándose llevar por un impulso de vagabundeo sin destino. Un extraño azar lo guía hacia los cuadros de un pequeño museo de pueblo. El cuento, perteneciente a la atmósfera sutilmente estética de sus primeros libros, deja en suspenso esa relación siempre reiterada entre las formas del arte y la vida real.

En "Segundo viaje" reaparece otro de sus asuntos dilectos: el boxeo. El discurso del narrador nos permite seguir el itinerario de Ciclón, un boxeador argentino destruido por las siniestras maniobras del instructor. Cortázar, como sabemos, frecuenta con eficacia el lenguaje popular del boxeo aprendido en su juventud, y lo convierte en un excurso de otras situaciones.

"Satarsa" y "La escuela de noche" pertenecen a la veta grotesca que ha ido creciendo en el escritor. El primero parte de un juego predilecto, los palíndromos, de los cuales elige uno: "Atar a las ratas", para desencadenar el relato de una cacería feroz, con final terrible. El segundo, si bien comienza como narración de una aventura adolescente, teñida de inocencia, da paso al relato de una fiesta en que convergen la perversión y la crueldad. Los juegos infantiles se convierten, para los participantes de esa fiesta negra, en ritos de un satanismo despiadado, que conforman una imagen del Mal.

Otro de los cuentos incluidos es "Pesadillas", donde se explora nuevamente el estado de sueño, esta vez a través de una paciente que ha entrado en coma.

Paraliteratura, metatexto, literatura en abismo, son conceptos que nos vienen a la mente cuando leemos otros dos cuentos del libro, "Deshoras" y "Diario para un cuento". El goce de la creación literaria ha desplazado en ellos a la percepción del mundo como algo ominoso y sin salida, aunque no llega a anularla. "Deshoras" es un relato nostálgico de la pubertad, que podría haber quedado simplemente como cuento evocativo con final feliz, si no se hubiera interpuesto el nivel metaliterario, instalado por el autor para desdecirse, corregir su cuento, mostrando su hilván creativo. "Diario para un cuento", por su parte, es un cuento excelente que entreteje recuerdos de su vida en Buenos Aires con un folletín popular desopilante y trágico que divierte al lector, acompañado de un diario que va mostrando la gestación del texto, sus variantes, la apreciación del autor. Este relato fue llevado al cine por la directora Jana Bokova, con la actuación de Germán Palacios, Silke y Héctor Alterio. Cabe consignar que la película agrega el entierro de Eva Perón.

Caracteres del cuento en Cortázar

El cuento, cierto tipo de cuento, de intensidad y proyecciones específicamente poéticas, tiene en Cortázar a un verdadero maestro.

Los libros que acabo de examinar en sus temas, constantes simbólicas, situaciones, encierran un verdadero catálogo de fórmulas narrativas, tanto en lo que se refiere a la estructuración y el enfoque de su materia como en cuanto a las técnicas, recursos y lenguajes utilizados. En general, puede afirmarse el predominio de *formas abiertas*, condicionadas en ciertos casos por la ausencia de finales ("El otro cielo") y en otros –casi todos– por la tensión interior que contradice y sobrepasa a estos. Estimo que la materia del cuento en Cortázar, es el punto de apoyo indispensable para el salto metafísico-poético, que aborda con soltura las vías del humor, el lirismo o la contención irónica.

Apuntaré algunos de los rasgos técnicos o formales que pueden ser señalados en sus relatos: la combinación de distintos enfoques narrativos o su superposición en una misma secuencia ("La señorita Cora"); el aprovechamiento de la primera persona como profundización de una perspectiva psicológico-lingüística particular ("Torito"); la aparente despersonalización narrativa próxima al objetivismo ("Los buenos servicios"); la alternancia de *tempos* y ritmos distintos ("El perseguidor", "Reunión", etc.); la irrupción o fusión del lirismo en el relato ("El otro cielo"); la libre utilización de técnicas cinematográficas ("Las babas del diablo"); el sobreimpreso, las imágenes simultáneas; la presentación de imágenes-símbolos y de *leit motive*; la presencia de signos de sugestión y palabras clave que allanan la comprensión de la totalidad; la fluidez en el manejo de categorías tiempo-espacio; el elemento lúdico.

Los ambientes en ningún caso son descriptos, pero bastan dos o tres toques para crearnos plenamente una atmósfera. Los personajes abarcan una gama vastísima. Es notable el afinamiento psicológico en la captación de seres oscuros, sin dimensión espiritual notable; de adolescentes, de mujeres. Por encima de los personajes, se da sin embargo la intensificación lírica de una personalidad que se impone: la del autor-narrador, o la del autor-personaje.

El de Cortázar es un realismo profundo, mágico, que evoluciona continuamente; bordea por momentos la abstracción, el juego intelectual, pero se pliega, con intensidad notable, y creciente, a una participación cósmica y humana.

NOTA

1. Lastra, P. y Coulson, G. "El motivo del horror en *Octaedro*", *Nueva Narrativa Hispanoamericana*, Vol. 1, Nueva York, 1975)

Capítulo IV

Las novelas

Cortázar publicó cuatro novelas durante su vida: *Los premios, Rayuela, 62 / Modelo para armar* y *Libro de Manuel*. Las demás, que quedaron entre sus inéditos, pertenecen a su biografía literaria y, en ciertos casos, son borradores o fragmentos de sus novelas publicadas.

Divertimento, El examen, Diario de Andrés Fava

Divertimento, rechazada en su época por su lenguaje procaz, fue escrita en 1949, y publicada en 1986. El estudioso puede ver en ella la gestación del planteo grupal propuesto en *Los premios* e incluso en *Rayuela*. El título revela su tema: un grupo juvenil, excéntrico hasta el snobismo, con sentido del humor pero saturado de insatisfacción existencial, busca como en una peregrinación surrealista escapes de la realidad, incluso recurriendo a *mediums* y magias casi burdas. El Buenos Aires de los años cuarenta se dibuja a través de las caminatas de los jóvenes. Acaso la descripción más poética sea la de "Agronomía" vista a través de la ventana de la casa de la calle Artigas donde Cortázar vivió en los años de gestación del libro. La publicación de esta novela breve no agrega mucho a su trayectoria literaria, aunque constituye un ejercicio preparatorio para sus mejores novelas.

Aurora Bernárdez, en un artículo en el diario *La Nación* (2 de julio de 1995), cuenta que Cortázar destruyó el borrador de *Soliloquio*, su primera novela, y en cambio guardó *El examen*, texto del cual formaba parte inicialmente el *Diario de Andrés Fava*. En 1986 se publicó esta novela escrita en 1950, precedida de una nota del autor en que manifiesta su intención de publicarla. El relato (así lo llama él) denota hasta qué punto necesitaba alejarse del país, para ampliar y humanizar su criterio. En efecto, los personajes que transparentan al autor se sienten abrumados por un peso que no comprenden.

Hay dos planos narrativos: el grupo típico de jóvenes intelectuales que se comunican con citas en inglés, y el ámbito que los rodea, los "negros de ojos sucios", "cabecitas", porteños guarangos y superficiales. Hacia todos hay un rechazo del grupo, una crítica ácida de las costumbres y del idioma, sobre todo del "idioma de los argentinos" rico solamente en insultos y palabras subidas de tono.

Está presente el miedo a un peligro no del todo desconocido, a veces personificado, pero sobre todo latente en la atmósfera de la ciudad, en la multitud. Los integrantes del grupo se ven obligados a atravesar la Plaza de Mayo donde el gentío parece adorar una caja con tapa de vidrio en la cual se entroniza un hueso. La gente grita: "Ella es buena, es buena, ella viene... de Chapadmalal". Se puede acercar una sola vez al santuario.

La nota que sirve de prólogo consigna que en 1953 algunos amigos habían visto en esas páginas una premonición del funeral de Eva Perón, y añade "de todos modos, era demasiado fácil, el futuro argentino se obstina de tal modo en calcarse sobre el presente que los ejercicios de anticipación carecen de todo mérito".

El *Diario de Andrés Fava*, al que Hebe Monges niega el carácter de novela, encierra algunos personajes bien trazados, como Abel, un Pierrot amenazante y estremecedor, y algunas situaciones dramáticas. Su rasgo principal es el de un cuaderno de observaciones, citas, y reflexiones filosóficas sobre diversos temas, como la que dedica a comparar la Antigüedad griega y la historia bíblica (*La vuelta al pago*). Este diario, que acompañó la escritura de *El examen*, reafirma la decisión de autoexilio de Cortázar y anticipa sus misceláneas.

LOS PREMIOS

Los bocetos iniciales hablan de la temprana inclinación de Julio Cortázar hacia la novela, género cuya flexibilidad y amplitud permiten un mayor ahondamiento de la vida en todos los planos y un juego mucho más vasto de combinaciones expresivas. Su preocupación teórica por la novela, su particular apreciación de las posibilidades y limitaciones que la caracterizan y su interés por la renovación del género, se ponen en evidencia en varios ensayos anteriores a la aparición de *Los premios* (1960).

Esta obra lo ubica, sin retaceos, en la línea de la mejor novelística hispánica de nuestra época. *Los premios*, generalmente descuidada por la crítica, es una acabada muestra de su temprana preocupación por el destino de los suyos, su personal manera de sentir la realidad y su capacidad de organización estética.

Parece evidente la intención de crear una *epopeya humorística*, con un ingenioso sostén argumental que encubre una acción exterior casi nula, llevada por la vía del juego. No obstante, la materia novelesca se despliega con singular riqueza y sorprendente vitalidad interna. Un viaje enigmático y sin objeto aparente sirve de excurso épico-cómico para el *viaje interior*, para el enfrentamiento consigo mismo que cumple un grupo heterogéneo de seres.

Cortázar recrea, bajo un sesgo irónico que lo aproxima más a Cervantes o Swift que a Homero y Virgilio, el clásico motivo del peregrinaje o búsqueda del Graal. El traslado a pautas menores y cotidianas, la destrucción –parcial y reconstructiva– del mito, acerca el libro a otros "viajes" simbólicos, por ejemplo *Le Mont Analogue* de René Daumal y *Adán Buenosayres* de Leopoldo Marechal.

Los personajes son instalados en un *punto cero*, típico de la aventura tradicional –ruptura de las rutinas habituales, cambio con la vida anterior–, a partir del cual pueden observarse sus diversas reacciones ante la nueva situación planteada en la obra. Esos personajes, pertenecientes a una vasta gama psicosocial argentina, protagonizan aventuras de distinta escala y hacen uso de un rico despliegue verbal.

Carnales y reconocibles aparecen: López, porteñísimo profesor secundario –uno de los indudables portavoces del autor–; el doctor Restelli, oratorio y solemne defensor de la democracia y el orden; Nora y Lucio, una pareja de amantes inseguros y débiles, pertenecientes a una inculta clase media; Medrano, hombre de mundo, inteligente y un tanto frívolo que alcanza su autorrevelación en un momento culminante del libro; Claudia, una divorciada interesante y madura, y su hijo Jorge, que confirmará el espíritu de juego, al modo de Julio Verne, impreso a la ficción; Persio, astrólogo, hermetista y poeta; Felipe Trejo, adolescente vulnerable colmado de suficiencia, que vive uno de los episodios dolorosos del texto, con su familia, borrosamente vulgar; el español prepotente y mezquino don Galo Porriño; el Pelusa, muchacho de barrio, conmovedor en su rudeza, con su novia y las respectivas madres, típicas arpías de conventillo; Paula y Raúl, representantes de una *élite* moralmente descarriada.

Cortázar no recorta caracteres estereotipados; señala a algunos personajes mediante certeras y esporádicas anotaciones y parlamentos, y los hace parte de una sociedad sin rasgos temporales muy notables. Otros personajes alcanzan un rango protagónico mediante una auténtica profundización existencial, y se los ve moverse, libre e imprevisiblemente, ante situaciones críticas singulares.

Los destinos se dibujan con perfiles individuales y también —como anota Persio-contemplador— dentro de ciertas figuras que forman dos o más miembros del grupo, algunas fugaces, otras persistentes, en una modalidad típica del escritor: López-Paula, Raúl-Paula, Raúl-López-Medrano, Raúl-Felipe, Jorge-Persio, Jorge-Claudia, Claudia-Medrano, Claudia-Jorge-Medrano, Claudia-Paula, Paula-Felipe, Felipe-Bob-Raúl, etc.

Se forman bandos, encuentros, desencuentros, que dan al *grupo humano* un sentido de unidad viviente con sus ritmos propios. Acaso una especie de *egrégores*, figura de los medievales rescatada por ciertos surrealistas, pero sobre todo una muestra de la sociedad porteña.

El amor se revela como móvil vital importantísimo, pero los personajes lo viven en muy diversos grados. Un amor infraconsciente, y por lo tanto débil, en Nora-Lucio; el amor consciente y maduro, aunque tardíamente reconocido, en Claudia-Medrano; la relación incipiente y transformadora en López-Paula. La amistad asume tónicas distintas en Jorge-Persio, Paula-Raúl y López-Medrano. La atracción homosexual ha sido objeto de una matización que abarca desde lo más groseramente instintivo hasta el amor refinadamente sensual y espiritual de Raúl, perteneciente a la estirpe de un André Gide.

El tema del adolescente solo e inseguro frente a la sociedad, al borde de la caída —tema que aborda Cortázar reiteradas veces— ha sido presentado con rasgos incisivos. También aparece, aunque apenas insinuado, el mundo mágico infantil en la persona de Jorge. Abundan los planteos teóricos en boca de los personajes, en especial de Persio-testigo, en torno a los distintos aspectos de la conducta humana.

La riqueza y diversidad de los materiales que integran este libro, y la libre movilidad con que juegan, no han impedido al autor el logro de una rigurosa estructuración.

Tres jornadas, con prólogo y epílogo enmarcadores, sirven para el despliegue de los personajes y la progresión épica de la cual participan. El prólogo contiene virtualmente todos los elementos de la obra. En el *London*, vieja confitería porteña hoy remozada, se reúnen los personajes que han sido premiados para participar de un viaje. El diálogo —siempre— revela su naturaleza y condición, y los muestra ya abocados a la aventura, a lo desconocido. El viaje corrobora esas anticipaciones: sin itinerario fijo, con zonas prohibidas, sin un piloto visible. Desde el prólogo advertimos también la presencia de una figura clave: el citarista.

El primer día se abre con la creación de un anticlímax, al presentarse el barco anclado frente a Quilmes. El grupo empieza a moverse: se forman alianzas, bandos disímiles. El barco sale a alta mar y comienza la incertidumbre: rumbo desconocido, rumores de tifus a bordo, pasillos kafkianamente laberínticos. La popa y la bodega sugieren dos extremos igualmente incitantes e ignorados. Progresa la relación entre los seres, los planos de encuentro y desencuentro se interfieren, y al mismo tiempo el diálogo va enhebrando una multiplicidad de temas: amor, religión, responsabilidad, literatura, etc. Los monólogos de Persio acompañan la tensión expectante de esta primera jornada.

El segundo día nos aboca, simbólicamente, al descenso infernal. Ciertos personajes adquieren especial relieve, al tiempo que se acrecientan las tensiones —amistad, amor, celos— entre unos y otros. Se intensifica el progresivo enfrentamiento del grupo, unido en el peligro, con el sector desconocido formado por quienes conducen el barco. A un fracasado intento de seducción por parte de Raúl, a la parcial revelación que se insinúa en Medrano, en Paula, a los toques grotescos de la velada, seguirá la culminación dramática doblemente objetivada: la violación brutal de Felipe y la enfermedad de Jorge. Este *tocar fondo* en la caída y la desolación tiene su armónico complemento en la meditación intuitiva de Persio.

En el tercer día prosigue la angustia, el desamparo frente a lo desconocido, que reclama imperiosamente la acción. La solidaridad y el peligro alteran los grupos; la figura de Atilio comienza a agrandarse. La acción, en sus dos planos, conduce a una salida que se dará por encima de la ironía y el juego: la purificación trágica. La subida a la popa (¿vacía, o no?) es el pretexto para que Medrano enfrente con total lucidez y responsabilidad su propia existencia, en un momento de suprema visión. El juego se transforma, momentáneamente, en tragedia, y la fuerza catártica alcanza a Claudia, a López, a Paula, acaso a Raúl, confusamente a Atilio. Algo cambia para siempre en la existencia de cada uno de ellos. Persio acompaña, asimismo, en sus monólogos, la "ascensión" purificadora, el vuelo hacia la esperanza.

El epílogo nos trae de regreso a los personajes, que han cambiado. Caídas las máscaras, empiezan a jugar a ser ellos mismos. Han sido desenmascarados los traidores, los miedosos, los voluptuosos, los frívolos, los capaces de amor, de coraje y de entrega.

Una nota final –lujo innecesario– advierte irónicamente al lector acerca de algunos puntos clave para la comprensión del libro. Es una certificación del interés de Cortázar por el lector.

Cortázar ha tenido el acierto de intercalar en su novela, a modo de un acorde profundo que lo acompaña, intensifica y revela, el monólogo lírico-filosófico de un personaje: Persio. Apenas actor, solo en la proa, es el lúcido testigo de lo que acontece en el barco. Pero también es transparentemente el autor, Cortázar, el que ve el barco desde arriba, desde afuera; el que sabe que el barco es sólo una metáfora equivalente a un cuadro pintado por Picasso, que antes fue de Apollinaire: el citarista, el poeta órfico, heredero del misterio y en alguna medida de su clave; Orfeo, tañedor de instrumentos, que acompaña a los viajeros-argonautas, el poeta, en fin, que está con los otros pero mora a la vez en otra dimensión, fuera del tiempo. Y también el que reflexiona, pues "a cada presencia aplica el logos, extrae el hilo, el meollo, la fina pista sutil con vistas al espectáculo que deberá –así él quisiera– abrirle el portillo hacia la síntesis".

Persio-espectador es quien puede ver a esa suma de destinos solitarios moviéndose y configurando una nueva entidad misteriosa: "la mezcla casi pavorosa de seres solos que se encuentran de pronto viniendo desde taxis y estaciones y amantes y bufetes, que son ya un solo cuerpo que aún no se conoce..."

Persio esgrime el pensamiento: "como un gladio corto y seco, apuntándolo contra la sorda conmoción que llega hasta la cabina como una lucha sobre incontables pedazos de fieltro, una cabalgata en un bosque de alcornoques." Sin salir de la cabina Persio ya sabe como es el barco: es "el corazón del barco", el corazón del mundo. Persio-Cortázar deja fluir su pensar, no por la vía trillada de las causalidades lógicas, sino a golpes de ola intuitivos y alógicos que toman por asalto la realidad:

> ... contrariamente a la costumbre de todo desconcertado, no pensará en concertar lo que lo rodea, los faroles amarillos y blancos los mástiles, las boyas, sino que pensará un desconcierto todavía más grande, abrirá en cruz los brazos del pensar y rechazará hasta profundamente dentro del río todo lo que se ahoga en formas dadas...

La actitud "deconstructiva" de Cortázar, que se manifiesta plenamente en *Rayuela*, está también aquí, como en los cuentos. Su disponibilidad, su cualidad de ser abierto, actitud íntimamente poética, lo enfrenta desnudo a la polifacética realidad y también a diversos modos de enfocarla —siempre falseándola, reduciéndola, esquematizándola— que se le aparecen igualmente insuficientes.

> Su única ansiedad es lo magno de la elección posible; [...] guiarse por las estrellas, por el compás, por la cibernética, por la causalidad, por los principios de la lógica, por las razones oscuras, por las tablas de los pisos, por el estado de la vesícula biliar, por el sexo, por el carácter, por los pálpitos, por la teología cristiana, por el Zend Avesta, por la jalea real, por una guía de ferrocarriles portugueses, por un soneto, por la Semana Financiera, por la forma del mentón de don Galo Porriño, por una bula, por la cábala, por la necromancia, por Bonjour

Tristesse, o simplemente ajustando la conducta marítima a las alentadoras instrucciones que contiene todo paquete de pastillas Valda?

Superando el egocentrismo, Persio observa:

> ... la acción de abrir la puerta de la cabina se compone de su acción y de la puerta de la cabina indisolublemente amalgamadas, en la medida en que su acción de abrir la puerta contiene una finalidad que puede ser equivocada y lesionar un eslabón de un orden que no alcanza a entender suficientemente.

El conflicto libertad-azar, avalado por la experiencia viva de los personajes, queda expuesto una vez y otra a lo largo de los soliloquios de Persio. La poesía es para él, fundamentalmente, un tipo de actividad interior ("Se deleita Persio en estas dudas que llama arte o poesía", "¡Monólogo, sola tarea para un alma inmersa en lo múltiple!"), lo más importante. Confía en el azar, ambiciona hacer surgir de un mapa de Portugal, otra figura:

> ... no estoy lejos de pensar que un día veré nacer un dibujo que coincida exactamente con alguna obra famosa, una guitarra de Picasso, por ejemplo, una frutera de Pettoruti. Si eso ocurre tendré una cifra, un módulo. Así empezaré a abrazar la creación desde su verdadera base analógica, romperé el tiempo-espacio que es un invento plagado de defectos.

A la ambición de Ícaro, angélica o luciferina, se suma un estado de ansiedad continua: el no saber quien dirige el barco (léase universo) y al mismo tiempo

> ... la oscura certidumbre de que existe un punto central donde cada elemento discordante puede llegar a ser visto como un rayo de la rueda [...] sentir crecer en mi cuerpo la tercera mano, esa que espera asir el tiempo y darlo vuelta, porque en alguna parte ha de estar esa tercera mano que a veces fulminante se insinúa en una instancia de la poesía, en un golpe de pincel, en un suicidio, en una santidad [...] ¿Cómo

entrever la tercera mano sin ser ya uno con la poesía, esa traición de palabras al acecho, esa proxeneta de la hermosura, de la eufonía, de los finales felices, de tanta prostitución encuadernada en tela y explicada en los institutos de estilística?

La palabra, la forma estética es siempre una caída frente a la plenitud de esos ritmos interiores que se alcanzan en la hondura del ser entregado a la armonía cósmica. La vivencia poética se halla a un paso de ser definitivamente una vivencia de lo sagrado. "Algo se me acerca cada vez más, pero yo retrocedo". Persio cara a las estrellas siente avecinarse el informe cumplimiento; es el payaso, hombre que se ve en un "espejo de sorna", que mira el agujero negro de la carpa; ser caído buscando el contacto con el cielo, como más tarde aparecerá en *Rayuela*, *ofrecido al vértigo*, buscador de la conciliación de los opuestos en la entrega mística. Esa fugaz felicidad no aligera el dolor humano.

> Piensa: Jorge, y es una lágrima verde, enorme, que resbala milímetro a milímetro enganchándose en los pelos de la barba, y por fin se transmuta en una sal amarga que no se podría escupir en toda la eternidad. Ya no le importa prever la popa, lo que más allá se abre a otra noche, a otras caras, a una voluntad de puertas Stone. En un momento de tibia vanidad se creyó omnímodo, vidente, llamado a las revelaciones, y lo ganó la oscura certidumbre de que existía un punto central desde donde cada elemento discordante podría llegar a ser visto como un rayo de rueda...

Cortázar toma aguda conciencia del ser histórico de América, caos doloroso, "noche primordial" en el tiempo. América es lo irresuelto, "un tiempo de presente indefinidamente postergado", el no-ser. América, la Argentina, es la irrenunciable y sufriente encrucijada en que se inserta el destino personal de Persio-Cortázar:

> De cara a las estrellas, tirados en la llanura impermeable y estúpida operamos secretamente una renuncia al tiempo histórico, nos metemos en ropas ajenas y en discursos vacíos que enguantan las manos del saludo del caudillo y el festejo de las efemérides, y de tanta irrea-

lidad inexplorada; elegimos el antagónico fantasma, la antimateria del antiespíritu, de la antiargentina, por resuelta negativa a padecer un destino en el tiempo, una carrera con sus vencedores y vencidos. Menos que maniqueos, menos que hedónicos vividores, representamos en la tierra el lado espectral del devenir, su larva sardónica agazapada al borde de la ruta, el antitiempo del alma y el cuerpo, la facilidad barata, el no te metas si no es para avivarte.

La danza de los muñecos que se mueven en el barco es, asimismo, "el primer acto del destino americano", que trae sólo fatiga y desesperanza.

Una ambigüedad abisal, una irresolución abisal, una irresolución insanable en el centro mismo de todas las soluciones: en un pequeño mundo igual a todos los mundos, a todos los trenes, a todos los guitarreros, a todas las proas, y a todas la popas, en un pequeño mundo sin dioses y sin hombres, los muñecos danzan en la madrugada. Por qué lloras, Persio, por qué lloras; con cosas así se enciende a veces el fuego, de tanta miseria, crece el canto; cuando los muñecos muerdan su último puñado de ceniza, quizá nazca un hombre. Quizá ya ha nacido y no lo ves.

Hay una voluntad de desenmascaramiento, de pureza y desnudez, que hace sentir la necesidad de descender más aún, de tocar fondo en el dolor y la tiniebla. De esa noche, sin embargo, nace la luz de una esperanza, que crece en las últimas páginas del libro.

Mentira las verdades de los exploradores, mentiras las mentiras de los cobardes y los prudentes; mentira las explicaciones, mentira los desmentidos. Solo es cierta e inútil la gloria colérica de Atilio, ángel de torpes manos pecosas, que no sabe lo que ha sido pero que se yergue ya, marcado, para siempre, distinto en su hora perfecta...

Más allá de lo transitorio y epidérmico, Cortázar entrevé "los pies profundos de la historia esperando la llegada del primer argentino, sedienta de entrega, de metamorfosis, de extracción a la luz". Si bien rechaza los acontecimientos políticos de la época, su exaltación del hombre popular puede ser un comienzo de comprensión.

Esta tensión voluntaria hacia el cumplimiento de lo histórico acerca a Cortázar al autor de *Adán Buenosayres* en la profecía del *hombre nuevo*, que empieza a ser desde la palabra que lo nombra. El *hombre nuevo* se revela en Medrano por obra del desnudamiento; el que apunta en López, en Paula, en Atilio, en las lágrimas de Persio, y queda individual y colectivamente propuesto en la decisiva encrucijada de unos destinos argentinos.

Sintetizando los tres niveles, fuertemente imbricados, en que transcurre esta obra, podríamos decir lo siguiente:

a) Nivel histórico. Los personajes acusan su pertenencia a la Argentina, y en particular a una ciudad, Buenos Aires. Se ubican en un tiempo histórico que es el del autor, sin precisiones notables. El crítico Mario Goloboff sugirió que se trataba de la Argentina del tiempo de Frondizi, lo cual no es desacertado. Se me ocurre también, a partir de esa observación, que no escaparía a Cortázar el acercamiento de Frondizi y de una parte de la clase media argentina al fenómeno peronista, y más aún, que su propia reflexión sobre el país no podría haber excluido un tema tan importante, que determinó su propio autoexilio. ¿Encarnó el autor en Atilio Presuti, inspirado en un amigo de barrio, al pueblo peronista redimido? Una lectura de esta índole sería tan legítima como la suscitada por su cuento "Casa tomada" y otros que reflejaron su rechazo de la multitud en años anteriores.

b) Nivel ético. Esta novela significa el paso de una eticidad latente u omitida en los primeros escritos, a un sentido ético manifiesto, y una observación crítica del propio entorno. Cortázar denuncia —como lo hizo el "Viaje a la oscura ciudad de Cacodelphia" de su admirado *Adán*— la insuficiencia de una sociedad insuflada por el patrioterismo, la oratoria, los lugares comunes de lenguaje, la cursilería, la burocracia, el miedo de ser, la comodidad, la superficialidad, el falso sentido de los valores, la necrofilia, la vanidad, etc. Todo ello ha sido desplegado en los gestos y lenguaje de los personajes mismos, y se halla expreso en el discurso poético-reflexivo de Persio, que sin perder sus proyecciones universales, recae en el destino de la Argentina. Se hace indiscutible en ese discurso la presencia autoral, que relaciona a Cortázar con novelistas y ensayistas preocupados por el destino argentino como lo fueron

Mallea, Martínez Estrada, Scalabrini, Kusch, Marechal y Murena. Como ellos ha sopesado el angustioso vacío de la cultura argentina y su tensión de posibilidades en espera.

Por otra parte, las relaciones entre los personajes, y su problemática, hacen la más densa y copiosa sustancia del libro, en que campea una antropología fundada en el amor. Amor, amistad, sexo, compasión, sacrificio, solidaridad, renuncia, etc. son aspectos de la vida que despliegan los personajes, profundizados con extraordinaria perspicacia y veracidad, quizás por única vez en su obra. Ni *Rayuela*, con sus personajes estilizados y alegóricos, ni *Libro de Manuel*, con sus intelectuales desarraigados que hablan el lunfardo porteño, vuelven a descubrir de igual modo al hombre argentino y su concreta problemática existencial.

c) Nivel metafísico. Se insinúa con fuerza en esta obra la imagen de una peregrinación colectiva hacia lo Absoluto, aunque la búsqueda asume perfiles diversos en los distintos personajes. Persio encauza su aventura por el contacto poético que depara un acceso posible a la eternidad. Sus meditaciones, que parecen discurrir por cauces racionales, se apartan de la causalidad lógica para colmarse de la riqueza que comunican ciertas experiencias intuitivas. La aventura metafísica de otros personajes es mediatizada por diversos factores. Por ejemplo: Medrano alcanza, antes de morir, a través del dolor y la entrega amorosa, un momento de purificación e iluminación transformadora. Su muerte aparece como necesaria y patética inmolación, que se ofrece gratuitamente ante la ceguera de unos, la mezquindad de otros y la comprensión de unos pocos, mientras su experiencia iluminativa refluye sobre algunos de los viajeros, que se muestran capaces de abandonar al *hombre viejo*.

Cortázar produjo con *Los premios* su más profundo acceso a la realidad argentina y americana, con anterioridad a su expreso compromiso por la causa social y política.

Rayuela

Las líneas de fuerza que se manifiestan desde las primeras páginas de Cortázar, y los rasgos más notables de su particularidad expresiva, confluyen en la gran empresa literaria y antiliteraria que es *Rayuela*.

Violenta negación de la literatura y, a la vez, apertura literaria hacia nuevas vías de expresión, *Rayuela* es un libro de intención y factura revolucionaria. Un itinerario móvil que se va renovando y requiere continuamente la participación del lector, una agresión a este, una suma irónica, un tejido de figuras incitantes y un agudo comentario dialéctico sobre ellas, una gran fuerza disolvente y un canto esperanzado que mira al futuro del hombre.

La aventura interior, progresivamente intensificada de Cortázar, su buceo en zonas poco exploradas del conocimiento, su adhesión cada vez mayor a nuevos modos de pensar y de vivir, y su crítica implícita y explícita a modos ya cristalizados, exigía la puesta en crisis de la literatura y del lenguaje mismo que se da en este libro. Se trata, pues, de una situación límite, asumida con plena lucidez por un autor que ofrece al mismo tiempo, el correlato crítico de su propia obra. "El escritor tiene que incendiar el lenguaje, acabar con las formas coaguladas e ir todavía más allá, poner en duda la posibilidad de que este lenguaje esté aún en contacto con lo que pretende mentar". No se trata solamente de romper con los lugares comunes, con las frases hechas (que Cortázar destaca con infalible ironía en boca de sus personajes), con una sintaxis aceptada en consonancia con ciertas formas lógicas, causales, que gobiernan imperceptiblemente el lenguaje; "lo que él quiere es transgredir el hecho literario total".

Se propone, y lo consigue magníficamente, escindir desde adentro la estructura del libro, la "novela", hacer de sus elementos sólo signos, llamadas que intensifican el diálogo con el lector y apuntan decisivamente a una unidad que queda por así decirlo *detrás* del libro, como una "novela" no dicha pero definitivamente creada en el espíritu del lector. En fin, como si el autor demiurgo olímpico, hubiera querido crear una estructura verbal que apenas fuera un punto de apoyo para el diálogo profundo, una novela como las figuras hechas de piolín que Oliveira hace arder con un fósforo, o como las pinturas efímeras en las veredas del barrio latino.

Su renuncia a lo "literario" tiene por tanto una grandeza ética, un sentido de fidelidad interior. En su obra ya había alcanzado gran maestría literaria: *Los reyes* es una bella prueba de su riqueza verbal y su capacidad arquitectónica. Sus libros anteriores contienen algunos de los cuentos más perfectos, técnicamente hablando, que se hayan escrito en lengua castellana. Su novela *Los premios*, aunque tensa de contenidos irónicos y materia poética de alto poder explosivo –es indudablemente una novela épica–, se somete a un rigor estructural poco común, a una realización que dispone los hilos con maestría a lo largo de un desarrollo no previsible pero siempre aceptable dentro de ciertas categorías psicológicas amplias en que se mueven los personajes. En *Rayuela* el autor echa por la borda las articulaciones causales, argumentales, explicativas, psicológicas, que suelen configurar el tejido novelístico. Renuncia a dar a su obra una estructuración visible (aunque ello no significa que su obra carezca de estructuración, de unidad); juega con elementos que dan la pauta de un total dominio de lo "literario" en sus más diversas formas y matices, pero se abstiene de desarrollar esos mismos elementos, de hacerlos ingresar en un mundo "novelesco".

Dibuja con afán a sus personajes, a ciertos personajes, en un momento determinado; pero un poco más allá los desdibuja, los transforma en portavoces sin rostro, los borra de un plumazo. O los hace intercambiables entre sí, es decir, los utiliza en función de otra cosa. Los hace signos, figuras de una significación que está más allá de ellos mismos.

De modo análogo, el lector desprevenido se siente acaso defraudado ante la falta de una continuidad, o de una verosimilitud argumental. Situaciones absolutamente reales alternan con otras que sólo lo son desde un punto de vista analógico, como figuras de referencia a los planos profundos de la vida y el pensamiento. El argumento va por debajo; hay, sin lugar a dudas, un desarrollo interior al que apuntan las instancias, los diálogos, las situaciones. Este "argumento" que justifica plenamente la esperanza de Cortázar en un diálogo con *cierto* y *remoto lector*, se hace más incitante que trama novelesca alguna; se vuelve aventura compartida, implicación mental y existencial del lector en un recorrido que lo hace, efectivamente, *un camarada de camino* del escritor.

Un tipo de novela así concebida tiene, sin duda, puntos de contacto, en la raíz de su visión y en la totalidad funcional en que juegan sus elementos, con el poema. Pero ese vasto poema admite secuencias y detalles no admisibles a un tono estético que los unifique; incluye el permanente comentario de lo poemático; abarca igualmente lo grande y lo pequeño, lo esencial y lo existencial, lo histórico y lo insignificante en apariencia; se abre pluralmente en la indagación ontológica, la participación de lo cósmico, el agudo sentimiento de la existencia y el tiempo, el registro amplio y minucioso de las sensaciones.

En *Rayuela* se hace notar la tentación de lo épico, el impulso –ya evidente en *Los premios*– a trasladar todo acontecer a un plano de esencialidad universal. Es un nuevo y más decisivo rechazo a la *novela burguesa*. Pero será, necesariamente, la suya, una *épica cómica*, una ficción a la que el autor vuelve desde adentro como un guante, mostrando las costuras. Cortázar asume plenamente el hecho de lo literario como "impostura", y al mismo tiempo como verdad. Es la verdad que, según Ricoeur, se vale oblicuamente de la ficción.

Gide declaraba, en su *Journal des Faux Monnayeurs*, la imposibilidad de ser totalmente sincero a partir de un personaje que esté dentro de la ficción. Ni siquiera en los monólogos es posible una revelación total del autor, si no se rompe el condicionamiento interno de la novela. Llevado por ese afán de sinceridad, Cortázar desgarra los velos de la ficción; será su propio rostro el que se muestre por las aberturas. El viejo maestro de *Les caves du Vaticane* afirma:

> *Ne pas établir la suite de mon roman dans le prolongement des lignes dejà tracées; voilà la difficulté. Un surgissement perpétuel; chaque nouveau châpitre doit poser un nouveau problème, être une ouverture, une direction, une impulsion, une jetée en avant de l'esprit du lecteur. Mais celui-ci doit quitter, comme la pierre lancée quitte la fronde. Je consens même que, boomerang, il s'en revienne frapper contre soi.*[1]

Cortázar sigue esta línea. Su *journal* ingresará en el libro mismo, será su duplicación, su crítica, su clave. Sus agudísimas notas se anticipan a todos los posibles reparos (aunque reparos en nombre de qué. ¿Es posible dar una definición de la novela, fijar sus límites?).

> Para algunos de sus lectores (y para él mismo) resultaba irrisoria la intención de escribir una especie de novela prescindiendo de las articulaciones lógicas del discurso. Se acaba por adivinar como una transacción, un procedimiento (aunque quedara en pie el absurdo de elegir una narración para fines que no parecían narrativos).

Su ambición antiliteraria desemboca, pues, paradójicamente, en una empresa literaria, "precisamente porque se proponía como una destrucción de formas (de fórmulas) literarias". Con plena conciencia de los alcances y limitaciones de su aventura expresiva, destruye fórmulas literarias y las reemplaza por nuevas y audaces fórmulas, móviles, dinámicas, proteicas, capaces de disolver y dar lugar incesantemente a sus contrarias, configurando un estilo particularísimo que se niega a lo sistemático, a la objetivación de totalidades cerradas, a la fijación de elemento definitivo alguno; Morelli, *alter ego* literario del autor, lo dice expresamente:

> Intentar el *roman comique* en el sentido en que un texto alcance a insinuar otros valores y colabore así en la antropofanía que seguimos creyendo posible. Parecería que la novela usual malogra la búsqueda al limitar al lector a su ámbito, más definido cuanto mejor sea el novelista. Detención forzosa en los diversos grados de lo dramático, psicológico, trágico, satírico o político. Intentar en cambio un texto que no agarre al lector pero que lo vuelva obligadamente cómplice al murmurarle, por debajo del desarrollo convencional, otros rumbos más esotéricos. Escritura demótica para el escritor-hembra (que por lo demás no pasará de las primeras páginas rudamente perdido y escandalizado, maldiciendo lo que le costó el libro) con un vago reverso de escritura hierática.
>
> Provocar, asumir un texto desaliñado, desanudado, incongruente, minuciosamente antinovelístico (aunque no antinovelesco). Sin vedarse los grandes efectos del género cuando la situación lo requiere, pero recordando el consejo gidiano: *ne jamais profiter de l'élan acquis*. Como todas las criaturas de elección del Occidente, la novela se contenta con un orden cerrado. Resueltamente en contra, buscar también aquí la apertura y para eso cortar de raíz toda construcción sistemática de caracteres y situaciones. Método: la ironía, la autocrítica incesante, la incongruencia, la imaginación al servicio de nadie.

De allí un continuo cambio, un permanente volver sobre sí mismo, rectificando, contradiciendo lo anterior, haciendo ver la misma cosa bajo un ángulo distinto, modificando el temple anímico y el tono, quebrando los efectismos.

Nunca, en efecto *profite de l'élan acquis*. Las frases no se siguen mecánicamente unas a otras, ni tampoco los gestos, las escenas. ¡Tan fácil hubiera sido para Cortázar, con esos elementos, urdir una trama coherente, una novela "terminada"! En cambio, preserva para su libro el carácter de *work in progress*: deja huecos, pozos que el lector deberá llenar. Se hace exigente y agresivo, corta implacablemente todo vuelo lírico, toda fácil entrega a un *pathos*, una emoción. Del mismo modo, introduce sibilinamente la emoción poética en los más descarnados pasajes, en la reflexión aparentemente más "objetiva".

Los elementos del libro —novelísticos y extranovelísticos— son abundantes. Personajes reales, aunque no desarrollados como psicologías, alternan con otros falsos, evidentes portavoces de ideas, trasladados a una pauta cómica o irónica. Ceferino Píriz, el licenciado Cuevas, Morelli escritor, son figuras en las que el autor evidencia su intención de "mostrar el juego." En los primeros mantiene, aunque por poco tiempo, la verdad del personaje. Todos ellos se ubican en una zona de ambigüedad que los hace, de golpe, vivientes y reconocibles por una sola frase, y los desdibuja acto seguido al presentarse la visión del tablado en que se mueven los títeres.

La intencionalidad del autor sobrepasa siempre, en suma, a los personajes. No es casual desde luego la heteróclita confluencia del Club de la Serpiente, inteligente y mágico cenáculo que agrupa a un argentino, una pareja de norteamericanos, un chino, un ruso, un español, dos franceses. El autor aunque ofrece toques de intenso realismo, no pretende una naturalidad realística, sino presentar un cuadro de ejercicios que entrañan diferentes preocupaciones: dialéctica, mística, zen, patafísica, yoga, magia, juegos de palabras. Oriente más Occidente.

La Maga —a quien hoy se atribuye una génesis histórica que no disminuye su significación irradiante—, es un personaje real, aunque desrealizado hasta el nivel de una figura-símbolo. Su inocencia poética se contrapone a las preocupaciones intelectuales que predominan en el Club. Ella representa el vivir mágico, la entrega sin desdoblamientos críticos, pero también sin responsabilidad. El fracaso en el enfrentar la vida es común a los "inteligentes" y a la Maga, e incluso al propio Oliveira —o a un Oliveira— a quien señala acusatoriamente la muerte de Rocamadour.

Los personajes "Del lado de allá", como simétricamente los "Del lado de acá", forman figuras momentáneas, sugieren oposiciones, desdoblamientos o repeticiones. Horacio-Maga, Horacio-Gregorovius –un *Döppelganger* europeo–, Horacio-Maga-Gregorovius, Horacio-Ronald, Horacio-Étienne, Ronald-Wong, etc.

Ciertos rasgos recortan vagamente a algunos personajes: Gregorovius intelectual, Ronald activo, Babs sensual, Wong impasible, Étienne refinado e indiferente, Perico... Perico es un español. Pero al autor no le interesan los caracteres, pues luego de hacerlos vivir en ciertos pasajes del diálogo los suprime para hacer de cualquiera de ellos un portavoz de su dialéctica interior, y esto lo hace mostrando que lo hace, haciendo compartir al lector su perspectiva demiúrgica.

La no-acción de la novela se satura de dialéctica sobre realidad, irrealidad, acción, música, amor, sexo, dolor, conocimiento, incomunicación, psicología, tiempo, absoluto, muerte, literatura, lenguaje. En ese itinerario –al que remite el tablero de citas que acompaña el libro– se intercalan *episodios de otro signo,* a los cuales el diálogo sirve de trasfondo y comentario. Estos episodios serían, en la primera parte:

1. Amor Horacio-Maga
2. El *jazz*
3. Muerte de Rocamadour
4. El viejo escritor atropellado (no alcanza a ser un episodio, apenas una figura que sirve al autor para introducirse bajo otra máscara)
5. Berthe Trépat
6. La *clocharde*

Todas estas instancias son de signo no-intelectual, aunque se enlazan íntimamente con la reflexión que vuelve sobre ellas sin alcanzar a dominarlas, a explicarlas. El autor-protagonista, borroso a veces en los diálogos como personalidad, se afirma con gran fuerza en estas instancias poéticas, vitales, patéticas o grotescas.

Un común denominador agrupa los momentos señalados: la incapacidad de la inteligencia para comprender y analizar el misterio del vivir, y para aliviar el sufrimiento de los seres. En todos esos momentos apunta la veta ética y mística de Cortázar. El amor de la Maga, un camino –aunque luego insuficiente– hacia la realización, la armonía; la música, otra escala mística que funde a los integrantes del Club en una sola vibración acorde; Rocamadour, irrupción del dolor, el abismo incomprensible de la muerte; el viejo atropellado, la soledad del artista en el mundo; Berthe Trépat, la *clocharde*, dos grotescos magníficamente realizados que presentan al ser humano en su más vulnerable y misérrima condición, a través de una artista ridícula y una vagabunda lastimosa. Intensificaciones de Johnny, el músico drogadicto.

Queda, pues, establecido un contrapunto interno. Al camino del análisis y la indagación intelectual, se va superponiendo, imponiéndole desvíos, el itinerario vital, sugerido por episodios intensamente captados. Ese itinerario es, como el juego de la rayuela, un saltar de casilla en casilla, una entrada fugaz en el cielo y un volver a buscar. Quedan afirmadas dos vías de realización mística: la música —gran vía de apertura a la que apunta siempre el autor— y el amor, no solamente el amor de la pareja sino el amor que significa aceptación, aún *en la náusea*, de la total realidad humana.

Al mundo hiperintelectual que da fondo a las figuras "Del lado de allá", se contrapone, sistemáticamente, el mundo insuficiente y ridículo"Del lado de acá". Mundo que es un grosero *pastiche* de aquel, que no se atreve a ser otra cosa. Pero se da, asimismo, una cierta igualación en un plano que hace las dos orillas intercambiables. París es Buenos Aires, Buenos Aires es París, Buenos Aires y París son el mundo.

Si Gregorovius, o a veces Étienne, parecen un Oliveira europeo, *aquí* nos encontramos con un Oliveira criollo, Traveler, acaso el Horacio que pudo ser, no-desubicado de su entorno, todavía capaz de interesarse, pero no en la misma forma que Oliveira, por el amor, la literatura, la acción. Traveler, hijo de los cinco mil años, es el hombre del territorio; pero "cuánta hermosura en el errar", reflexiona un melancólico Horacio. Nuevos rasgos psicológicos, es decir, nuevos lenguajes (sólo a través de estos se dan las pulsaciones interiores de unos personajes que, nuevamente, Cortázar renuncia desarrollar). Nuevas figuras, correspondientemente sugeridas: a Gregorovius-Maga-Horacio parece replicar Horacio-Talita-Traveler. Oliveira sigue siendo el que está fuera del juego, el espectador. A veces es *un* personaje; siempre, es *el* personaje.

Si los capítulos "de París" aparecen enlazados por el común denominador de una aventura mística, permanentemente contemplada y analizada, los "de Buenos Aires" completan la cadena de "ejercicios" en otras direcciones: nuevos juegos, actos gratuitos, locura, muerte y resurrección. El correlato crítico-analítico sigue acompañando a las *figuras* que acusan ahora una mayor desrealización y proyección a un plano alegórico.

El circo, el manicomio, la morgue, son *lugares* que señalan etapas del itinerario interior. El circo –juego, magia, poesía, revelación– ofrece un agujero abierto hacia lo alto, una salida vertical, como la música. Traveler, Talita y Oliveira protagonizan acciones absurdas que alcanzan un desarrollo épico: épica del tablón y la yerba; épica de las palanganas y los piolines. El traslado a lo mínimo es fuente de comicidad; Cortázar se mueve en el filo de dos planos distintos.

También hay encuentros y desencuentros. Oliveira, Traveler y Talita forman una figura armónica. De alguna manera sienten que están "del mismo lado". Gekrepten pertenece, irremisiblemente a la "órbita del café con leche". Lo mismo que ocurre con otros seres, Cortázar ni siquiera ha abocetado esta figura; se contenta con indicarla.

Diálogos sobre el sujeto y el objeto, sobre la falsedad del yo, sobre la acción, etc. alternan con los actos heroicos –juegos–, con todo tipo de juegos: juegos verbales, juegos en el "cementerio", jitanjáforas, rimas, hacer titulares, hacer diálogos, etc. La búsqueda de la Maga esboza uno de los tantos caminos que se abren: la Maga será, en algún momento, Talita.

El manicomio es el ámbito de la absurdidad, del raciocinio demencial que sirve, sin embargo, de espejo y cifra ante el mundo total. El descenso a la morgue figura una *nekya* humorística. Cortázar no se propone recrear un itinerario a la manera clásica, pero deja insinuadas las concomitancias.

La *muerte del hombre viejo* y el *nacimiento del hombre nuevo* ("¿Por qué me hablás como si me hubiera muerto?"), no son producto de un momento determinado. Todas las experiencias que el libro recoge, tanto como su iluminación dialéctica, apuntan en esta dirección. Diseñan un recorrido exterior (salida a Europa, regreso al país) pero sobre todo un *recorrido interior*, una aventura en múltiples direcciones que comporta el *acceso a una nueva dimensión del ser.*

Hay un manejo libérrimo del tiempo y del espacio.

La estructuración simétrica, bipartita, que he tratado de analizar, y que recoge sumas análogas de ejercicio interior, no queda sin embargo cerrada. Los diálogos, los monólogos, las irrupciones lírico-dialécticas del autor-personaje terminan por desbordar los encauzamientos en que pudieron presumiblemente ceñirse.

En la última parte del libro desaparecen casi definitivamente los "hilos argumentales", la acción (la no-acción) de los personajes, y estos mismos. El cuaderno de notas del escritor aparece, irónica, humorísticamente acotado, ante los ojos del lector. Sus anotaciones, sus lecturas, sus preferencias, sus asombros, completan a modo de un mapa mental, de una tabla de referencias; las propias observaciones puestas en boca del escritor-personaje Morelli (¿muerte del literato?) no es sino una de las tantas figuras de un juego que no tiene final, de una novela que no tiene final.

El mismo Cortázar lo señala, tácitamente, al decir: "las vidas que terminan como los artículos literarios de periódicos y revistas, tan fastuosos en la primera plana y rematando en una cola desvaída, allá por la página treinta y dos, entre avisos de remates y tubos de dentífrico".

La novela queda, pues, abierta; su tensión se proyecta más allá del libro. Pero sería absolutamente injusto considerar esta apertura dinámica que trasvasa los límites como ausencia de propósito estructural. Cortázar ha dado a su obra una estructuración unitaria, no ciertamente alrededor de un eje lineal, pero sí en torno a una unidad de significaciones convergentes que podrían dar al libro la forma interior de una rueda. Los elementos más dispares, aparentemente alejados, miran hacia un centro común. Pero esa rueda es infinita, abarca la totalidad de lo mentado y no mentado; ese centro es inapresable, abismático.

Cada fragmento equivale asimismo a una totalidad. Cada figura es análogamente otra figura. Un peón es un caballo que es un rey que es una torre... La interrelación de cada figura con las otras crea un sistema móvil de infinitas posibilidades. Las situaciones, reales o "irreales", son siempre *analógicamente reales*. Los objetos, los seres, las actitudes vitales, han sido elevados al plano de la significatividad profunda que corresponde a lo mítico. Es lo que hace de *Rayuela* una obra rapsódica, pese a la destrucción de formas.

El manejo de los símbolos es, por ello mismo, frecuente. Pero el símbolo no aparece como fruto de la abstracción; se trata, en cambio, de una realidad-símbolo, de la presentación directa, sin comentarios, de aspectos de la realidad que se iluminan mutuamente y aparecen como signos poéticamente irradiantes, de significatividad no totalmente racionalizada.

La pecera, el circo, el manicomio, las larvas, los gusanos, el museo, París, son algunas de estas realidades-símbolos. El mismo Cortázar nos alcanza lúcidamente el valor de la presentación de esas figuras, de esas imágenes que hablan de por sí:

> ... dar coherencia a la serie de fotos para que pasaran a ser cine (como le hubiera gustado tan enormemente al lector que él llamaba el lector-hembra) significaba rellenar con literatura, presunciones, hipótesis e invenciones los hiatos entre una y otra foto. [...] El libro debía ser como esos dibujos que proponen los psicólogos de la Gestalt, y así ciertas líneas inducirían al observador a trazar imaginativamente las que cerraban la figura. Pero a veces las líneas ausentes eran las más importantes, las únicas que realmente contaban.

El viraje hacia la mal llamada abstracción, ese descarnamiento que no supone fuga sino profundización de lo real, es certeramente observado por Cortázar como una de las notas del arte contemporáneo (ver Morellianas). En esta dirección se ubica su narrativa, asimilable, por su óptica particular, a ciertas formas medievales. Una vez más, el mismo autor se encarga de recordarlo:

> Hay tiempos diferentes "aunque" paralelos. En ese sentido, uno de los tiempos de la llamada Edad Media puede coincidir con uno de los tiempos de la llamada Edad Moderna. Y ese tiempo es el percibido y habitado por pintores y escritores que rehusan apoyarse en la circunstancia, ser modernos en el sentido en que lo entienden los contemporáneos, lo que no significa que opten por ser anacrónicos; sencillamente están al margen del tiempo superficial de su época, y desde ese otro tiempo donde todo accede a la condición de "figura", donde todo vale como signo y no como tema de descripción, intentan

una obra que puede parecer ajena o antagónica a su tiempo y a su historia circundante, y que sin embargo, los incluye, los explica y en último término los orienta hacia una trascendencia en cuyo término está esperando el hombre.

El rechazo de los "estilos" literarios no supone ausencia de estilo, es decir, de voluntad formal. Cortázar halla su estilo en la variación continua de planos, en el despojamiento intencional de la retórica, en la exigencia semántica y sugestiva del lenguaje.

Ahora sólo podía escribir laboriosamente, examinando a cada paso el posible contrario, la escondida falacia [...] desconfiando de las palabras que tendían a organizarse eufónica, rítmicamente, con el ronroneo feliz que hipnotiza al lector después de haber hecho su primera víctima en el escritor mismo.

Y se da, en efecto, no sólo el rechazo del verso –que condiciona desde sus comienzos la entrega de Cortázar a la vía "narrativa"– sino, también, el rechazo de toda forma, de todo rasgo estilístico que apunte a una depuración esteticista. Morelli analiza esa repulsa del lenguaje "literario".

"Emprender el descenso" no tiene nada de malo como no sea su facilidad, pero "empezar a bajar" es exactamente lo mismo salvo que más crudo, "prosaico" (es decir, mero vehículo de información), mientras que la otra forma parece ya combinar lo útil con lo agradable. En suma, lo que me repele en "emprendió el descenso" es el uso decorativo de un verbo y un sustantivo que no empleamos casi nunca en el habla corriente; en suma, me repele el lenguaje literario (en mi obra, se entiende).

Ello desemboca en una "pobreza deliberada", que no impide al autor el acceso a verdaderos lujos verbales, pero logrados desde dentro, desde la raíz del verbo y de la palabra, y no por usufructo de su gastado oropel.

Nadie podrá negar, por ejemplo, la intensidad poética de un fragmento como el que sigue; fragmento que es, como todo *poema*, una totalidad unitaria, pero construido a espaldas del brillo y la sonoridad fácil, y con un léxico que no se aparta del nivel conversacional:

> Sí, pero quien nos curará del fuego sordo, del fuego sin color que corre al anochecer por la rue de la Huchette, subiendo por los portales carcomidos de los parvos zaguanes, del fuego sin imagen que lame las piedras y acecha en los vanos de las puertas, cómo haremos para lavarnos de su quemadura dulce que prosigue, que se aposenta para durar aliada al tiempo y al recuerdo, a las sustancias pegajosas que nos retienen de este lado, y que nos arderá dulcemente hasta calcinarnos. Entonces es mejor pactar con los gatos y los musgos, trabar amistad inmediata con las porteras de roncas voces, con las criaturas pálidas y sufrientes que acechan en las ventanas jugando con una rama seca. Ardiendo así, sin tregua, soportando la quemadura central que avanza como la madurez paulatina en el fruto, ser el pulso de una hoguera en esta maraña de piedra interminable, caminar por la noches de nuestra vida con la obediencia de la sangre en su circuito ciego.

Dentro de unidades más amplias, textos poéticos como el que antecede alternan con instancias de tipo lúdico, humorístico o simplemente "objetivo", desprovistas de tensión emocional. La prosa adquiere así un ritmo particular, de corriente alterna. Otra faceta la ofrece la ironía con que Cortázar acota o reviste, a menudo, lo emotivo, desmesurado o misterioso. Es, en el fondo, una actitud hipercrítica y defensiva, la que lo mueve a la ironización. Esta se manifiesta en muchas formas: las haches antepuestas a las "grandes palabras"; los toques ridículos o exagerados que el mismo autor adjudica a su persona —un poco divo, un poco histrión, burlándose de sí mismo—, o a su discurso; la corrección final de un párrafo exaltado por medio de una frase vulgar, de un impromptu (*Ho detto*); la presentación de portavoces grotescos (Ceferino Píriz y otros) para ideas no ajenas a la órbita del autor.

La ironía es fruto del espíritu de análisis, del "alejamiento" crítico; el humor, en cambio, es delación de insuficiencia pero acompañada de ternura y participación. Cortázar es, en alto grado, por la admirable conjunción de ambas características, un humorista. Las gradaciones de su humorismo abarcan un amplio espectro: el chiste verbal, el juego de palabras (los juegos lingüísticos, que aparecen reiteradamente en el libro, tienen sentido poético-mágico pero también humorístico), paradojas, contrastes, bruscas caídas de un plano a otro, exageración cósmica, presentación de lenguajes pretensiosos, de lugares comunes, parodias retóricas o poéticas, etc. Otra forma de su humorismo es la directa mostración de seres ridículos —es decir, faltos de dignidad, tal Gekrepten—, de situaciones absurdas, insólitas o desopilantes.

Su ironía y su humor abarcan a toda la realidad, sin exclusión de sí mismo. Pero actúan en especial, acre o conmovidamente, sobre los seres, las costumbres, el lenguaje argentino. Su denuncia humorística es, en el fondo, el reclamo de un cambio positivo para su país.

Pueden hallarse, también, en la páginas de *Rayuela*, expresiones de humor negro y de un humor piadoso. El primero se ejerce dentro de las fórmulas de una aparente impasibilidad: en la morgue, alguien abre una heladera para extraer una cerveza y asoman unos pies. El lenguaje trivial de los personajes, la situación misma, crean la tensión humorístico-macabra. La escena de la muerte de Rocamadour tiene, igualmente, toques de un humorismo cruel, que emboza una desbordante afectividad. Un humor piadoso, enternecido a ratos, se ejerce en la figura de la *colcharde*, y con mayor patetismo en Berthe Trépat.

No se trata del humor delirante y corrosivo de los *cronopios*. Cortázar aborda en este caso el grotesco con los matices de una sutil contención emotiva que admite modulaciones cómico-patéticas. La figura de la pianista ha sido trabajada con cruel, incisiva objetividad y, al mismo tiempo, con una fina intención de implicar en su miserable condición a todo el género humano. La piedad por el hombre es aquí delación de una insuficiencia radical, signo de una compasiva voluntad de participación.

Por la amplitud y profundidad de su visión creadora, y por su hallazgo de nuevas fórmulas y vías expresivas, Cortázar se incorpora a la gran novelística del siglo XX: Kafka, David H. Lawrence, James Joyce, Virginia Woolf, William Faulkner, Sartre, Camus, Carpentier, Rulfo, Asturias, Marechal y muchos otros que les siguen, han hecho de la novela un campo de experimentación psicológica y expresiva, un vivo testimonio existencial y un cauce eficacísimo para el diálogo.

En especial, por la ambición de trasladar a la palabra la totalidad de la conciencia, sus zonas por así decirlo "no verbales", se hace necesario vincular la obra de Cortázar con la novela llamada de la *corriente de la conciencia*. Tal como lo expresa Robert Humphrey (*Stream of consciousness in the Mordern Novel*), ese tipo de novela no ha surgido como una tentativa de renovación estética sino como fruto de un proceso renovador amplio que abarca la psicología de la Gestalt, las conquistas del psicoanálisis, las ideas bergsonianas de la *durée* y de *l'élan vital*, la lógica simbólica, el avance del pensamiento existencial, el surrealismo y su concepción mágica del universo y del lenguaje. Pese a la constante aplicación de escritores como Joyce o Virginia Woolf a la indagación o presentación del mundo no racional, de las zonas oscuras del espíritu o de formas de contactos místico con lo real, debe señalarse, sin embargo, el esfuerzo racional y ordenado a una comunicación efectiva que estos escritores realizan. Esta intención se trasluce en el manejo particular de símbolos –no automático ni hermético–, en la entrega de "claves" –nombres simbólicos, referencias– al lector, y en la voluntad de armonización unitaria de los elementos de la obra. Ello los distingue, como a Cortázar, de los textos más ortodoxamente surrealistas, en que la mecánica de la palabra o de la fantasía en libertad absorbe a menudo la inteligibilidad y sacrifica la comunicación plena.

Cortázar se vale continuamente de simbologías y signos que apuntan a la comunicación. Su actitud ante los materiales de su obra, sólo aparentemente desordenados, es lúcida y voluntaria. Se halla, en este sentido, mucho más próximo de la tensión expresionista que de la entrega y el amorfismo pasivo del surrealismo. Sus referencias, sus propios y agudísimos comentarios incluidos en el libro, son claves para su intelección. Los nombres que adjudica a ciertos grupos o personajes, tienen el mismo sentido: el Club de la Serpiente usa el viejo simbolismo de la serpiente como Conocimiento; Lucía se llamará la Maga, subrayando la ubicación en la realidad mágica o poética y acaso su posible relación con una Ennoia o Dama de sectas gnósticas o neoplatónicas; la *rue de Babylone*, etc., alternan con nombres irónicos como Traveler o con nombres tomados del contexto real.

Cortázar no vacila ante el aprovechamiento de las más diversas y audaces técnicas expresivas. La llamada *descripción omnisciente* –que en su obra adquiere un especial carácter al crear una *Verfremdung* que impide al lector entregarse totalmente a la "ficción"– alterna con el monólogo interior directo o indirecto, con el "soliloquio" y el monólogo lírico o poema, desprovisto de rigor formal, insertado sin solución de continuidad en más amplias unidades de expresión. Maneja el diálogo como elemento vital en las secuencias, antes presentativas que narrativas, del libro. La fragmentación interior de estas secuencias, y la relativa autonomía que mantienen entre sí, condicionan una técnica que podría llamarse "puntillista"; apela a la recomposición interna por parte del lector.

Aplica, asimismo, recursos cinematográficos ya asimilados por la novela de nuestro tiempo: el *ralenti*, los cortes, el método *camera eye*, aunque éste último nunca usado exclusiva ni prolongadamente. La ausencia de puntuación en ciertos pasajes, y más a menudo, la ausencia de división en cláusulas separadas por puntos, o el empleo de una puntuación especial, que deja claros significativos, son técnicas que se ponen al servicio de la intención comunicativa.

La ruptura con el lenguaje literario en bloque no significa negación de sus elementos, antes bien, una nueva utilización de los mismos. Cortázar se vale a menudo de recursos retóricos tradicionales: metáfora, repetición, elipsis, aliteración, anacoluto. Este último aparece usado modernamente como corte y no como suspensión de la frase ("Una vida demasiado. A menos que.").

Otros procedimientos concurrentes: el *collage* o inclusión de textos de otra procedencia, técnica que se acentúa en la última parte del libro condicionando casi un estilo-antología; el simultaneísmo o presentación simultánea de dos realidades psíquicas que se superponen: la lectura de un capítulo de Galdós se superpone a la meditación de Oliveira sobre la Maga y sobre el libro mismo. Ello se expresa por el interlineado que alterna y a veces fusiona ambos discursos. Otra forma es la *palabra-acto*, que va mentando el hecho y su correlato psíquico al mismo tiempo.

... se le hacía muy difícil enderezar clavos martillándolos en una baldosa (cualquiera sabe lo peligroso que es enderezar un clavo a martillazos, hay un momento en que el clavo está casi derecho, pero cuando se lo martilla una vez más da media vuelta y pellizca violentamente

los dedos que lo sujetan; es algo de una perversidad fulminante) martillándolos empecinadamente en una baldosa (pero cualquiera sabe
que) empecinadamente en una baldosa (pero cualquiera) empecinadamente.

En cuanto al lenguaje en sí mismo, merece una consideración particular. En toda la obra de Cortázar el lenguaje es objeto de extraordinaria preocupación que se revela en la teoría y en la práctica. En *Rayuela*
tal preocupación se hace evidente en ambos sentidos. La continua creación y recreación en el plano lingüístico, que ubica a esta obra en la
línea de Rabelais y Joyce, o de Xul Solar y Oliverio Girondo, remodeladores de nuestro idioma, se ve acompañada por una lúcida reflexión
sobre el lenguaje.

El rechazo general a la "literatura" puede ser aplicado, desde luego,
al lenguaje estético. Pero no se trata, en el fondo, de negación absoluta,
sino de la necesidad de una revitalización cumplida desde abajo.

Lo que Morelli quiere –se encarga de aclararnos Ronald– es devolverle al lenguaje sus derechos. Habla de expurgarlo, castigarlo, cambiar "descender" por "bajar" como medida higiénica; pero lo que él
busca en el fondo es devolver al verbo descender todo su brillo, para
que pueda ser usado como yo uso los fósforos y no como un fragmento decorativo, un pedazo de lugar común.

Y a continuación:

Morelli entiende que el mero escribir estético es un escamoteo y
una mentira, que acaba por suscitar al lector-hembra, al tipo que no
quiere problemas sino soluciones, o falsos problemas ajenos que le
permiten sufrir cómodamente sentado en su sillón sin comprometerse
en el drama que también debería ser el suyo. En la Argentina, si puedo
incurrir en localismos con permiso del Club, ese tipo de escamoteo
nos ha tenido de lo más contentos y tranquilos durante un siglo.

El proceso de revitalización del idioma que propone Cortázar no
consiste en la pura distorsión gramatical, o la irrupción violenta de

lo alegórico. No se trata de experimentalismo lingüístico sino de la búsqueda de un lenguaje totalmente *veraz*, capaz de contener verdaderamente toda la realidad psicológica del hombre, sin excluir la lucidez, sin negarse a la comunicación. De ahí que disienta expresamente de la aventura expresiva protagonizada por los surrealistas:

> Fanáticos del verbo en estado puro, pitonisos frenéticos, aceptaron cualquier cosa mientras no pareciera excesivamente gramatical. No sospecharon bastante que la creación de todo un lenguaje, aunque termine traicionando su sentido, muestra irrefutablemente la estructura humana sea la de un chino o la de un piel roja. Lenguaje quiere decir residencia en una realidad, vivencia en una realidad. Aunque sea cierto que el lenguaje que usamos nos traiciona (y Morelli no es el único en gritarlo a todos los vientos) no basta con querer liberarlo de sus tabúes. Hay que re-vivirlo, no re-animarlo.

Esta actitud adquiere un sentido ético. Su desconfianza de las palabras ("perras negras", formas coaguladas) forma parte de su continua revisión de lo aceptado y cristalizado de la cultura. Además, conoce demasiado bien el encanto y la seducción de la palabra misma:

> ¿Por qué stop? Por miedo de empezar las fabricaciones, son tan fáciles. Sacás una idea de ahí, un sentimiento del otro estante, los atás con ayuda de palabras, perras negras, y resulta que te quiero. Total parcial: te quiero. Total general: te amo. Así viven muchos amigos míos, sin hablar de un tío y dos primos, convencidos del amor-que-sienten-por-sus-esposas. De la palabra a los actos, che; en general sin verba no hay res [...] Pero estoy solo en mi pieza, caigo en artilugios de escriba, las perras negras se vengan como pueden, me mordisquean desde debajo de la mesa. ¿Se dice abajo o debajo? Lo mismo te muerden ¿Por qué, porqué, pourquoi, why, warum, perchè este horror a las perras negras? Miralas ahí en ese poema de Nashe, convertidas en abejas. Ahí, en dos versos de Octavio Paz, muslos del sol, recintos del verano. Pero un mismo cuerpo de mujer es María y la Brinvilliers, los ojos que se nublan mirando un bello ocaso con la misma óptica que se regala con los retorcimientos de un ahorcado.

> Tengo miedo de ese proxenitismo, de tinta y de voces [...] En guerra con la palabra.

La palabra, la residencia del logos: *l'honneur des hommes*, un honor a cada instante traicionado. Cortázar ambiciona internarse en la profundidad del espíritu anterior al verbo para buscar, desde allí, el lenguaje que lo exprese: "situarse y confrontarse antes de permitir el paso de la más pequeña oración principal o subordinada... " ¿No es ésta la ambición de la poesía? Ambición incumplida, desde luego, si se considera en un sentido absoluto. Pero ambición que Cortázar encauza en una dialéctica de entrega y retracción con respecto al idioma, cuya fruición experimenta sin duda alguna.

Su novela hace un aprovechamiento magistral de las posibilidades del lenguaje, de los lenguajes. El poliglotismo babélico del Club y el poliglotismo planetario de Oliveira-Cortázar, alterna con modulaciones totalmente argentinas, prácticamente imposibles de traducir a otro idioma. La captación de matizaciones coloquiales argentinas en distintos niveles, que tuvo su máximo despliegue en *Los premios*, se prolonga aquí por vías afectivas o irónicas. El lunfardo aparece también, no usado decorativamente sino con la propiedad expresiva que suele darle el habla del porteño. Su utilización subraya la rebeldía social y gramatical de Cortázar, que desafía todos los tabúes idiomáticos.

Los lugares comunes del habla son señalados incisivamente, tanto en el plano conversacional como intelectual. Ciertos pasajes muestran la inanidad corriente del lenguaje, o su utilización oratoria y falsa. Ceferino Píriz, un César Bruto intelectual, aplica el lenguaje burocrático a utopías humorístico-poéticas. El licenciado Juan Cuevas se expresa con muchas mayúsculas gráficas y mentales en un estilo desmesurado que emboza, irónicamente, ciertas proposiciones del autor. Lenguaje sintético, lenguajes inventados, juegos verbales, testimonian su fruición lúdica y su búsqueda idiomática.

El *gíglico* es una jerga creada sobre la base de la sugestión fónica y estructural de los sonidos. Usada humorísticamente por los personajes, prueba la creatividad lingüística que el autor aplica también al idioma común, incesantemente remodelado. En el *ispamerikano* parece proponer irónicamente la tabla rasa a las Academias de la Lengua y las normas de ortografía, como lo hicieran nuestros románticos y más tarde Borges.

La letra muerta es objeto de una denuncia cómica que se ejercita en el diccionario:

> Como les encantaba jugar con las palabras, inventaron en esos días los juegos en el cementerio, abriendo por ejemplo el de Julio Casares en la página 558 y jugando con la hallulla, el hámago, el haliento, el haloque, el hanez, el harambel, el harbullista, el harca y la harija. En el fondo se quedaban un poco tristes pensando en posibilidades malogradas por el caracter argentino y el paso-implacable-del-tiempo. A propósito de farmacéutica Traveler insistía en que se trataba del gentilicio de una nación sumamente merovingia, y entre él y Oliveira le dedicaron a Talita un poema épico en el que las hordas farmacéuticas invadían Cataluña sembrando el terror, la piperina y el eléboro. La nación farmacéutica, de ingentes caballos. Meditación en la estepa farmacéutica. Oh emperatriz de los farmacéuticos, ten piedad de los afofados, los afrontilados, los agalbanados y los aforados que se afufan.

En suma, el análisis formal y estructural de *Rayuela*, el estudio de su expresión, revela la intensidad de una búsqueda cumplida por y a través del lenguaje. La obra muestra un amplísimo registro de modos estilísticos, técnicas literarias, matices lingüísticos, enfoques, tonos y recursos de toda índole, manipulados con singular maestría y puestos al servicio de una consciente y apasionada intencionalidad, adversa a la cosificación y cristalización del lenguaje.

Aventura interior de *Rayuela*

Toda la obra de Cortázar tiene el carácter de una aventura interior que va más allá de lo estético; ello se acentúa de modo particular en *Rayuela*, libro que es fundamentalmente un registro de la experiencia total del escritor y una postulación vehemente de la transformación psicológica y ontológica del hombre. Esta transformación empieza a cumplirse –y debe cumplirse, tal es la petición que surge de sus páginas– en distintos planos, que se dan imbricados y se suponen unos a otros, y que intentaré desglosar de este modo:

a. Intensificación de la vía místico-poética como modo de contacto con la realidad profunda (*yonder*, paraíso, verdadera vida), es decir, como superación de las categorías habituales de tiempo y espacio, y acceso al nivel de la conciencia trascendental.

b. Ampliación del horizonte intelectual por la asimilación de los nuevos aportes de la ciencia; consecuente rechazo de modos de pensar rutinarios que se apoyan principalmente en la causalidad y el principio de no-contradicción. Aplicación de la vía analógica, incorporación de nuevos modos de pensamiento.

c. Renovación de los esquemas ético-morales. Exaltación del amor como unidad a través de la pareja humana, y como participación en el ser. Experiencia de entrega a los otros, de humillación y negación del yo, asunción del dolor y la miseria de los seres. La posibilidad de la acción sólo puede ser contemplada a la luz de esta liberación personal.

Como todo auténtico poeta, Cortázar es un negador del tiempo, un buscador de la eternidad. Este rechazo como lo puntualiza Ferdinand Alquié (*Le desir d'éternité*) tiene indudables raíces intuitivas y afectivas: nace del pensamiento mismo, que ve en el tiempo y su esencial irracionalidad el gran obstáculo para la comprensión del ser. Más aún, dice Alquié, "la negación del tiempo se nos aparece como la condición misma del pensamiento que tiene por objeto al ser". La gran poesía occidental, en particular la que nace del Romanticismo, se afirma sobre esta tentativa de recuperación del ser en la inmovilidad ajena al devenir. De donde podría darse la paradoja de un irracionalismo que es en el fondo superracionalista.

Tal actitud viene a coincidir, como agudamente señala Eduardo A. Azcuy (*El ocultismo y la creación poética*), con mitos reiterados en las antiguas culturas que sostienen la existencia de una Edad de Oro, un Paraíso perdido, fuera del tiempo, anterior a él o diferido a su consumación final. Un "lugar", ya que se objetiva en la noción de espacio, en que el hombre alcanza la liberación del devenir. La privación de ese estado paradisíaco condiciona en el hombre que despierta a la vida profunda –el *homo religiosus*, el poeta–, una vehemente apetencia de reintegración.

La caída significó una "ruptura" esencial en la condición humana. Sus consecuencias fueron el sufrimiento, la sexualidad, el politeísmo y la muerte. El cielo se tornó lejano, las "escalas" que comunicaban con los cielos superiores fueron abatidas y la montaña mágica aplanada. La época paradisíaca llegó a su fin y el hombre, privado de su condición original, se convirtió en un ser caído.

Pero, continúa el autor

> ... el hombre del reino pugna en el inconsciente, se abalanza en los sueños, crece en los éxtasis y en lucha permanente con los "yo" sucesivos que elabora la percepción condicionada, intenta superar el pensamiento discursivo y acceder a un estado impersonal e interpolar más allá de la vida y de la razón ordinarias.[2]

Estudios modernos descubren en las prácticas de iniciación de distintas religiones, en ciertas formas de ascesis orientales y occidentales, un camino de acceso a esa tierra desconocida, una posibilidad de superar la nostalgia por medio de una real aproximación a un estado superior de conciencia. Esta sería la aventura emprendida aisladamente por los místicos de distintas sectas o actitudes religiosas. Tal sería también la vía de los poetas románticos: Novalis, Nerval, Rimbaud guiados por el ideal del hombre-dios; o de los surrealistas empeñados en romper el nivel de la conciencia habitual: Daumal, Artaud. En esta misma línea puede ser ubicada, a mi modo de ver, la aventura de Cortázar, romántica, super-realista.

Una tentativa de esta naturaleza puede ser emprendida como iniciación metódica por los caminos tradicionales que ofrecen las grandes religiones del mundo, o bien por la actividad del poeta, no entendida como quehacer artístico; sino como puesta en marcha de la totalidad del espíritu que va creándose a sí mismo, liberando energías profundas y conduciendo a ciertos estados que tienen enorme similitud con los que alcanzan los iniciados. Cortázar es un frecuentador de las *galerías secretas*. No parecen haberle sido ajenos los caminos iniciáticos: zen, yoga, mística judía o cristiana, vías mágicas del juego, de la palabra, etc. Sin embargo, su camino ha sido esencialmente poético, es decir, cumplido por y a través de la palabra creadora. "Dibujar mi mandala es recorrerlo", dice.

Y efectivamente, su obra, y en particular *Rayuela*, es el viviente despliegue de una conciencia que busca su dimensión trascendente, el *centro* desde el cual puede sentir superadas las instancias del tiempo y el espacio, el *eje* que le permita realizarse plenamente en la categoría del ser.

Para precisar los alcances de una experiencia de este tipo, me remitiré a la palabra de Roger Godel, médico y psicólogo, que reunió en penetrantes páginas sus observaciones sobre los *liberados vivientes* de la India, y sobre otras experiencias profundas de análoga proyección:

> El hombre "realizado" superaría, pues, el flujo del mundo fenomenal e impermanente, del mismo modo que el físico hace que se desvanezcan las apariencias de la materia. Subiendo a la fuente original de la Conciencia, resorbe, más allá de las ilusiones del tiempo y del espacio, la secuencia de las formas.

La posibilidad, seriamente contemplada por Godel desde el punto de vista biológico, de la existencia de un *centro* o *eje* de la vida psíquica, es expresada en los siguientes términos:

> Si se demuestra, en realidad, que la psique del hombre gravita alrededor de un eje de polarización trascendente, la condición humana se nos presentará con un aspecto nuevo. Dicho centro de referencia axil –campo gravitacional, campo ontológico– se revelará como un "lugar" de fuerza equilibrante para la psique.

Asimismo, discrimina la localización de ese *centro* del *yo*, complejo artificial al que considera formado por una suma de experiencias relativas. Los biólogos admiten la existencia de un principio unitario, integrador, alrededor del cual se va desarrollando el individuo. Se pregunta Godel:

> ¿Está permitido atribuir un estado de Conciencia a ese principio de integración? Hoy creemos saber que cierto nivel de conciencia (*awareness*) se vincula a todo elevado proceso de integración y de síntesis. Sería pues muy extraño que el campo de las supremas síntesis estuviera fuera de ese privilegio. ¿No es el eje al que se refiere la totalidad de los procesos biológicos, el coronamiento de los sistemas

parciales de integración? Pero si debemos, con razón, concederle una conciencia en ese nivel último, esa conciencia será la del ser, conciencia no diferenciada en el espacio, no diferenciada en el tiempo.[3]

Me he detenido en citar estas apreciaciones porque he encontrado en *Rayuela* los signos de una experiencia psicológica y ontológica y también los hitos de una continua y lúcida reflexión que acompaña a ese proceso experiencial. Ambos me parecen coincidir con los pasos que el investigador francés distingue: búsqueda de un *centro* a través de la meditación, la ruptura con formas rutinarias de pensamiento, la entrega a ciertas situaciones que llevan a la conciencia a un estado límite; resolución de contrarios en una permanente armonización; liberación de las formas, destrucción de los niveles fenoménicos en un continuo ascenso hacia el grado de la conciencia-testigo; asimilación de los estados de sueño y vigilia; experiencias de disociación, ubicuidad, premonición, etc.; entroncamiento profundo con ciertas formulaciones míticas (búsqueda del Graal, descenso a los infiernos, muerte y resurrección) que coinciden con aspiraciones y estados de la conciencia profunda; aceptación de un "azar objetivo" o una Conciencia superior que dispone el movimiento de la realidad fenoménica y humana en sus niveles inferiores y a la que sólo se tiene acceso en ciertos momentos de extrañamiento. Todo ello configura una auténtica aventura interior, cuyas proyecciones refluyen en Cortázar sobre la ética, la acción y todo otro problema relativo.

> Es muy simple, toda exaltación o depresión me empuja a un estado propicio a lo llamaré paravisiones es decir (lo malo es eso, decirlo) una aptitud instantánea para salirme, para de pronto desde fuera aprehenderme, o de dentro pero en otro plano,
> como si yo fuera alguien que me está mirando
> (mejor todavía —porque en realidad no me veo— como alguien que me está viviendo).

Esta percepción instantánea, fugaz, pero no por ello menos profunda e irreversible, conduce a la constatación de los límites en que se mueve ordinariamente la conciencia. "Y en ese instante sé 'lo que soy' porque estoy exactamente sabiendo 'lo que no soy'". Quien alcanza este despertar indudablemente debe renegar de toda fijación o cristalización de la personalidad.

Cortázar, en esto como el genial Witold Gombrowicz (a quien por otra parte cita con admiración), denuncia esa fijación del ser parcelado, mutilado, que suele llamarse *madurez*.

> ... hasta que un instantáneo corrimiento a un costado le muestra por
> un segundo, sin por desgracia darle tiempo a *saber qué*,
> le muestra su parcelado ser, sus seudópodos irregulares,
> la sospecha de que más allá, donde ahora veo el aire limpio,
> o en esta indecisión, en la encrucijada de la opción,
> yo mismo, en el resto de la realidad que ignoro
> me estoy esperando inútilmente.

El arranque, la inserción de esta experiencia en lo cotidiano, la mantiene ajena a toda presunción de santidad o heroísmo:

> ... los momentos de extrañamiento, de enajenación dichosa que lo precipitan a brevísimos tactos de algo que podría ser su paraíso, no representan para él una experiencia más alta que el hecho de fabricar el barrilete...
> ... su conciencia accedería a un estado fuera del cuerpo y fuera del mundo que sería el verdadero acceso al ser.

Ese "contacto" no se da por vía de la imaginación. Es una entrada real de la conciencia en una dimensión distinta:

> Se ha elogiado en exceso la imaginación. La pobre no puede ir un centímetro más allá del límite de los seudópodos. Hacia acá, gran variedad y vivacidad. Pero en el otro espacio, donde sopla el viento cósmico que Rilke sentía pasar sobre su cabeza, Dame Imagination no corre.

(Dejo aparte el irónico y defensivo final: "*Ho detto*", con que Cortázar cierra el párrafo).

Ciertamente, hay "intercesores". Ello hace de la búsqueda un *buscar a través de*, que se objetiva en imágenes como "franquear peceras", "llegar a un Kibbutz", alcanzarlo y a la vez ir más allá de él.

El amor actúa como uno de esos intercesores:

> La Maga no sabía que mis besos eran como ojos que empezaban a abrirse más allá de ella, y que yo andaba como salido, volcado en otra figura del mundo, piloto vertiginoso en una proa negra que cortaba el agua del tiempo y la negaba.

Son muchas las imágenes que ilustran la presencia, o la ausencia, de "otra realidad". Una nota de Morelli, aunque irónica, como siempre, apunta directamente a la presentación de una imagen de apertura:

> "En el fondo sabía que no se puede ir más allá porque no lo hay." La frase se repite a lo largo de toda la página, dando la impresión de un muro, de un impedimento. No hay puntos ni comas ni márgenes. De hecho un muro de palabras ilustrando el sentido de la frase, el choque contra una barrera detrás de la cual no hay nada. Pero hacia abajo y a la derecha en una de las frases falta la palabra *lo*. Un ojo sensible descubre el hueco entre los ladrillos, la luz que pasa.

El sentido activo, proyectivo, del hombre, es exaltado en todo momento y referido concretamente al presente. Cortázar entrevé una encrucijada decisiva de la que acaso surgirá el *hombre nuevo*.

A ello obedece la presentación de un continuo *partir de cero* que condiciona la conducta insólita de sus personajes, explicada por Morelli:

> Si escribiera ese libro, las conductas standard (incluso las más insólitas, su categoría de lujo) serían inexplicables con el instrumento psicológico al uso. Los actores parecerían insanos y totalmente idiotas. No que se mostraran incapaces de los *challenge and response* corrientes: amor, celos, piedad y así sucesivamente, sino que en ellos algo que el homo sapiens guarda en lo subliminal se abriría penosamente un camino como si un tercer ojo parpadeara penosamente debajo del hueso frontal. Todo sería como una inquietud, un desasosiego, un

desarraigo continuo, un territorio donde la causalidad psicológica cedería desconcertada, y esos fantoches se destrozarían o se amarían o se reconocerían sin sospechar demasiado que la vida trata de cambiar la clave en y a través y por ellos, que una tentativa apenas concebible nace en el hombre como en otro tiempo fueron naciendo la clave-razón, la clave-sentimiento, la clave-pragmatismo. Que a cada sucesiva derrota hay un acercamiento a la mutación final, y que el hombre no es sino que busca ser, proyecta ser, manoteando entre palabras y conducta y alegría salpicada de sangre y otras retóricas como esta.

La tentativa de Cortázar es sobrehumana. Acceder a un estado superior de conciencia que permita al hombre verse a sí mismo y ver la realidad desde un plano trascendente, abarcador de todo espacio (ubicuidad) y de todo el tiempo (profetismo), negador de las categorías psicológicas limitativas.

Psicología, palabra con aire de vieja. Un sueco trabaja en una teoría química del pensamiento. Química, electromagnetismo, flujos secretos de la materia viva, todo vuelve a evocar extrañamente la noción del *mana*; así, al margen de las conductas sociales, podría sospecharse una interacción de otra naturaleza, un billar que algunos individuos suscitan o padecen, un drama sin Edipos, sin Rastignacs, sin Fedras, drama *impersonal* en la medida en que la conciencia y las pasiones de los personajes no se ven comprometidas más que a posteriori.

Esta idea de una *superconciencia* que actúa por encima de las voluntades individuales se evidencia con fuerza en muchas páginas de Cortázar, llámesele "azar objetivo" o, como propone entre humorística y seriamente, interacción química de grupos. La existencia de esa fuerza legitimaría las acciones mágicas: el juego, la poesía. Asimismo, tal idea se ve claramente reforzada por la continua alusión a los grupos, a las figuras; hay "una búsqueda superior a nosotros mismos como individuos"; somos, en suma, movidos como lo son las moléculas en un campo de fuerzas físico-químicas. En cada momento cristaliza una combinación especial; la individualidad deja de pesar separadamente para integrar una totalidad de sentido que escapa a la conciencia del yo

(Club de la Serpiente; cafés=tierras de nadie; figuras de *Los premios*, de *Rayuela*, de *62*).

La indagación de la totalidad psíquica lleva a Cortázar a internarse en territorios nocturnos como el sueño y la locura. Sigue el camino de *Aurélia*, de Nerval, de *Louis Lambert* de Balzac, o de algunos textos surrealistas. "Soñando nos es dado ejercitar gratis nuestra aptitud para la locura. Sospechamos al mismo tiempo que toda locura es un sueño que se fija".

Los sueños adquieren un valor de iluminación sobre la existencia, cuando pueden ser relacionados con una *conciencia trascendente*. En tal sentido aparecen indicados algunos sueños cuyo valor simbólico no siempre queda claro. Así, el sueño del pan (¿Cristo?), símbolo que figura también en "El perseguidor". Un pan que se queja, llora, y obsesiona a Oliveira "Oí que el pan lloraba. Sí, claro que era un sueño, pero el pan lloraba cuando yo le metía el cuchillo".

El sueño es el lugar donde las conciliaciones son posibles, donde la casa de la infancia es a la vez la pieza de La Maga, el *Kibbutz*, la residencia ambicionada y más real que todo lo demás ("su vida de hombre despierto era un fantaseo al lado de la solidez y la permanencia de la sala")

La locura es el otro modo del sueño, la presentación de razonamientos o acciones absurdas. Pero, ¿son realmente absurdos? O sirven más bien para mostrar que *toda la realidad* es un absurdo. O al menos que es inexplicable, imposible de ser racionalizada. Así lo sienten y lo expresan los personajes:

—Yo estoy en el suelo —dijo Ronald— y nada cómodo para decirte la verdad. Escuchá, Horacio: negar esta realidad no tiene sentido. Está aquí, la estamos compartiendo. La noche transcurre para los dos, afuera está lloviendo para los dos. Qué sé yo lo que es la noche, el tiempo y la lluvia, pero están ahí y fuera de mí, son cosas que me pasan, no hay nada que hacerle.

—Pero claro —dijo Oliveira—. Nadie lo niega, che. Lo que entendemos es por qué nosotros estamos aquí y afuera está lloviendo. Lo absurdo no son las cosas, lo absurdo es que las cosas estén ahí y las sintamos como absurdas. A mí se me escapa la relación que hay entre yo y esto que me está pasando en este momento. No te niego que me esté pasando. Vaya si me pasa. Y eso es lo absurdo.

Pero por la presentación del disparate, la locura o la incoherencia, puede llegarse –y ese es el propósito de Cortázar– a vislumbrar un orden, un sentido. Morelli lo dice expresamente:

> Internarse en una realidad o en un modo posible de una realidad, y sentir cómo aquello que en una primera instancia parecía el absurdo más desaforado, llega a valer, a articularse con otras formas absurdas o no, hasta que el tejido divergente (con relación al dibujo estereotipado de cada día) surge y se define un dibujo coherente que sólo por comparación temerosa con aquel parecerá insensato o delirante o incomprensible.

Esta reflexión puede ser aplicada a la conducta insólita o aberrante de los personajes: acompañar a Berthe Trépat, insistir en un diálogo imposible con ella, ofrecerle, ridículamente, protección, colocar un tablón entre dos ventanas para pasar un paquete de yerba, etc, ¿no son actos gratuitos, tejidos diferentes, fragmentos discordantes de las existencias en juego? Y sin embargo el autor justifica plenamente cada uno de esos actos: por contraste, hace ver el absurdo de la existencia corriente, de los seres que viven a otro nivel. Esta ruptura de planos no impide una reiterada desconfianza hacia la total realidad como fenómeno que captan los sentidos. "Cada uno cree que está hablando de lo que comparte con los demás".

La ambición de Cortázar es rehuir esa periferia del conocimiento, llegar al conocimiento profundo después de haber alcanzado la unidad de su propia vida psíquica.

> ... sin ser un héroe, sin ser un santo, sin ser un criminal, sin ser un campeón de box, sin ser un prohombre, sin ser un pastor. Aprehender la unidad en plena pluralidad,
>
> [...]
>
> ... seguir –¿cómo y con qué medios, en qué noche blanca o en qué tenebroso día?– hasta una reconciliación total consigo mismo y con la realidad que habitaba.

Esta apertura a una realidad diferente (tanto interna como externa) comporta un rechazo de categorías, palabras y sistemas *hechos*. Cortázar denuncia la "violación del hombre por la palabra"; reclama un retorno a la inocencia, al momento en que la palabra vuelva a nacer cobrando su plenitud: del ser al verbo, y no del verbo al ser.

> Rebelión, conformismo, angustia, alimentos terrestres, todas las dicotomías: el Yin y el Yang, la contemplación o la *Tatigkeit*, avena arrollada o perdices *faisandées*, Lascaux o Mathieu, qué hamaca de palabras, qué dialéctica de bolsillo con tormentas en piyama y cataclismos de living-room.

Y estamos allí, debatiéndonos entre los polos del ping-pong de la Gran costumbre. El conocimiento amenaza transformarse en un gran caos: "Acabaremos por ir a la *Bibliothèque Mazarine* a hacer fichas sobre las mandrágoras, los collares de los bantúes o la historia comparada de las tijeras para uñas".

Personajes que aparecen como "réplica" unos de otros, aunque sometidos a condicionamientos distintos. Ossip podrá ser, se sugiere, un Oliveira europeo, no perturbado por el lastre de lo americano, inteligente, refinado y acaso algo saturado de cultura, pero lejos del *pathos* dramático de Horacio. Traveler, por su parte, parece un Oliveira no europeizado, no fugado mental y físicamente de su propio contorno, agudo, humorista, cultor del tango y el mate, capaz de vivir plenamente el amor y la historia a los cuales no termina de entregarse Oliveira-Hamlet.

Me referí anteriormente a los "grupos humanos", tan significativos para Cortázar. Es necesario señalar, al respecto, que esa valorización del *grupo* como unidad móvil y fugaz que se instaura sobre la base de un contacto interior (el amor, la amistad, una comprensión instantánea entre dos o más seres) no supone una disolución de la persona en el grupo.

La personalidad participa pues de una condición dialéctica que incluye cierto grado de entrega a otros seres, y la recuperación en y a través de ellos. Uno de los grandes rechazos, insistentemente manifiestos, de Oliveira a la acción colectiva, se funda en considerarla como un "fácil estupefaciente de la libertad individual".

Para actuar sería necesario, ante todo, saber. Ronald: "si todo esto es absurdo hay que hacer algo para cambiarlo". Oliveira: "¿Cómo actuar sin una actitud central previa, una especie de aquiescencia a lo que creemos bueno y verdadero?"

Toda acción es, por otra parte, una renuncia al centro, una concesión a la periferia. Cortázar, a lo largo de este libro, parece elegir la posición del espectador: "otra libertad más secreta y evasiva lo trabaja, pero solamente él (y eso apenas) podría dar cuenta de sus juegos". Actuar es enderezar clavos; toda acción es gratuita mientras no se ponga en claro el fundamento mismo de la acción:

> ... detrás de toda acción había una protesta, porque todo hacer significaba salir de para llegar a, [...] la protesta tácita frente a la continua evidencia de la falta, de la merma, de la parvedad del presente. [...] Valía más renunciar, porque la renuncia a la acción era la protesta misma y no su máscara.

Frente a esa gratuidad de la acción, el juego es lo no-gratuito, lo significante, lo mágico, es decir, la toma de contacto con las zonas suprarreales, por decirlo así. Los juegos infantiles, la rayuela, la poesía: instauración más o menos ritual del *illud tempus*.

El lúcido testigo avanza en la experiencia de enajenamiento y declara su extrañeza del propio cuerpo:

> Basta sentirse vivir (y no solamente vivir como aceptación, como cosa-que-está-bien-que-ocurra) para que aun lo más próximo y querido del cuerpo, por ejemplo la mano derecha, sea de pronto un objeto que participa repugnantemente de la doble condición de no ser yo y de estarme adherido.

A la manera neoplatónica, Cortázar concibe al amor como puente o camino hacia lo uno. Sin embargo, asoma una actitud desesperanzada, una constatación de la soledad en el amor. Acaso por que no todo amor es el amor.

Hacíamos el amor como dos músicos que se juntan para tocar sonatas.

—Precioso, lo que decís.

—Era así, el piano iba por su lado y el violín por el suyo y de eso salía la sonata, pero ya ves, en el fondo no nos encontrábamos. Me di cuenta enseguida, Horacio, pero las sonatas eran tan hermosas.

Si la Maga es para Oliveira la inocencia poética, Pola es el delirio sexual. Gregorovius se encarga de expresarlo:

Horacio la miraba como si fuera un hormiguero, parece. Wong se aprovechó más tarde para edificar una complicada teoría sobre las saturaciones sexuales; según él se podría avanzar en el conocimiento siempre que en un momento dado se lograra un coeficiente tal de amor (son sus palabras, usted perdone la jerga china) que el espíritu cristalizara bruscamente en otro plano, se instalara en una surrealidad.

Pero ninguna mujer ofrece al buscador el verdadero camino.

Ahora se daba cuenta de que en los momentos más altos del deseo no había sabido meter la cabeza en la cresta de la ola y pasar a través del fragor fabuloso de la sangre. Querer a la Maga había sido como un rito del que ya no se espera la iluminación; palabras y actos se habían sucedido con una inventiva monotonía, una danza de tarántulas sobre un piso lunado, una viscosa y prolongada manipulación de ecos. Y todo el tiempo él había esperado de esa alegre embriaguez algo como un despertar, un ver mejor lo que circulaba, ya fueran los papeles pintados de los hoteles o las razones de cualquiera de sus actos, [...] Fracasar en Pola era la repetición de innúmeros fracasos...

En el amor, Oliveira vuelve a ser, irrenunciablemente, el testigo:

Toda esa tarde él asistió otra vez, una vez más, una de tantas veces más, testigo irónico y conmovido de su propio cuerpo, a las sorpresas, los encantos y las decepciones de la ceremonia. [...] un nuevo mar, un diferente oleaje lo arrancaba a los automatismos, lo confrontaba, parecía denunciar oscuramente su soledad enredada de simulacros.

Los que juegan son otros, pero el amor es siempre el mismo; esperanzado y melancólico, "juega a inventarse, huye de sí mismo para volver en su espiral sobrecogedora". Horacio, desencantado del amor, sigue buscando el amor. Clama por él, aunque diga a la Maga:

> ... tu amor que no me sirve de puente porque un puente no se sostiene de un solo lado, [...] quiere un amor pasaporte, amor pasamontañas, amor llave, amor revólver, amor que le dé los mil ojos de Argos, la ubicuidad, el silencio desde donde la música es posible, la raíz desde donde se podría empezar a tejer una lengua.

Acaso, se dice, ella sea una "dadora de infinito y yo no sé tomar".

Otro aspecto de su tentativa de participación cósmica a través de los hombres es la piedad, la compasión que engendra experiencias grotescas como los episodios de Berthe Trépat y la *clocharde*. En ambos casos vemos al personaje en una negación del *ego* que se afirma sobre costumbres y gustos adquiridos, sobre afinidades de sensibilidad con otros seres, intentando una aproximación *en otra escala*, a seres que entran en pugna intelectual, afectiva y aun física con el yo.

Se da en el episodio de Berthe Trépat la fuerza catártica de una experiencia de ascesis. Con ribetes de masoquismo, el protagonista practica la total humillación de la inteligencia y el gusto, para asumir de algún modo, exponiéndose al ridículo y la incomprensión, una vida que le es ajena. El resultado es la presentación de un grotesco desgarrador, una experiencia tremenda que tendría el sentido de una proeza en el vacío, si no fuera por la posibilidad de un enriquecimiento espiritual adquirido a través del dolor y el sacrificio. En el episodio de la *clocharde* se da nuevamente esa necesidad de autonegación. Humillarse, sufrir, vencer la repugnancia física, asumir hasta el fondo ese oscuro *pathos* de erotismo y desesperación que el lúcido Oliveira comparte con una mujer miserable. Es necesaria una enorme valentía moral para llevar a cabo, para expresarla, una experiencia de esta naturaleza.

En ello surge la tácita afirmación de que *todo* ser humano es en el fondo digno de amor y redimible. La soberbia de la inteligencia desaparece ante esa voluntad de coparticipación en la miseria y el sufrimiento de los otros seres.

Cortázar, aunque alejado de una presumible ortodoxia confesional –más bien asoma en su obra un repudio a las iglesias como instituciones sociales– patentiza una convicción y un sentimiento profundamente cristianos. Él mismo lo reconoce así:

> También era occidental, dicho sea en su alabanza, por la convicción cristiana de que no hay salvación individual posible, y que las faltas del uno manchan a todos y viceversa.
>
> Va a ser difícil llegar al famoso Yonder de Ronald, porque nadie negará que el problema de la realidad tiene que plantearse en términos colectivos, no en la mera salvación de algunos elegidos. Hombres realizados, hombres que han dado el salto fuera del tiempo y se han integrado en una suma, por decirlo así... Sí, supongo que los ha habido y los hay. Pero no basta, yo siento que mi salvación, suponiendo que pudiera alcanzarla, tiene que ser también la salvación de todos, hasta el último de los hombres.

La idea de una salvación por el conocimiento, que aparece potenciada por una indeclinable búsqueda intelectual, se halla contrapesada por el puro *acto de amor*, la entrega a los otros seres humanos y la participación en su condición caída y dolorosa.

En suma, Cortázar es en esta obra, más que nunca, el *perseguidor*. No un iracundo (aunque también lo es) sino más precisamente un *hungry*. Un aire de fin de mundo recorre las páginas de *Rayuela*. Insatisfecho de la historia, de la vida superficial y falsa, las reducciones racionalistas, las estructuras rígidas que disfrazan y encadenan el verdadero ser del hombre, inicia una búsqueda personal, a tientas y desde abajo, un camino de destrucción que no retrocede ante las profundidades del infierno. No son meras figuraciones alegóricas; en el libro se cumple una experiencia de despojamiento y riesgo, una muerte que no es solamente la muerte de Morelli, la muerte de lo literario. Es también la muerte del *hombre viejo* que ha ido quemando sucesivamente sus máscaras, sus *yos* imperfectos y parcelados, para dejar surgir en sí al *hombre nuevo*: los místicos hablan del amigo; nosotros podríamos decir el Cristo. Pero dejemos por ahora la discusión sobre el *hombre nuevo* de Cortázar y el *hombre nuevo* del Evangelio. Más adelante el escritor llegará a la blasfemia, sin que eso desmienta su vocación soteriológica.

Su aventura nos incluye como lectores. La tensión volitiva se da tan marcadamente que todo el libro es una invitación al viaje interior, que compartimos, en mayor o menor medida según nuestra capacidad. La experiencia no se cierra como una aventura individual, queda propuesta en el plano colectivo, histórico.

Renegar de un orden no significa renegar de todo orden. La obra de Julio Cortázar es una flecha tendida hacia la instauración de un orden nuevo, el mismo que han reclamado Rimbaud, Lautréamont, Daumal o, en otros tonos, Larrea, León Felipe, Marechal y Lezama. Para ello es preciso pulverizar –con el humor, y a veces con la cólera– las viejas estructuras. Ello no impide a Cortázar ubicarse en la cúspide de ese edificio que quiere ver destruido. Su ubicación mental, su cultura, sus procedimientos (como él mismo, lúcidamente, señala) lo ubican como un occidental. Pero el curso profundo de la historia habla por su boca al peticionar una etapa de apertura y conciliación para la humanidad: una resolución de los contrarios, los bandos, las dicotomías; Oriente-Occidente resolviéndose en la aparición de una conciencia planetaria. La armonía no sólo alcanzada individualmente, a través del camino interior –por lo demás irremplazable– sino, también, y a través de este, instalándose en el ámbito histórico.

En recientes congresos, algunos críticos han exaltado las virtudes del cuentista Cortázar y han subestimado sus novelas. Con ello dan muestra de no apreciar su pensamiento, y lo encierran en su destreza literaria, por lo demás innegable. Por mi parte postulo, precisamente, la valoración de su actitud, abierta a una nueva ética, una vida distinta, la aceptación de nuevos modos de ver y comprender la realidad. Se anticipó a la crítica posmoderna de fin de siglo, y fue más lejos en su propuesta metafísica.

Dionisíaco y lúcido, místico y racionalista, analítico y lúdico, Cortázar deja asomar la esperanza y el vehemente deseo de un hombre total y de una humanidad solidaria. Desearlo es empezar a hacerlo realidad en el espíritu, es iniciar ese umbral, no desmentido por la ambigüedad o la ironía, ese "metal noble asomando en plena ganga".

62 / MODELO PARA ARMAR

Cortázar dio a conocer en 1968 una nueva novela (aunque, según consta al final de ella, su comienzo o acaso su primera redacción data de 1957). Su título, *62*, alusión al capítulo 62 de *Rayuela*, lleva un agregado irónico que se anticipa a ingenuas preguntas: "modelo para armar".

El autor de *Los premios* y *Rayuela* vuelve aquí a desdoblarse en testigo y protagonista. Por un lado es el visor frío que observa las combinaciones de la trama real así como su personaje contempla a los insectos que se agrupan y desagrupan contra el vidrio de un farol. Y, por otro, un ser oscuramente implicado en esa misma trama, expectante y siempre al borde de una comprensión a la que nunca se llega.

"Un sistema de imágenes analógicas". En efecto, el poeta Cortázar aplica a esta novela –como lo hiciera a otras obras suyas– una estructuración interna acorde con una óptica particular, específica de lo que hasta el presente hemos llamado *actitud o razón poética*. Una visión que desnuda lo real y tiende a reducirlo a ciertas imágenes significantes, que constituyen unidades con sentido propio pero irradian en múltiples direcciones y entran en juego con otras figuras, componiendo los planos cambiantes de un extraño caleidoscopio.

Dos líneas se entrecruzan visiblemente en el texto, aunque en su íntima trabazón se revelan indiscernibles: una permanente, sostenida, que apunta a la configuración del mundo (que llamaría surrealista si esta palabra no fuese ya ambigua e imprecisa), línea vertebrada por la mención repetida de "la ciudad", por el proteico personaje al que se designa "mi paredro"; y otra, aparentemente histórica, que surge del montaje de esporádicos *flashes* que recortan sucesos del tiempo y del espacio: ciudades, hoteles, viajes, encuentros, desencuentros.

La obra adquiere así una doble disposición, que permite la subsistencia de un soterrado eje lírico por debajo de las apariencias de un diario de viaje de singulares características o de una humorística novela de falsas aventuras.

Abolidas las diferencias entre importante y mínimo, una sucesión de aconteceres corrientes es interferida por ciertos hechos fortuitos, o al menos sin causa aparente alguna, que dejan abierta la posibilidad de una subtrama coherente aunque incomprensible. Una flor en el cuadro de un museo, una muñeca de tortuosa fabricación, un prendedor, un palacio en Viena, el vampirismo real o presunto de una vieja dama, la búsqueda de una piedra de hule para una estatua, son algunos de los elementos que integran esa doble trama, cotidiana y recóndita. La relación entre ellos no es lógica sino analógica. Inexplicables coincidencias asocian elementos reales que habitualmente se mantienen separados con toda asepsia dentro de cómodas celdas racionalistas; un zarpazo sardónico del azar los reúne de golpe.

> Pensar en el basilisco era pensar simultáneamente en Hélène y en la condesa, pero pensar en la condesa era también pensar en Frau Marta, en un grito, aunque las criaditas de la condesa debían gritar en los sótanos de la Blutgasse y a la condesa tenía que gustarle que gritaran.

Viena, París y Londres, nunca descriptivamente presentados, son los intercambiables escenarios en que dialogan y se mueven los personajes. Cortázar crea sus ambientes a través de una compenetración mental, y desde luego verbal, con una Viena barroca y truculenta, un París sórdido y abierto a las evasiones, un Londres solemne y humorístico, sin abandonar el clima de pesadilla que hace prevalecer a la Ciudad sobre toda ciudad. Tanto aquella como ésta tienen, sin embargo, un común denominador: el absurdo.

> La ciudad no se explicaba, era; había emergido alguna vez de las conversaciones en la zona; [...] cualquier imagen de los lugares por donde anduviéramos podía ser una delegación de la ciudad o la ciudad podía delegar algo suyo (la plaza de los tranvías, los portales con las pescaderas, el canal norte) en cualquiera de los lugares por donde andábamos y vivíamos en ese tiempo.

Como ocurre con alguna frecuencia –aunque no todas las veces– en la obra de Cortázar, sólo algunos rasgos psicológicos individualizan a los personajes. En el fondo de ellos vive el ubicuo personaje de la novela, que se esconde miméticamente bajo las apariencias de Juan, Marrast, Hélène, Austin, Nicole, o "mi paredro", esa superentidad novelesca a la que Cortázar indica de este modo: "Mi paredro estaba como existiendo al margen de todos nosotros, que éramos nosotros y él, como las ciudades donde vivíamos eran siempre la ciudad". De tal manera, lo que sienten y piensan Juan, Marrast o Hélène, toca en ciertos momentos a una zona común o tierra de nadie en que todos se hermanan o se identifican, abolidas las diferencias de "personalidad", de ese ego siempre repudiado por el autor: el ego humorísticamente defendido por los "neuróticos anónimos", subrayado con agresividad por Boniface Perteuil o displicentemente conservado por Juan. Con sutiles modificaciones, los personajes se repiten y sus historias se confunden en una sola historia de búsqueda, torpeza, y desasosiego.

Estos materiales han sido vertidos en pautas humorísticas y poéticas. El humor surge espontáneamente de la absurdidad de las situaciones, de la desmesura con que estas, aunque mínimas, son enfrentadas en un cotejo de lo habitual, del acercamiento de cosas distantes e insólitas –el célebre aforismo de Lautréamont está presente en el libro–; todo ello acentuado a ratos por un lenguaje variable, efectista, falsamente objetivo o ampulosamente exagerado. El poliglotismo de Cortázar, que incluye incursiones en el lunfardo, o en los vocablos inventados, se adapta a esa movilidad humorística. El tono pasa bruscamente de lo solemne a lo ridículo, de lo patético a lo grotesco, de lo sentimental a lo cómico.

Un lirismo de tono elegíaco unifica ciertos pasajes. La intención metafórica de estas secuencias, transferible a todo el libro, se hace evidente. El continuo manipuleo de elementos-símbolos arriesga una pérdida de comunicación, dando a la obra características un tanto herméticas. Como en "El otro cielo", Cortázar se sabe comprendido por los que habitan la "zona".

Se intercalan diálogos de gran vitalidad y dinamismo –uno de los fuertes expresivos del escritor–, a veces en exceso ingeniosos, brillantes, inteligentes, que por ello mismo desembocan con frecuencia en una vía muerta, en una región de ignorancia e impotencia. Algunas escenas irrumpen, en cambio, con la marca de una innegable fruición vital y expresiva.

Ciertas matizaciones lingüísticas, ciertas observaciones al pasar prueban, una vez más, que Cortázar escribe mirando a sus compatriotas, pero el contenido y las formas de su libro exceden toda limitación. Si su humorismo arrecia sobre los sudamericanos, lo hace también aquí sobre los europeos. La alternancia intencional del vos y el tú, la ya apuntada mezcla idiomática, en un escritor que habita su propia lengua como pocos, subraya esa intención de universal amplitud. Pareciera que el escritor quiere arribar a un lenguaje sin lenguajes, a una matemática de símbolos al modo de Valéry.

Como lo ha hecho en sus obras anteriores, intenta también en ésta sondear el otro lado, la faz oculta de la realidad. Se hace presente su propósito de perforar el espacio y el tiempo para instalarse en otra dimensión, no ya en la pura "salida" o enajenamiento poético-musical que permitía crecer verticalmente a Persio, al perseguidor, a Oliveira. Aquí es la presentación más o menos objetiva de hechos acausales, de figuras-símbolos que valen como unidades de sentido e integran a la vez una escritura indescifrable en su totalidad, la que preocupa al novelista. Establecer los nexos posibles entre situaciones análogas, indagar el porqué de ciertas concomitancias, no es lo único que se propone; se limita a mostrar, lúcido, escéptico, conmovido y aun aterrado, una cadena de sucesos pequeños, desmadejados, ridículos en un contexto utilitario o racional, que implican a unos seres semidespiertos. Un azar ingobernable impone pautas misteriosas; nos movemos —parece decir— como muñecos que una fuerza suprema y desconocida reúne y dispersa sin consultarnos. Son otra vez los seres que forman figuras en *Los premios*, aunque sin la dimensión interior que permitía a estos rescatar una humanidad digna a través del acto libre, de la elección interior. Los personajes de *62*, aunque algunos de ellos señalados exteriormente como seres evolucionados y despiertos, no responden interiormente a esa condición. Pienso que no ha sido intención de Cortázar profundizar en ellos, revelarlos, sino por el contrario desdibujarlos al máximo para acentuar el peso de los hechos fortuitos. Por tal razón, parecen seres incapaces de oponer una dureza, una rebeldía, a las fuerzas que los gobiernan, y aun a veces de tomar conciencia de que todo les sucede sin un movimiento interior que lo determine.

Esas criaturas maquinales estarían inmersas en el *sueño despierto* o *conciencia relativa* que Pedro Ouspensky, en su discutida psicología, define como uno de los estados inferiores de la conciencia humana[4]. Los sucesos, es cierto, se operan a veces en dimensiones muy reducidas, pero su abarcabilidad los hace aplicables a toda su existencia.

Cortázar denuncia, pues, un universo aparentemente alógico, regido por otras leyes. Es el mundo que desveló, desde distintas perspectivas, a surrealistas y existencialistas. Carl Gustav Jung ha investigado la compleja zona de las que llama "coincidencias significativas", estableciendo la necesidad de admitir un cuarto principio, la sincronicidad, para completar la tríada espacio-tiempo-causalidad que configura la cosmovisión tradicional.[5] Para Jung, ciertas coincidencias significativas son concebidas como mero azar, pero al crecer esas coincidencias en número, y al ser más exactas las correspondencias, desciende su grado de probabilidad y aumenta su carácter de inconcebibles. En esos casos, y a falta de una explicación causal, esas misteriosas coincidencias pueden ser atribuidas a un ordenamiento superior impenetrable por nuestro nivel ordinario de conciencia. Tal es también la sugerencia que se desprende del libro de Cortázar, no a través de argumentaciones sino de una desnuda presentación de casos inexplicables.

Cortázar intenta una actitud fenomenológica. Ello no impide que su obra se contamine en muchos momentos de nostalgia y frustración, que emanan naturalmente de la situación del hombre avasallado por las sombras de lo desconocido.

El desencuentro humano, por otra parte, se transforma casi en ley; la soledad es un peso irrenunciable; el amor, una quimera perseguida en interminables pasillos y tranvías atestados por la muchedumbre sin rostro. Hay un reclamo del amor, pero este pareciera desterrado del ámbito de las relaciones humanas y transferido a planos ideales. El sexo se insinúa con insistencia dejando traslucir un sentimiento de culpa. La mujer que lleva un paquete bajo el brazo, la muñeca que exhibe un interior impúdico, las escenas de sexualidad sin amor rebasan lo puramente lúdico para erigirse en símbolos del hombre caído. A pesar de algunas agresivas audacias, cabría pensar en un retorno al cátaro sentimiento del amor que repudia al sexo como instintivo y grosero.

Los personajes alientan platónicas imágenes del amor inalcanzable. Para Juan es Hélène, siempre lejana; para Hélène es Juan, ya simbólicamente muerto, perdido, en la figura del muchacho anestesiado, por lo tanto imposible como realización amorosa. Los "amores", reales, se suceden en el plano del simulacro, la piedad, el juego, cuando no el puro acercamiento instintivo.

Surge una confirmación de la soledad, aunque ella entrañe el reclamo de un puente tendido hacia el otro, una apertura capaz de completar el ser del hombre. El sentimiento de la soledad, la percepción de lo arbitrario e ininteligible, crecen en forma poco menos que agobiante hasta imponerse sobre las efímeras secuencias intrascendentes que movilizan a los personajes. Dicho de otro modo, esos aspectos cotidianos del vivir se revelan insuficientes, carentes de valor, al apoyarse sobre ese vacío de ignorancia y soledad. He ahí que el soplo elegíaco triunfa finalmente sobre el regocijo vital y los juegos de la inteligencia.

Una actitud expectante, que oscila entre el desaliento y la ansiedad, enfrenta a lo desconocido: "Un espejo de espacio y un espejo de tiempo habían coincidido en un punto de insoportable y fugacísima realidad antes de dejarme otra vez a solas con tanta inteligencia, con tanto antes y atrás y adelante y después". No asoma aquí el *perseguidor* rescatando su propio paraíso del espacio y del tiempo contingentes. Un aire melancólico se cierne sobre un mundo de reuniones internacionales, hoteles, discursos, funcionarios, museos, seres desencontrados, trenes interminables y tranvías de pesadilla.

La relación del libro con obras anteriores de Cortázar es evidente en muchos aspectos. Significa un retorno a la etapa anterior a *Rayuela*, una toma de conciencia del ser que prevalece sobre el yo, y un despertar a la percepción de las leyes profundas del universo.

Libro de Manuel

Esta novela fue publicada en 1973, y forma parte de la novelística del *boom*, como fue llamado el operativo político-literario que instaló, entre los años 1972 y 1975, el editor Carlos Barral juntamente con un grupo de escritores latinoamericanos. Sobre el tema he escrito en varias ocasiones, y no me extenderé ahora. La relación de literatura y política no era novedosa, desde luego, sí lo era acaso el poner al servicio de la política un cierto aparato literario, editorial y publicitario apoyado por un grupo de escritores. Tal operativo, al que vi referido en términos metafóricos en el *Relato de un náufrago* de Gabriel García Márquez, dio como resultado obras de muy diverso lenguaje, intencionalidad y calibre estético, entre ellas *El otoño del Patriarca*, del autor colombiano, *El recurso del método* de Alejo Carpentier, *Yo el Supremo* de Augusto Roa Bastos y *Libro de Manuel* de Julio Cortázar[6].

La novela de Cortázar inscripta, a mi modo de ver, en este ciclo, no es de las mejores. El autor dio el paso que va de la especulación sobre temas políticos a la acción política ejercida por un grupo de escritores y activistas entre los cuales se incluye a través de distintos personajes. Ya conocemos su afición a los grupos, ya se trate de grupos generacionales unidos por el diletantismo artístico como en *Divertimento*, o bien por su rechazo de la política como en *El examen*, o bien por el fortuito encuentro de clases sociales como en *Los premios*. Este grupo se distingue de otros a los que antes aludió, en primer término porque su jugada se hace por la Argentina, ya no por Cuba o Nicaragua, y en segundo, porque el autor parece insinuar que la acción emprendida por el grupo en cuestión tiene relación con el peronismo de los años 70, el que trabajó por el regreso de Perón, popularmente designado en la Argentina como "el que te dije". Cortázar, acostumbrado a engendrar infinitos dobles, retoma en este caso un personaje que encarna la voluntad grupal, con esta perífrasis o como *paredro*, el cual en colaboración con un doble autoral ya tratado, Andrés Fava, y juntamente con Lonstein, Marcos, Patricio, Susana, Ludmila, Francine, y en menor escala Oscar, Gladis, Heredia, Gómez y otros, deberán desarrollar una acción política, la "joda", cuyo núcleo consiste en el secuestro de un diplomático americano, para ser canjeado por presos políticos. Como elementos emblemáticos de la región austral aparecen un pingüino turquesa y unos peludos reales, enviados a Francia y entregados a un parque zoológico.

Este sería el argumento de la acción subversiva que el grupo planifica y realiza, pero la obra toma el rumbo de un muestrario amatorio y un tratado de sexología, un tanto fatigosos de leer. Otro elemento que se entreteje en el avance de la narración es la confección de un álbum destinado a Manuel, el niño de Patricio y Susana, tema que da título a la novela, propuesto simbólicamente como legado a la juventud por venir. El nombre Manuel, Emmanuel, el que lleva a Dios consigo, recuerda a Emmanuelle, la *clocharde* que aparece en *Rayuela,* así como el título parece aludir al bíblico *Libro de Manuel.*

La narración es conducida desde distintos sujetos: el Narrador, Andrés, "el que te dije", aunque es visiblemente Andrés quien asume el rol protagónico. Él es quien recibe en sueños, de un misterioso cubano, la idea de una misión a ser cumplida. Es también quien expresa su oscilación existencial entre Francine y Ludmila, entre la cultura francesa y la cultura periférica (en este caso encarnada por la "polaquita"), entre la vida intelectual y la acción política; él es quien habla de una *mancha negra* que encubre el enigma, y que será despejada en un momento ulterior cuando recuerda que el mensaje del cubano era sólo una palabra: *Despertate.*

Notas

1. Gide, André. *Le Journal des Faux Monnayeurs.*
2. Azcuy, Eduardo A. *El ocultismo y la creación poética.* Buenos Aires, Sudamericana, 1966.
3. Godel, Roger. *Ensayos sobre la experiencia liberadora.* Buenos Aires, Hachette, 1971.
4. Ouspensky. *Psicología de la posible evolución del hombre.* Buenos Aires, Hachette, 1952.
5. Jung, Carl G. *La interpretación de la naturaleza y la psique.* Buenos Aires, Paidós, 1964.
6. Maturo, Graciela. *Claves simbólicas de García Márquez.* Buenos Aires, García Cambeiro, 1977.

Capítulo V

Otros relatos, libros-juego, misceláneas, teatro

La vuelta al día en ochenta mundos

Esta es la primera de las obras miscelánicas que publica Cortázar. Su coautor y diagramador es el plástico mexicano Julio Silva, que colaboró con él en otras obras. En efecto, es un libro de reproducciones gráficas y textos de diferentes géneros que juega con el tema de los dos Julios y el tercero, Julles Verne, inspirador del título.

La tentación del libro sin línea argumental ni sujeción formal alguna se evidencia en toda la trayectoria del autor, quien parece siempre solicitado por lo informal y aún por lo no literario. Es precisamente la tensión entre ese impulso y las contenciones impuestas por él mismo la que da una particular estructura a varios de sus libros. *Rayuela* ensayó desembozadamente la disolución argumental, incorporando el cuaderno de notas del escritor, su personal bagaje de citas, noticias, aforismos e instancias significativas. La objetivación estructural de lo literario quedaba desplazada por el abierto recorrido vital, por el cálido *tête a tête* con el lector.

En *La vuelta al día en ochenta mundos* retorna esa línea abierta y conversacional, ajena a las fórmulas genéricas, hecho que permite a Cortázar la incorporación de materiales reconocibles como poemas, cuentos, ensayos, y su reinserción en una *causerie* dinámica de tono predominantemente humorístico. Se crea así un mosaico de heterogénea apariencia que abarca un amplio espectro de temas y proyecciones. Una rueda móvil centrada en el testimonio de un creador que juega e indaga simultáneamente.

135

El libro es, efectivamente, como lo quiere su autor, "una esponja de la que continuamente entran y salen peces de recuerdo, alianzas fulminantes de tiempos y estados y materias que la seriedad, esa señora demasiado escuchada, consideraría inconciliables". Con fruición evidente, Cortázar desafía a aquellos que "no se atreven a divertirse"; pero, también, a los que temen aventurarse en lo desconocido abandonando sus cómodos andadores mentales. La gimnasia humorística le sirve para atacar y demoler –cuando no para una pura complacencia de jugador– pero también para crear, imaginar, abrir puertas, abolir fronteras. No está ausente de su actitud cierto narcisismo ni cierto aire nostálgico que hacen de *La vuelta al día* un particularísimo cuaderno de memorias a la vez que un documento de autojustificación. Pero la intención total del libro excede en mucho esas limitaciones del ego creador –que Cortázar, por otra parte, alienta y repudia– y se proyecta hacia un ámbito universal.

Citar es citarse, dice. Y en efecto, asimila a una serie de personalidades afines por uno u otro de sus rasgos, distintas en su inserción histórica y en su desenvolvimiento circunstancial, pero animadas en última instancia por comunes aspiraciones, hecho que da al libro el carácter de una multívoca y compleja unidad.

La literatura, el cine, el deporte, toda actividad humana proporciona ejemplos dentro de una actitud de permeabilidad, indagación, humorismo o visión poética; la actitud del hombre despierto, consciente de su grandeza y sus limitaciones.

También se refiere desde el comienzo al *jazz* como inspirador de la forma libre que le ha permitido infringir géneros y limitaciones: "por el *jazz* siempre salgo a lo abierto", dice. La escritura cortazariana se colma de citas, chistes, diálogos, parodias, poesía y teoría expuesta en forma coloquial o risueña. Sus temas son la poesía, el arte, la burocracia, la vida occidental, el humor. Rescata algunos textos propios, como un breve artículo sobre Gardel publicado antes en la revista *Sur*. Incluye entre los poemas el difundido sobre La Patria, y dos poemas dedicados a Dios, ese *pajarito mandón* al que dice *non serviam*, sólo que lo hace en el tono de una poesía menor y conversacional. No lo descalifico por su actitud blasfema –signo, en el fondo, de su religiosidad– sino por su inconsistencia estética, que también la hay en algunos textos poemáticos.

Contiene este libro importantes páginas sobre literatura como las que dedica a José Lezama Lima, prácticamente ignorado por ese tiempo fuera de Cuba. Cortázar comprende bien la defensa de la poesía emprendida por este *gran cronopio* desde todos sus textos, poemas, novelas y ensayos. También registra interesantes observaciones sobre el humor en Macedonio Fernández y Marechal.

El último ensayo, titulado "Casilla del camaleón", hace referencia a Keats –sobre cuya obra trabajó desde su juventud– para hacer su propia defensa ante quienes lo acusan de falta de compromiso. Recuerda una frase del poeta inglés, a la cual considera definitoria de su *Einfühlung*: "Cuando veo un gorrión..." Así, el poeta, más receptivo que activo, estaría destinado a una identidad cambiante e impedido de atarse a consignas o dogmas.

La problemática del compromiso, insinuada o explícita en otros momentos por el autor, es objeto en este libro de una lúcida discriminación. Puntualiza agudamente la ubicación del poeta ante la realidad, a menudo tan mal comprendida. Esa particular situación que lo coloca por encima, o por debajo, lo mismo da, de la implicancia histórica, la afirmación personal, la elección voluntaria, aunque sin oponerse a estas. El poeta, dice:

> ... renuncia a defenderse. Renuncia a conservar una identidad en el acto de conocer porque precisamente el signo inconfundible, la marca en forma de trébol bajo la tetilla de los cuentos de hadas, se la da tempranamente el sentirse a cada paso otro, el salirse tan fácilmente de sí mismo para ingresar en las entidades que lo absorben, enajenarse en el objeto que será cantado, la materia física o moral cuya combustión lírica provocará el poema. Sediento de ser, el poeta no cesa de tenderse hacia la realidad buscando con el arpón infatigable del poema una realidad cada vez mejor ahondada, más real.

Anegarse en la realidad sin consignas es la libérrima opción del poeta. Ello no impide que pueda y deba adherir a imperativos morales y sociales, sin someter a esa experiencia la condición poética. Cortázar –que no cesa de denunciar las carencias latinoamericanas y sentirse ligado a la abierta disponibilidad del Nuevo Mundo– confirma en esta obra su exigente postulación de cambio y su inagotable tensión hacia el futuro. Ubicado en una escala no habitual, el mundo se le aparece irremediablemente bajo la faz del absurdo. Su intuición le revela una realidad polimorfa e inapresable, rebelde a introducirse en mezquinas clasificaciones, o en esquemas dualistas y limitados. El panorama del conocimiento, del que es atento observador, le provee ocasionalmente indicios, pruebas, caminos que certifican o estimulan su escrutadora y asombrada mirada. "Nada puede curarnos mejor del antropocentrismo autor de todos nuestros males que asomarse a la fisión de lo infinitamente grande (o pequeño)." Si su literatura deriva hacia el juego –Cortázar-niño, Cortázar admirador de Verne, Cortázar irritando a un público solemne en una olímpica broma–, es necesario reconocer que ese juego recobra en sus manos su primordial naturaleza, actuando en consecuencia como un tanteo irracional, una búsqueda de la Realidad profunda que se esconde detrás de las apariencias y los actos mecánicos. La mántica y la nueva ciencia se alían en el espíritu visionario y crítico de Cortázar, quien denuncia el *establishment* de la cultura e incita a compartir la Razón Poética a la que han apuntado antes que él espíritus de tan alto rango como Keats, Novalis, Rimbaud. El ideal poético, en afrentoso careo con el mundo degradado y amorfo en que vivimos, deriva en la mueca del grotesco que lo emparenta a su vez con Alfred Jarry, los patafísicos, Gombrowicz; pero no pierde en absoluto su vigencia interior: "Como los eléatas, como San Agustín, Novalis presintió que el mundo de adentro es la ruta inevitable para llegar de verdad al mundo exterior y descubrir que los dos serán uno solo cuando la alquimia de ese viaje dé un *hombre nuevo*, el gran reconciliado".

ÚLTIMO ROUND

Último round, libro publicado en 1969, reúne en una presentación novedosa dos *plantas*: alta y baja. En ambas se alternan textos de distinta envergadura y género: cuentos, poemas, noticias, ensayos, cartas, textos humorísticos, fotos, ilustraciones. En conjunto podría hablarse de un libro de espíritu surrealista, que recoge las banderas –y las escrituras callejeras– del Mayo Francés, además de anticipar el compromiso político de Cortázar luego de dos viajes a Cuba. Sobre este tema puede verse la carta que dirige a Fernández Retamar.

Figuran en esta obra algunos textos poéticos y cuentos que se hallan entre los mejores del autor. Entre éstos se destaca "Silvia". Quiero referirme también a un relato breve que encabeza el libro, y que se continúa en las últimas páginas. Su título es "Descripción de un combate", y en efecto, el relato despliega objetivamente la lucha entre el boxeador Juan Yepes y un contrincante innominado que lo convierte en víctima receptiva de un despiadado ataque, hasta su derrota total. Sólo el nombre de Juan Yepes se constituye en signo orientador de la lectura, dirigido, a mi modo de ver en la doble dirección del místico español y el autor mismo: Lucas contra la hidra, Cortázar contra el mundo, las fuerzas oscuras, los "chacales", etc. No es la única vez que el escritor se emboza en un boxeador, un personaje popular, para construir un juego alegórico. Las páginas finales del libro confirman nuestra lectura, orientada hacia el plano autobiográfico, en la tentativa de ensayar una defensa propia "en la hora de los chacales".

PROSA DEL OBSERVATORIO

La fotografía atrajo siempre al autor. En este libro, publicado en 1972, reunió fotografías tomadas en la India, y mejoradas técnicamente por Antonio Gálvez, con un texto notable que participa del ensayo y el poema. Se advierte en esta obra la conjunción del impulso lírico-erótico del poeta, con la captación rigurosa y deslumbrada de una noticia científica —la migración de las anguilas, periódica y exacta— y las fotografías tomadas por el autor. Todos estos elementos actúan conjuntamente para producir esta "prosa" poemática, que lo es, fundamentalmente, por producir un hecho nuevo de conocimiento y por expresarlo de un modo rítmico y próximo a la sensibilidad.

La conjunción de percepciones distintas es precisamente uno de los ejes del trabajo poético, que no parte de ideas prefijadas ni se nutre tampoco de una sola vía. La palabra se pone en marcha y su mejor imagen, la que la representa en profundidad, es la cinta de Moebius —Cortázar la llama indistintamente anillo— sin anverso ni reverso:

> ... una palabra desatinada, desarrimada, que busca por sí misma, que también pone en marcha desde sargazos de tiempo y semánticas aleatorias, la migración de un verbo: discurso, decurso, las anguilas atlánticas y las palabras anguilas, los relámpagos de mármol de las máquinas de Jai Singh, el que mira los astros y las anguilas...

El discurso poético avanza, como es su modo, en conjunciones que incluyen al contemplador poético-científico, y lo impulsa a verse a sí mismo en este avance y a contemplar su palabra. Inevitablemente, el texto sobre la Realidad se convierte en una Poética. Advertimos la exigencia del escritor que se formula a sí mismo la imperiosa necesidad de una palabra ceñida al misterio real; esa *palabra-perra aristotélica* acostumbrada a ordenar, dividir y domesticar, deberá hacerse fluida y permeable

> ... cuando otra esclusa empieza a abrirse en mármol y peces, cuando Jai Singh con un cristal entre los dedos es ese pescador que extrae de la red, estremecida de dientes y rabia, una anguila que es una estrella que es una anguila que es una estrella que es una anguila.

No rigen los férreos principios de identidad, no contradicción y tercero excluido en el universo fluyente y mágico que percibe el poeta, renunciando a la obsesión clasificatoria que también lo acosa, y entregándose en cambio a la analogía, incesante y reveladora, o al directo deslumbramiento del objeto real, insólito y moviente.

El cosmos se muestra realmente tal, como una máquina de relojería regida por un geómetra distante, cuando se observa la regularidad de las anguilas, ocultas a cuatrocientos metros de profundidad en el océano, disueltas ante el nacimiento de sus larvas en una "última danza de muerte y renacimiento de la galaxia negra" hasta que "la primavera dicta su ascenso hacia aguas más tibias y azules..."

El sultán Jai Singh, con un siglo de distancia, percibió las correspondencias de Baudelaire al construir el observatorio fabuloso, que Cortázar vino a registrar con su cámara mucho más tarde: "el sultán debió buscar el sistema, la red cifrada...". Las rampas, los signos de mesura, siguen recibiendo "ya para nadie, el alfabeto sideral..."

La imaginación poética convierte a la migración oscura en corriente que invade los ríos europeos, dejando miríadas de cadáveres. El discurso del autor se abre a noticias científicas absorbidas e integradas en la fluencia lírica, incesante, acumulativa, metafórica, que reproduce la vida submarina de las anguilas, dieciocho años sumergidas hasta volver a las aguas de la superficie, a la luz.

Permanentemente se halla implícito el impulso del hombre por superar las tinieblas de la angustia, accediendo a una nueva dimensión gnosoeológica y ontológica. Jai Singh es parte de esa voluntad de comprensión e interpretación de la realidad; sus máquinas de mármol, "un helado erotismo en la noche de Jaipur", son intentos del *volatinero*, el que invierte las suertes. Como en las pinturas de Remedios Varo, "como en las noches más altas de Novalis, los engranajes inmóviles de la piedra agazapada esperan la materia astral para molerla en una operación de caliente halconería". Cortázar, mal interpretado cuando se lo considera un irracionalista, o un estricto surrealista onírico-automático, no renuncia a su posición de hombre occidental, indagador, buscador. Como poeta quiere ser la anguila que se mueve en los légamos submarinos y también, la máquina de mármol instalada para su análisis. "Jai Singh sabe que solamente siendo el agua dejará de tener sed." Convierte su discurso en un texto epistémico. "Que Dama Ciencia en su jardín pasee, cante y borde, bella en su figura y necesaria su rueca teleguiada y su laúd electrónico, no somos los beocios del siglo," pero "puede ocurrir que entremos en los parques de Jaipur o Delhi, o que en el corazón de Saint Germain-des-Près alcancemos a rozar otro posible perfil del hombre..."

Humorísticamente se dirige a los científicos, al *profesor Fontaine*, a la *señora Bauchot*, hablando de la coerción que la Ciencia ha ejercido sobre lo humano en plenitud. Frente a ello se abre "lo abierto, la noche pelirroja [alusión a *La jolie Rousse* de Apollinaire] las unidades de la desmedida, la calidad de payaso y de volatinero y de sonámbulo del ciudadano medio..." Y allí, la lección del cosmos, la anguila que vuelve hacia las fuentes y acepta un ritmo superior a ella misma. Acteón, despedazado por los perros del pasado y el futuro, volverá a la cacería, será de nuevo Jai Singh encauzando la luz astral, dejará emerger el *hombre nuevo*, el que "podrá ocupar su puesto en esa jubilosa danza que alguna vez llamaremos realidad".

TERRITORIOS

Diagramado por Julio Silva, este libro, publicado en 1978, se halla dedicado al arte dentro de una tonalidad poética. Reúne comentarios sobre pintores, fotógrafos, actores y otros artistas, en particular algunos argentinos contemporáneos, de vocación surrealista, como Alechinsky. A cada personaje le dedica un "territorio"; en conjunto resulta un libro de indagación sobre las artes, y una poética.

"Paseo entre las jaulas", un texto de veinte páginas, indaga en el Bestiario del pintor austríaco Alois Zötl, redescubierto por Breton. Se incluyen también algunos ensayos sobre psicoanálisis como "Estrictamente no profesional", que explora las fronteras entre locura y creación.

Esta obra, no suficientemente valorada por críticos apresurados o ideólogos, contiene textos de gran calidad poética, nueve de los cuales adoptan la forma del verso. No se observa en ellos la ironía o la intromisión humorística de otros libros. Aparece una tentativa de "poesía permutante" con un poema a dos columnas y frases intercambiables. Entre esos poemas incluidos al final del libro también se encuentra un soneto dedicado a Mallarmé, y otros poemas que se vierten en la rítmica musical del endecasílabo, como puede apreciarse en el siguiente:

Viaje infinito

la mano que te busca en la penumbra
se detiene en la tibia encrucijada
donde musgo y coral velan la entrada
y un río de luciérnagas alumbra
para el que con su incendio te ilumina
cósmico caracol de azul sonoro
blanco que vibra un címbalo de oro
último trecho de la jabalina
oh portulano, fuego de esmeralda

sirte y fanal en una misma empresa
cuando la boca navegante besa
la poza más profunda de tu espalda

suave canibalismo que devora
su presa que lo danza hacia el abismo
oh laberinto exacto de sí mismo
donde el pavor de la delicia mora,

agua para la sed del que te viaja
mientras la luz que junto al techo vela
baja a tus muslos su húmeda gacela
y al fin la estremecida flor desgaja

La metáfora erótico-mística se desenvuelve como correlato de una pintura abstracta cuyas curvas se recrean en el lenguaje. Cortázar retoma su lenguaje poético inicial, el de los sonetos de *Presencia*.

LOS AUTONAUTAS DE LA COSMOPISTA

Los autonautas de la cosmopista, publicado en marzo de 1984 –un mes después de la muerte de Cortázar– adopta la forma de un diario de viaje, y en cierto modo lo es, si se tiene en cuenta el proyecto que le ha dado origen y el modo como ha sido escrito, en colaboración con su tercera esposa, Carol Dunlop. Ambos concibieron la idea de realizar el viaje París-Marsella recorriendo todos los paradores del camino, a modo de dos por día, hazaña que realizaron en treinta y tres jornadas. Este viaje adquiere características de juego, con sus reglas y violaciones que consisten en permanecer todo el tiempo posible fuera de la autopista, la que recorren con su carro-casa rodante bien equipado, llamado en el texto "Fafner", como un personaje wagneriano, o simplemente "Dragón". El "Lobo" y la "Osita", como se autodenominan familiarmente los personajes del relato, escriben fragmentos en primera persona donde se declaran su mutuo amor, se sienten fuera del tiempo y del espacio a pesar de la radio y el equipamiento técnico de que disfrutan, dan cuenta del excelente estado de las autopistas francesas y anotan su menú diario con prolijidad de exquisitos. El lector de Cortázar hallaría el libro un tanto trivial, si no fuese por algunas páginas antológicas donde se asienta un vivir poético, una felicidad que emana de la intensificación del instante, una valoración de la pareja humana que ha estado ausente en otros textos del autor. No hay en este diario ningún signo de búsqueda metafísica o preocupaciones ultraterrenas. Los viajeros, en actitud de disponibilidad, registran simplemente la maravilla de la vida, aunque de alguna manera prolongan la ambición intemporal que ha caracterizado a Cortázar en su trayectoria. Se sienten en "ningún sitio", registran la presencia en el cielo de un presunto ovni, se hallan abiertos al espíritu de aventura, que expresan con infantil alegría. El libro termina con la noticia de la muerte de Carol, ocurrida al regreso de un viaje a Nicaragua, y el rescate del libro-juego, testimonio de la dicha.

Silvalandia, Monsieur Lautrec

Cortázar escribió algunos otros textos para acompañar libros de imágenes plásticas, entre ellos *Silvalandia* y *Monsieur Lautrec*.

Silvalandia se publica en México en 1975, con la firma de Julio Silva y Julio Cortázar, quienes confiesan la intención de reírse y divertir al lector. Los textos de Cortázar ponen nombre a las figuras pintadas por Silva: clowns, animales y objetos con aspecto humano y un cierto aire infantil, en colores planos. Esos textos toman la forma de relatos o diálogos, deslizan, entre bromas inocentes, algunas definiciones sobre el humor del libro, ataques al racionalismo suficiente, elogios a la magia de la pintura y de las demás artes.

Para el libro *Monsieur Lautrec* (1980), que reúne dibujos y pinturas del uruguayo Hermenegildo Sabat, y que ambos suscriben, Julio Cortázar escribió un texto titulado "Un gotán para Lautrec". Elige un juego de espejos que tiene su punto de partida en las pinturas prostibularias de Toulouse Lautrec, y en la noticia —real o inventada— de la partida de su amiga Mireille hacia la Argentina, para fusionar a ese personaje con la *rubia Mireya* y con otras muchachas venidas de Francia que protagonizan los tangos viejos de Buenos Aires. Su excelente prosa, conversacional y por momentos canyengue, instala cierto diálogo con un distante Lautrec que sólo a medias puede comprender el Buenos Aires afrancesado de comienzos del siglo XX, sus bacanes de buena vida y sus marginales encandilados por París. El autor recuerda letras de tangos conocidos y de otros olvidados donde aparece reiteradamente el tema de la francesita destruida por la vida fácil, hasta terminar con su contrapartida, el porteño que se fue a París en busca de bonanzas que por lo general le fueron negadas. Al rememorar *Anclao en París*, Cortázar se involucra afectivamente, dando al tema un sabor de tango.

Los inéditos

Luego de la muerte del autor su albacea han seguido publicando títulos suyos, algunos ya preparados en vida para su publicación, otros recuperados entre sus papeles. Al respecto, me atengo a lo expresado por Aurora Bernárdez :

> El problema está en saber qué es de la obra no publicada lo importante y lo que no lo es. En este plano se puede decir que todo lo que el autor consideró acabado no sólo merece sino que debe publicarse. Entran en esta categoría *La otra orilla* (1942-1946), *Teoría del Túnel* (1947), *Divertimento* (1949), *El examen* y *Diario de Andrés Fava* (1950) e *Imagen de John Keats* (1950-1951).[1]

La otra orilla reúne los primeros cuentos de Cortázar, entre ellos "Casa Tomada", con el que inicia *Bestiario,* y algunos otros publicados en revistas. Las novelas ya fueron tratadas en el capítulo anterior y a los ensayos me referiré en el capítulo siguiente.

Cuaderno de Zihuatanejo

Este texto, exhumado en 1997 por Aurora Bernárdez, fue escrito en dos momentos distintos: el primero, en una playa mexicana, Zihuatanejo, en fecha incierta que corresponde a los años de convivencia con Carol (Carla en el relato); el segundo, un año después en una isla del Caribe, donde ella también lo acompañaba. Un subtítulo, conservado en la preciosa edición, advierte: *El libro de los sueños*. Difícil es encasillar este relato, narrado desde una primera persona que busca ser transparente y asumirse como Julio Cortázar, que toma la forma de una conversación con el lector. Tiene el antecedente de las *causeries* del siglo XIX (por ejemplo Lucio V. Mansilla, muy leído y recordado por el autor), pero se trata de un texto de otra índole, mucho más provocativo e incluso irritante para un lector cómodo. Cortázar va leyendo un metatexto cargado de contraseñas, sobreentendidos, alusiones a su vida y su persona, explicaciones ambiguas, en fin "agujeros", como suele decir.

No se debe inferir de lo anterior que el texto solo apunta a sí mismo. Se trata de desenvolver, a través de circunloquios que le son necesarios, nada menos que el tema del Mundo como Libro, que viene a ser una extensión o reformulación del viejo tema del Gran Teatro del Mundo. Nos movemos en el seno de la Tradición filosófica y literaria, próximos a las disputas medievales; no por azar son nombrados Guillermo de Ockam y Pedro Abelardo.

El sentido, en suma, ¿lo construyen las escrituras o preexiste a ellas? Frente a las teorías modernas o posmodernas que afirman la autonomía del texto literario, Cortázar se pronuncia siempre *more* romántica, platónica o surrealista, por el misterio real al que accedemos oscuramente a través del sueño. Sueños de escribir en un libro ya escrito, sueños de horror y maravilla ante lo incomprensible, sueños de utopía social como la multiplicación de los peces, sueños terribles, pesadillas, *cauchemars*. Tanto el frágil tejido de la imaginación onírica como el campo lingüístico en que se expresa lo inexpresable, son objeto de finas disquisiciones, análisis, juegos de sentido, interpretaciones en las que concurren filósofos del pasado, personajes del presente, y hasta el "sentido común" de la infaltable señora de Frumento, cómica representante de la clase media argentina.

En la segunda parte, marcada por la enfermedad y el aislamiento, se profundizan los delirios lúcidos de la fiebre, la escondida reflexión sobre el viaje (imagen del barco), el tema omnipresente de la muerte. Cortázar se muestra a conciencia como un surrealista siempre que se lo considere, según pide, fuera de la capilla Breton, *árbol que impide ver el bosque.*

El texto despliega, en suma, una teoría de la Realidad como Libro del Sentido, una tesis sobre el sueño como teatro y acceso profundo al Conocimiento, y también una poética que se instala sobre las ruinas del discurso convencional. Cortázar construye su conversación delirante a expensas de destruir géneros posibles y próximos como el cuento y el ensayo. Aspira a fundir el presente del autor y el presente del lector dentro del estallido poético de un tejido de significaciones, que conforman una apuesta al Sentido real.

EL TEATRO

Julio Cortázar escribió cuatro piezas de teatro (si se exceptúa *Los reyes,* que he considerado un poema escénico) que fueron publicadas en el tomo *Adios Robinson y otras piezas breves.* "Tiempo de barrilete" y "Nada a Pehuajó" son las más logradas desde el punto de vista dramático.

"Pieza en tres escenas", que no ostenta otro título, fue escrita en 1948. Es una obrita en un acto para ser interpretada por once personajes; transcurre en una plaza seca y en una de las casas que la rodean. El fondo musical pertenece al *jazz* (acotación del autor). Se podría calificar como cercana al teatro del absurdo. El personaje de Nélida parece dejar de lado el orden, las reglas, el dominio familiar, el novio, anticipando una característica de muchas obras de Cortázar. Pero aunque Nélida parezca buscar a Nemo, personaje alejado de lo cotidiano, termina por tratar de acercarse al cuerpo de su novio muerto. Esta pieza evoca por su clima poético algunas obras breves de García Lorca, en los juegos e imágenes de los marineros, pero ya apunta la mordacidad satírica con que el autor hace hablar a la clase media.

"Tiempo de barrilete" está fechada a bordo del barco "Anna C" en 1950. En una carta a su madre, Cortázar le decía:

> Te vas a divertir: resulta que hace más de treinta años, en un viaje en barco, escribí una pieza de teatro que quedó en un cajón olvidada, pues el teatro me resulta difícil y eso siempre me pareció un ensayo.

Últimamente una amiga suiza, que es actriz, vio ese texto, lo tradujo al francés, y después de varias vueltas resulta que lo están traduciendo al alemán y que un gran director brasileño, Augusto Boal, la va a presentar en Graz, que es la segunda ciudad de Austria. Yo me divierto con la idea de lo que será eso; a lo mejor queman el teatro, [...] pero ellos son gente de oficio, y si la llevan adelante por algo será... Se va a estrenar en octubre, y tendré que ir, por supuesto (hace muchos años que voy a Austria, como sabés). Y luego te contaré mis impresiones y te mandaré fotos para que vos también te diviertas con esa experiencia.[2]

La acción transcurre en una estancia criolla de patrones educados en Europa. Los personajes son: el Sr. Rodolfo, estanciero bonaerense; Isolina, su hija; Aníbal, el hijo; Leticia, huésped; David, huésped; El chico de al lado; El caballero, heraldo y amigo del señor Robledo. "Mancuspias y girasoles"; música de fondo al estilo de "Pavanne pour une Infante défunte" (Ravel). La obra tiene mejor construcción escénica que la anterior. Ya esplende en los parlamentos y acotaciones el clásico humor cortazariano. Hay numerosas menciones que recuerdan el estilo de *Alicia en el país de las maravillas* de Lewis Carrol. Se presenta una especie de grupo o "figura" con una vinculación de amor-odio que demora su concreción, establecida sólo por la muerte, a causa de las picaduras de las mancuspias, famosas por el cuento "Cefalea".

Como en la novela *62 / modelo para armar*, aparecen los desencuentros amorosos; así, David ama a Isolina, quien quiere a El chico de al lado, Aníbal siente una atracción no manifiesta en palabras, pero evidente en su acción "oscuramente clara" como dice el texto. El título se refiere a un tiempo del año, durante la infancia de los hermanos, en que era posible, necesario, jugar con barriletes, lo que no estaba permitido en otras épocas; no había una prohibición expresa, pero había tiempo para cada cosa, para el amor, para la muerte, explícita en la idea de que "hay que matar a David" "pero no es el tiempo". Cuando Isolina muere, David recuerda satíricamente el final de Romeo y Julieta; intenta seguirla en su muerte y se promete alcanzarla, Isolina grita, "¡nunca!" y David muere antes que ella. El tema romántico del desencuentro ha sido llevado a un plano farsesco.

Las referencias a Lewis Carrol se manifiestan especialmente en los bandos que hace proclamar el dueño de casa por su servil Caballero, algo tan absurdo como el hecho de que "los girasoles amarillos deben ser azules, bajo amenaza de decapitación", así vocifera la Reina de Corazones. El texto incluye (escena IV) un inicio de poema que se refiere al amor no correspondido en donde Isolina trata de adivinar el autor y dice: "El primer verso es de Cortázar, los otros no sé, en el segundo hay un simple giro al revés de Apollinaire..."

"Nada a Pehuajó" aparece fechada vagamente en la década del 70. Su acción transcurre en un bar restaurante donde funciona una empresa de transportes. Sin divisiones claras, se plantean dos conflictos. El principal ocurre en el pasaje en que un cliente pretende mandar *efectos* a Pehuajó provocando un diálogo acre y desopilante con el empleado de la empresa. El cliente tiene que elegir la manera de transportarlos, a cuál más absurda: el tren rápido no para en Pehuajó, el de carga tarda años en llegar, los bultos pueden ser llevados por perros. Finalmente, el empleado halla un reglamento que anula todos los anteriores: no se puede enviar *nada* a Pehuajó. La crítica a la burocracia es parte de la crítica general del resto de la obra a órdenes y sistemas cerrados, representada por personajes como el Juez y la lucha entre la vida genuina y lo institucionalizado. Pero los personajes se transmutan, los sacrificadores pueden convertirse en sacrificados, todo se desdibuja en la farsa, la hipocresía y la impotencia.

Los personajes y situaciones de esta obra son realmente teatrales, y nos extraña que no haya sido representada. Se encuentra en el rumbo de ciertas obras de Roberto Arlt, y por su tema recuerda un cuento del riojano Angel Vargas que se titula "Una vieja contra reembolso".

"Adiós, Robinson", también se ubica según la edición de Alfaguara, en la década del 70. Se trata de un guión radiofónico, que incluye la siguiente nota del autor al realizador: "Pienso que el locutor debe reseñar en muy pocas frases lo esencial del tema: Daniel Defoe, Alejandro Selkirk, Robinson, Viernes. El *leit motiv* podría ser Solitude (Duke Ellington)".

Se puede añadir que cuando se oye al pueblo se tocan canciones y bailes populares. La intriga puede ser resumida de este modo: Robinson y Viernes vuelven a la isla donde fueron náufragos. La isla, entonces desierta, ha sido urbanizada y reglamentada: Viernes, según Robinson "está tanto más cerca que yo del aire y los astros y los otros hombres". Viernes le recuerda que los integrantes de las distintas tribus se comían entre ellos, a lo que responde Robinson que "hay muchas maneras de ser caníbal". Ambos han cambiado: Viernes ha recobrado algo de su naturaleza primigenia y Robinson siente que lo que consideró su misión superior de civilizar a Viernes fue la tarea de un colonizador y esclavizador. En el fondo es una nueva reivindicación del *buen salvaje.*

Quizás entre los Viernes de los mundos colonizados, palpiten nuevos alientos. El guión es demasiado didáctico para el ánimo creador de Cortázar, carece de su emoción y sentido del humor. En opinión de Hebe Monges, con la que coincido, la pieza interesa más por su mensaje —acorde con el cambio político de Cortázar a favor de América Latina— que por su realización.

NOTAS

1. Bernárdez, Aurora. "Los inéditos de Julio Cortázar", *La Nación,* 2 de Julio de 1995.
2. Carta a Herminia Descotte de Cortázar con fecha 1 de agosto de 1983, París. Publicada en: Cortázar, Julio. *Cartas 1969-1983* - Tomo III. Buenos Aires, Alfaguara, 2000.

CAPÍTULO VI

ESCRITOS POLÍTICOS, ENSAYOS, CRÍTICA LITERARIA,
TEORÍA DE LAS ARTES, TRADUCCIONES

ESCRITOS POLÍTICOS

Son numerosos los escritos políticos de Cortázar, algunos en forma literaria, pero en su mayoría tratados como declaraciones, ponencias en congresos, etc. Estos escritos, a los cuales me referiré brevemente, se extienden desde 1970 hasta 1983.

En 1970 se publicó *Viaje alrededor de una mesa* con el sello Rayuela, dirigido por Martín y Vanasco. Este último escribe unas palabras prologales al texto, que es grabación de lo expuesto por Cortázar en una mesa redonda con Julio Le Parc y Vargas Llosa. Cortázar fija aquí su posición –que será reiterada en muchos textos posteriores– acerca de sus relaciones con la política. Se declara distante del realismo socialista, que subordinó el arte a la política, y también del liberalismo descomprometido al que perteneció en algún momento. Su postura se afirma en la responsabilidad, acompañante irrenunciable de toda auténtica libertad.

Fantomas contra los vampiros multinacionales. Una utopía realizable narrada por Julio Cortázar apareció en México en 1975; este texto, que incluye una historieta, forma parte de los muchos escritos políticos que publicó en los últimos quince años de su vida. Asume la doble forma del panfleto y la historieta. Es un panfleto que se propone divulgar las decisiones del Tribunal Russell II –del cual formó parte junto a García Márquez– acerca de la violación de los derechos del hombre por parte de personas, gobiernos e instituciones del mundo. El autor apela a una concepción lúdica al encarnar la lucha contra el mal en el

151

personaje Fantomas, y hacer de éste el aliado de los escritores cuyas obras son destruidas y prohibidas en América Latina por los gobiernos militares. El texto entremezcla diálogos telefónicos, alegatos, imágenes gráficas y escenas de historieta, creando cierto clima de Pop-art. En el apéndice final se incluyen las declaraciones dadas en Bruselas en 1975 por el Tribunal Russell.

Nicaragua tan violentamente dulce reúne los escritos relacionados con ese pueblo tan querido por Julio, al que frecuentó hasta pocos meses antes de su muerte. Pienso que alentaba la esperanza de que en Nicaragua pudiese florecer, más que en Cuba, la utopía poética que veía como inseparable de la utopía política. Al reunir en el libro distintas declaraciones y escritos, incluyó también el relato dedicado a Solentiname, ya publicado con anterioridad.

Antes de morir, Cortázar preparaba una recopilación de escritos políticos bajo el título *Argentina. Años de alambradas culturales*, libro que fue publicado en España por Saúl Yurkievich en 1986. Estos escritos pertenecientes a nueve años de su vida, dan fe de su continua preocupación por América Latina de su postura con relación a la responsabilidad de los intelectuales, y la defensa de su voluntario destierro, que convierte en exilio político en 1977 a partir de la prohibición de su libro *Alguien que anda por ahí* por la Junta Militar que gobernaba la Argentina. En dos de esas declaraciones explica pormenorizadamente la condición puesta por la Junta para autorizar la publicación, consistente en la eliminación de dos cuentos. En los textos de la primera parte del libro escribe para denunciar atrocidades e injusticias cometidas en distintos países; en los textos restantes, para proclamar los deberes del intelectual en la crítica situación latinoamericana. El tema del exilio, que en su caso ha alcanzado a la larga una mayor comprensión histórica que la que alcanzó en su juventud, es rescatado positivamente, con tintes de autojustificación que dan su razón de ser a esta compilación.

> Al tocar el problema del escritor exilado, me incluyo actualmente entre los innumerables protagonistas de la diáspora. La diferencia está en que mi exilio sólo se ha vuelto forzoso en estos últimos años; cuando me fui de la Argentina en 1951, lo hice por mi propia voluntad y sin razones políticas o ideológicas apremiantes. Por eso, durante

más de veinte años pude viajar con frecuencia a mi país, y sólo a partir de 1974 me vi obligado a considerarme como un exilado.

... la edición argentina de mi último libro de cuentos fue prohibida por la Junta Militar, que sólo la hubiera autorizado si yo condescendía a suprimir dos relatos que consideraba como lesivos para ella o para lo que ella representa como sistema de opresión y de alienación. Uno de esos relatos se refería indirectamente a la desaparición de personas en el territorio argentino; el otro tenía por tema la destrucción de la comunidad cristiana del poeta nicaragüense Ernesto Cardenal en la isla de Solentiname.

Cortázar recomienda la "vertiginosa, difícil pero absolutamente necesaria revisión del concepto de exilio, su paso de la categoría de disvalor estéril a la de valor dinámico".

Al tema de la responsabilidad política le suma otro que queda señalado en sus obras: la búsqueda de la identidad del hombre latinoamericano.

... los escritores más significativos, desde los tiempos de nuestras luchas libertadoras –pienso en un José Martí en Cuba, en un Domingo Faustino Sarmiento en Argentina, entre muchos otros, hasta los contemporáneos, poetas como Pablo Neruda o novelistas como Asturias o García Márquez– se caracterizan a pesar de sus enormes diferencias por un rasgo común que es precisamente el de buscar nuestra identidad latinoamericana, nuestra verdad profunda como pueblos y como individuos, destruyendo máscaras y mentiras, liquidando prejuicios y tabúes, mostrando o creando los elementos necesarios para que los diferentes pueblos reconozcan cada vez más que participan de una misma y profunda corriente telúrica e histórica que los une en vez de separarlos, que los llama a comprenderse en vez de atrincherarse en fronteras belicosas y en slogans chauvinistas.

Cada día siento más la necesidad de clarificar conceptos que muchas veces se manejan sin el rigor crítico suficiente, y uno de esos conceptos es el de pueblo cuando se tiende a emplearlo como una totalidad positiva frente al enemigo exterior [...] una parte de esos mismos pueblos son el terrible caballo de Troya de los Estados Unidos en

> cada uno de sus países: Chile, Argentina, Uruguay, Paraguay, Bolivia, El Salvador, Guatemala [...] son trágicos ejemplos de esa Alianza para el Retroceso.
>
> De nosotros depende que los vastísimos sectores populares actualmente confundidos y engañados por la brillante manipulación informativa norteamericana y la no menos hábil que emana de los sectores cómplices del interior, vean con creciente claridad el panorama que los rodea, analicen con mayores recursos mentales las encrucijadas y las opciones, y se pongan en condiciones de enseñar a los indecisos y a los ingenuos a distinguir entre una propaganda disfrazada de información y una información precisa y enriquecedora. A nosotros, los que hemos elegido hacer de la palabra un instrumento de combate, nos incumbe que esa palabra no se quede atrás frente al avance de la historia.

Y agrega con total convicción: "las revoluciones hay que hacerlas en los individuos para que llegado el día las hagan los pueblos".

> Durante más de veinte años he vivido en Europa por voluntad propia, porque hacerlo significaba una plenitud individual sin cortar por eso las raíces con mi nacionalidad: el hecho de sentirme hoy un exilado forzoso no modifica en nada mi actitud y mi trabajo. Como tantos latinoamericanos que escribieron y escriben en español a miles de kilómetros de sus patrias, mantengo el contacto con mis hermanos prisioneros o vilipendiados, escribo para ellos porque escribo en su idioma, que siempre será el mío. [...] hasta el final los lectores contarán infinitamente más para mí que los escritores.

Subraya siempre la prelación del despertar individual como base para toda revolución social:

> En una auténtica revolución, la alianza de los dirigentes políticos y de los intelectuales es la única fuerza capaz de llevar adelante un proceso popular en el que la soberanía nacional tenga su base en la soberanía cultural, y en el que la autodeterminación exista en el nivel del estado porque existe como conciencia individual.

... un escritor latinoamericano responsable tiene el deber elemental de hablar de su propia obra y de la de sus contemporáneos sin separarlas del contexto social e histórico que las fundamenta y les da su más íntima razón de ser. [...] Si ningún hombre es una isla, para decirlo con las palabras de John Donne, los libros que cuentan en nuestro tiempo tampoco son islas.

Mi país, desde el punto de vista de la realidad histórica, ofrece hoy una imagen tan ambigua, en manos de los profesionales de la política y de la información al servicio de las peores causas [...] Voy a resumir brevemente esa realidad. Después de un período turbulento y confuso, en el que la actual Junta Militar desató una represión implacable contra diversas tendencias liberadoras nacidas de la época igualmente confusa del peronismo, se ha entrado en una etapa de calma superficial, en la cual se está asentando y consolidando un plan económico que suele ser presentado con la etiqueta de "modelo argentino". [...] el aparato de poder ha puesto en marcha el llamado "modelo argentino".

En primer lugar, un preimperialismo tendió tempranamente sus redes desde el norte hacia el sur: la del idioma. [...] el inglés se ha vuelto una segunda lengua en las élites latinoamericanas, desplazando poco a poco al francés.

Me he extendido en las citas porque ellas apuntalan en el escritor argentino la imagen de una conciencia despierta, que en los últimos años veía con nitidez el drama de los países latinoamericanos sometidos a una lucha desigual, apartados de su destino histórico y traicionados por minorías desarraigadas.

En el aspecto testimonial de Cortázar cuenta también su profusa correspondencia, reunida y publicada en los últimos años por Aurora Bernárdez. El género epistolar –actualmente en vías de desaparecer, pero ya en su tiempo cultivado por pocos– tuvo en él a un corazón dotado de amor y calidez, contra la imagen egoísta que algunos han querido adjudicarle. Quien suscribe estas páginas tuvo el privilegio de contarse entre sus corresponsales que recibieron su palabra cordial, su inteligencia, su humor, sus agudas observaciones, sus elogios y discrepancias, su enorme generosidad.

ENSAYOS Y OBRA CRÍTICA

La realidad sólo se revela poéticamente.
Julio Cortázar

Tempranamente –como lo prueba la primera versión de esta obra (1968)– he advertido la calidad de Julio Cortázar como ensayista. Más aún, yo diría que el ensayo, género libre y proteico, tal como fue concebido por Montaigne, tiene en Cortázar a un cultor de excepción; es su modalidad fundamental, en una variante próxima al poema y muchas veces confundida con este.

Todo lector de Cortázar conoce su vena reflexiva y opinante, indiscernible de su creación literaria. Soslayada en sus cuentos, ella aflora en los diálogos de *Los premios*, se entremezcla con la efusión lírica en los monólogos de Persio, y pasa a un evidentísimo primer plano en *Rayuela*, y en libros posteriores. Es el escritor que somete a implacable análisis no sólo su propia creación sino toda la realidad y las posibilidades del conocimiento mismo. Lúcidos ensayos y comentarios críticos diseminados en numerosas revistas certifican la perduración de esta línea. Examinarlos no sólo es útil por la luz que pueden echar sobre muchos aspectos de su labor creadora, sino porque revelan plenamente a un ensayista personalísimo; un espíritu permanentemente desvelado por el misterio del ser, el tiempo y el destino humano; un hombre comprometido con los problemas de su época; un escritor preocupado por las posibilidades del lenguaje y la literatura; un estudioso de todas las formas del arte, un devoto del *jazz*.

Julio Cortázar es un teórico de la literatura de primera línea, que se anticipó o convivió con los descubrimientos de Bajtin, Heidegger y Ricoeur.

Keats, Rimbaud, Baudelaire, Artaud, Octavio Paz, son nombres que señalan preferencias, afinidades. Defensor de la poesía y más aún de la razón poética, expone su propia concepción al identificarse con cada uno de los poetas que admira. Su máxima admiración se dirige hacia John Keats. En los años en que escribió *Los reyes* se hace evidente su identificación con el autor de *Endymion*, pero es importante destacar que esta identificación profunda permanece hasta su muerte.

John Keats encarna como nadie su ambición de superar el tiempo y la angustia mediante la entrega plena al presente, entrega que comporta un traslado a la forma armónica del arte clásico. Merced a su sensualismo espiritualista, Keats alcanza ese punto en que "la tierra y el paraíso se confunden edénicamente y el hombre siente vibrar en él y su ámbito una única, presente, irreiterable realidad". Por otra parte, nuestro escritor señala con singular agudeza el especial tratamiento que Keats otorga a los elementos de su celebración en la "Oda a una urna griega". La aparente plasticidad de escudos y vasos se transfigura en alusión a otro orden de realidad, no visible ni audible, en un movimiento que anticipa la ambición mallarmeana de captar lo absoluto por medio de una ascética depuración verbal. Es por aquí por donde Cortázar se acerca a Mallarmé, a Valéry, griegos por su fidelidad a la belleza, a la *forma*, con despreocupación de las implicaciones ético-morales de la poesía, que sin embargo, él mismo lo señala, se dan "emanando inefablemente de la belleza misma del poema que por eso es verdadero y por eso es bueno".

Cortázar es un esteta nato, aunque su trayectoria demuestre, precisamente, la intención de romper con lo estético. Hay que poner entre comillas esa "ruptura" ya que la suya tiene un sentido de ampliación y remodelación del orden estético que no atenta sustancialmente contra el mismo. Su obra muestra preocupación por la forma y la composición: aplica principios arquitectónicos y musicales a la estructuración de sus novelas, y otorga a la mayoría de sus cuentos la perfección que sólo puede dar un *artífice* en el mejor y menos vulgar sentido de esta expresión. Sin embargo, y a pesar de esa aptitud constitucional para captar, valorar y organizar la materia estética, asoma en su obra una fuerte tensión destructora, un ímpetu dinámico que termina por hacer insuficientes a las formas mismas; acepta tácita y expresamente que la poesía queda siempre más allá del signo que la expresa.

Esta actitud lo aproxima a otro de sus grandes admirados: Charles Baudelaire. Para el poeta de *Les fleurs du mal*, la poesía abre al hombre el camino del cielo, es la actividad por excelencia del espíritu. Al mismo tiempo es el poeta quien "se instala resueltamente al nivel del suelo, que es el del hombre, y desde allí alza la flecha del poema". Y si reitera la tentativa de Keats de "apoderarse, *sur cette terre mêmè*, de un paraíso revelado", lo hace sin perder la conciencia de la condición humana, la situación del hombre caído. En una palabra, renuncia al a veces fácil sueño de la imaginación para ser fiel a la realidad. Dice Cortázar, comentando una biografía sobre el poeta: "Este realismo último de Baudelaire al recortar de la Poesía todo lo que le sobraba y la enfangaba, permitió a su descendencia seguir sus caminos propios partiendo de una verdad que le daba fuerza y alimento. La marcha continúa."

Desde luego, Cortázar se ha sentido atraído por el surrealismo. Por muchos conceptos, él mismo merecería ser llamado "surrealista" con mejores títulos para ello que los que hacen profesión de tales negando, con esa actitud, la esencia misma del surrealismo. Sin embargo, si bajo ese membrete se recorta la exaltación de las fuerzas del inconsciente, la ruptura antihumanista, el nihilismo, en suma, que muchos han imputado a la aventura surrealista, nadie estaría más lejos que él. En cambio, creo que sí asimila, como lo han hecho muy lúcidos espíritus de nuestro tiempo, la lección profunda del surrealismo, su *donner à voir*, su toque de atención ante el anquilosamiento y falseamiento de los valores y la vida humana. Toque de atención que, en el fondo, sólo se limita a hacer públicas y notorias, incluso con cierto escándalo, las incitaciones, preguntas, y llamadas que formularon a su turno los románticos, y luego con matizaciones distintas, pensadores como Nietzsche, Klages, Bergson, Spengler, Freud, Jung, Heidegger. Cortázar se niega a un surrealismo "artístico", pero lo comparte hondamente como aventura profunda del hombre, sin aceptar en ningún momento claudicaciones de la lucidez y la responsabilidad. En otros momentos de esta obra he insistido en la postulación de un Super-realismo que lo distancie de Breton, sin ignorar su peso e influencia.

Antonin Artaud queda, "a salvo de toda domesticación". "Le era dado proclamarse surrealista con la misma esencialidad con que cualquiera se reconoce hombre; manera de ser ineludiblemente inmediata y primera, y no contaminación cultural al modo de todo ismo". La muerte de Artaud le inspira estas palabras de exacta valoración (si excluimos por nuestra parte el adjetivo excesivo a Claudel): "Artaud fue su propia amarga batalla, su carnicería de medio siglo; su ir y venir del *je* al *autre* que Rimbaud, profeta mayor y no en el sentido que pretendía el siniestro Claudel, vociferó en su día vertiginoso".

En su comentario sobre un libro de Octavio Paz –*Libertad bajo palabra*– Cortázar vuelve a plantear, bajo nuevos términos, el problema de la expresión poética:

> Toda poesía entraña una decisión de su poeta; y si ha podido señalarse que no hay, *stricto sensu*, poesía sin comunicación, sin tú, los grados de esa trascendencia contienen la prueba del poeta, su batalla para que el juego original sea también fuego cuando otros ojos lo contemplen en el poema, y no una imagen lunar de la llama.

Cortázar valora, pues, ese sentido del diálogo que hace del lenguaje literario un *puente* entre dos almas. Puente que necesitará la colaboración activa del lector, pero imposible de crear *desde* el lector si el poeta no ha dado previamente los elementos como los han dado los grandes: "Neruda, Éluard, Pierre-Jean Jouve; vicariamente, leer sus poemas es hacerlos". Es esa inteligibilidad (que no supone racionalidad) la cualidad que pondera en la poesía de Octavio Paz. "Su tiro tiene intención, dirección. Para jugar y para querer se precisan por lo menos dos."

Toda la obra de Cortázar puede ser considerada como el múltiple despliegue de una poética. Entre una suma de innumerables opiniones diseminadas en todos sus escritos se halla un penetrante ensayo tempranamente dedicado a su concepción poética[1]. Sus palabras subrayan la cualidad no-racional, mágica, de la poesía:

> Acaso convenga volverse una vez más a la interrogación que apunta de lleno al misterio poético. ¿Por qué toda poesía es fundamentalmente imagen, por qué la imagen surge del poema como el instrumento incantatorio por excelencia? Gaetan Picon alude a una "relación privilegiada del hombre y del mundo", de la que la experiencia poética nos daría sospecha y revelación.

El escritor, como lo he señalado en otros capítulos, adhiere a esa experiencia que supone un atisbo de la experiencia mística, y subraya la importancia de la vía analógico-poética como modo de acceso pleno a la totalidad de lo real:

> ... en cierto modo el lenguaje íntegro es metafórico, refrendando la tendencia humana a la concepción analógica del mundo y el ingreso (poético o no) de las analogías en las formas del lenguaje. Esa urgencia de aprehensión por analogía, de vinculación precientífica, que nace en el hombre desde sus primeras operaciones sensibles e intelectuales es la que lleva a sospechar una fuerza, una dirección de su ser hacia la concepción simpática, mucho más importante y trascendente de lo que todo racionalismo quiere admitir. Esa dirección analógica del hombre, superada poco a poco por el predominio de la versión racional del mundo, que en el Occidente determina la historia y el destino de las culturas, persiste en distintos estratos y con distintos grados de intensidad en todo individuo. [...] pero sólo el poeta es ese individuo que, movido por su condición de tal, ve en lo analógico una fuerza "activa", una actitud que se convierte, por su voluntad, en instrumento.

La lucidez con que nuestro autor ha definido la Razón Poética en su aproximación empática a la realidad y su incorporación a la dinámica vital, me exime de mayores comentarios. El poeta, afirma Cortázar, prosigue la actividad del mago en otro plano. Los recursos formales de la analogía se ponen al servicio de "una urgencia existencial, un afán de participación, un deseo de salto, de irrupción, de ser otra cosa". El poeta conoce para ser, agrega a su ser las esencias de lo que canta. No es el suyo el afán de poder que caracteriza al mago, sino el deseo de fundirse con la realidad en la plenitud de la posesión ontológica; por ello se lo siente crecer en su obra, y puede decir como García Lorca:

> Yo no soy ni un poeta, ni un hombre, ni una hoja
> pero sí un pulso herido que ronda las cosas del otro lado...

El autor de *Rayuela* es el *perseguidor* a quien pueden ser aplicados los versos del poeta granadino; alguien que toma agudamente conciencia de su propia actitud, y puede así definir con singular sutileza y precisión los alcances de la tensión poética: "La imagen es forma lírica del ansia de ser siempre más, y su presencia incesante en la poesía revela la tremenda fuerza que (lo sepa o no el poeta) alcanza en él la urgencia metafísica de posesión."

La novela y el cuento, que han sido tratados incisivamente por el autor desde dentro de sus propias obras –*Rayuela* es su poética por excelencia–, son también tema de algunos artículos. Destacaré entre ellos, sobre la novela: "Notas sobre la novela contemporánea" (*Realidad* N° 8, 1948); "Leopoldo Marechal: *Adán Buenosayres*" (*Realidad* N° 14, 1949) y "Situación de la novela" (*Cuadernos Americanos*, julio-agosto de 1950).

El primero de estos artículos ofrece una aguda apreciación de la novela como género moderno que se afirma sobre nuevas pautas. El contrapunto entre lenguaje enunciativo y lenguaje poético, señala el autor, se daba ya en las grandes novelas tradicionales. Asimismo, se hacía presente lo poético a través de situaciones "no tópicamente novelescas", aunque sin quebrar el *orden estético* de raíz racionalista en que la novela misma reposaba. Frente a ello surge la novela contemporánea

> ... como una imagen continua, un desarrollo en que sólo el desfallecimiento del novelista mostrará la recidiva del lenguaje enunciativo, revelador a la vez del ingreso de una situación no poética y reductible por lo tanto a una formulación mediatizada. Mas seguir hablando de novela carece ya de sentido en este punto. Nada queda –adherencias formales, a lo sumo– del mecanismo rector de la novela tradicional. El paso del orden estético al poético entraña y significa la liquidación del distingo genérico Novela-Poema.

Este cambio, teorizado –acaso en términos extremos– por el escritor, se insinúa en *Los premios* como un viraje de lo novelesco hacia el plano épico-cómico, con el sostén de un eje lírico interior, y se da abiertamente en *Rayuela* donde el *élan* poético arrastra los andamiajes formales novelescos, los maneja a su antojo, los hace instrumentales y sin valor en sí mismos. Tanto las novelas como los cuentos de Cortázar son el fruto de una visión radicalmente poética, que es definida así por el autor: "Hay un estado de intuición para el cual la realidad, sea cual fuere, sólo puede formularse poéticamente, dentro de modos poemáticos, narrativos, dramáticos: y eso porque la realidad, sea cual fuere, sólo se revela poéticamente."

El comentario que dedicara a *Adán Buenosayres* de Marechal[2] –comentario que da la pauta de su independencia moral, incapaz de silenciar el valor de una obra por prejuicios de ninguna índole– es igualmente significativo. Fue, así creo, la primera valoración seria de ese libro "desmesurado" que muchos años después de su aparición ha terminado por imponerse a la crítica latinoamericana como una obra de verdadera importancia. (Ver en el Apéndice Carta de J.C. sobre el tema). Cortázar señala desajustes, y posibles excesos, pero aprecia el intenso, veraz y rotundo lenguaje de Marechal, su ímpetu lírico, su "lluvia de setecientos espejos" que "ha aterrado a muchos de los que sólo aceptan el espejo cuando tienen compuesto el rostro". Advierte claramente la incorporación de Marechal a una corriente de la novela que implica su destrucción y recreación, y capta con agudeza la intencionalidad profunda del autor de *Adán Buenosayres*. Creo que se dio, tempranamente, en esta admirativa afinidad, la anticipación de los grandes temas que Cortázar desarrollará luego en sus novelas (Antonio Pagés Larraya ha señalado la interior vinculación de *Los premios* con la obra de Marechal). A ambos les preocupó un exilio no geográfico ni terrenal.

> Una gran angustia signa el andar de Adán Buenosayres, y su desconsuelo amoroso es proyección del otro desconsuelo que viene de los orígenes y mira a los destinos. Arraigado a fondo en esta Buenos Aires, después de su Maipú de infancia y su Europa de hombre joven, Adán es desde siempre el desarraigado de la perfección, de la unidad, de eso que llaman cielo.

Cortázar ve culminar el itinerario de Marechal, más allá de las simbologías brillantes o las vías metódicas del libro, en la angustia existencial de Adán ante el Cristo de la Mano Rota, tema que he abordado por mi parte en algunos trabajos y conferencias. La manera como ha sido tratado el plano social suscita la admiración de Cortázar:

> Muy pocas veces entre nosotros se había sido tan valerosamente leal a la circundante, a las cosas que están ahí mientras escribo estas palabras, a los hechos que mi propia vida me da y me corrobora diaria-

mente, a las voces y las ideas y los sentires que chocan conmigo y son yo en la calle, en los círculos, en el tranvía y en la cama.

Marechal "vuelca rapsódicamente las maneras que van correspondiendo a las situaciones sucesivas", observa. "De ahí el paso, escandalizador para muchos, de un lenguaje petrarquista, o de una amplificación épica, a la glosa de 'Flor de Fango' o 'Mano a Mano' ". En fin, Cortázar se siente golpeado por una novela escrita por un católico, que despierta nítidos acordes en su propia búsqueda interior; y ve en ella un salto sobre la mediocridad literaria, y la singular tentativa de alcanzar una *superunidad* poética a través de un "aluvional" acarreo de materiales, novelescos o no. Queda certificada una afinidad y una comprensión que habrán de refluir sobre la propia y original evolución del novelista Cortázar.

Su ensayo "Situación de la novela" trae nuevos puntos de vista sobre el tema, ejemplarmente ahondado. El autor analiza el proceso de un género tan específico de la modernidad:

> A la ingenua alegría de la épica y el salto icario de la lírica sucede la cautelosa palpación del terreno inmediato, el estudio de si la alegría es posible, de si el trampolín ayudará al salto. Pues bien, esta lúcida conciencia, presente en la entera literatura moderna, para la cual nada es más importante que el hombre como tema de exploración y conquista, explica el desarrollo y estado actual de la novela como forma predilecta de nuestro tiempo.
>
> [...]
>
> La novela antigua nos enseña que el hombre es; los comienzos de la contemporánea indagan *cómo* es; la novela de hoy se preguntará su *por qué* y su *para qué*.

Con extraordinaria acuidad, Cortázar distingue el plano absoluto del conocer poético, del plano mediato, relativo en que se mueve la novela, aunque orientada hacia el centro de suma irradiación de lo poético. Más aún, destaca a la novela como "el instrumento verbal necesario para el apoderamiento del 'hombre como persona', del hombre viviendo y sintiéndose vivir". Avasallada, nutrida por la poesía, la novela sigue existiendo, sin embargo, como novela, como la "cosa impura, el monstruo de muchas patas y muchos ojos". Rememora y puntualiza el proceso de esa heterodoxia antiliteraria, que empieza por asumir los rasgos de una experimentación formal para transformarse en un instrumento activo de la renovación total del hombre. Y se pone del lado de Malraux, de Sartre, de Graham Green, de Camus, de Carpentier, Rulfo, Onetti, Arlt, Marechal, Lezama, distintos pero acordes en entender a la expresión literaria como algo vivo y *actuante*, algo que alcanza un sentido porque apunta a un sentido del hombre y de la existencia concreta, algo, en fin, hondamente *comprometido* con la realidad. Es previsible, entonces, su alejamiento de Dashiell Hammett, por ejemplo, al que no obstante reconoce, en su aventura expresiva, "un oscuro designio de 'compartir el presente del hombre', de 'coexistir con su lector' en un grado que jamás tuvo antes la novela". Por vías distintas, dice, Camus y Hammet están buscando ser nosotros, "no como contemporáneos sino como testimonios de una condición, una humillación, una siempre esperada liberación [...] cada una de esas novelas 'nos enferma', nos vuelca hacia nosotros mismos, hacia nuestra culpa". Con ellos está tocando, creo yo, en el punto más sensible de la más significativa literatura del siglo XX, esa literatura a la cual él mismo pertenece.

Otras páginas de Cortázar (en *9 Artes*, *Cabalgata* y otras revistas) fueron valoradas y reunidas por nosotros en los años 60, y remitidas a la editorial Voces de San Pablo para su publicación.

Imagen de John Keats

Imagen de John Keats, fechado por el autor entre el 19 de junio de 1951 (Buenos Aires) y mayo de 1952 (París), y publicado después de su muerte, es un libro "romántico", rebelde a la unificación formal, que participa de la condición múltiple de biografía, ensayo crítico, homenaje poético, identificación empática. Es la enunciación de una poética que Cortázar suscribe con su admirado Keats, un signo a favor de la Razón Poética, un alegato. También es un libro de traducciones muy personales de los poemas de John Keats, una secreta biografía del autor y un diálogo con el poeta inglés, basado en una compenetración poética que no se halla lejos de la que sostiene Charles Du Bos –citado en el libro– como vía de acceso al poema. Tengamos en cuenta que en las décadas 30 y 40 se publican importantes compilaciones de las obras de Keats, que el joven Cortázar conoció en su idioma: la edición de George R. Elliot (Nueva York, 1937), la de J. M. Dent (Everyman's Library, 1936), la de H. W. Garrod (Oxford, 1939) y la selección de Richard Church (Londres, 1948). Julio Cortázar tradujo, por su parte, la obra de Lord Houghton, *Life and letters of John Keats*, que parece haber sido el punto de partida de su libro; otros críticos permanentemente nombrados son Sidney Colvin, Robert Bridges, Garroll, Gorell y John Middleton Murry, incluidos en su bibliografía final. No figura en ella Charles Du Bos, que sin duda le ofreció claves para una compenetración afectuosa y sensible con el poeta estudiado, "ir paseándome del brazo de John Keats es su metodología". No obstante el libro tiene una vertebración, apenas marcada, que ha sido establecida en los tramos siguientes, dando a conocer un proyecto de título: *Diario para John Keats*.

En el *Diario de André Gide*, hacia el cual lo guía Du Bos, halla también un propósito de indagación de regiones espirituales. Coincide y señala la voluntad de hacer presente y vivo lo pasado

> ... me gustaría explorar, [...] la situación y el decurso del espíritu en la vida del hombre dotado de espíritu e inmerso en su circunstancia. Una poesía haciéndose, su respiración, su pulso, ese alentar que separa las aguas y entra en el alegre caos del día como la proa o el pájaro.

Como ejemplo de esa *crítica del poeta* (que por mi parte he intentado reivindicar durante muchos años sin conocer, hasta hace poco tiempo, esta obra de Cortázar, pero teniendo en cuenta la orientación de otros escritos suyos y de sus maestros), podemos detenernos en las páginas que dedica a la "Oda al Ruiseñor", donde se recuerda a sí mismo en el año 44, paseando junto a una acequia en Mendoza. El canto del ruiseñor sintetiza para él, fusionado con Keats y antes con Coleridge (hacia el cual lo conduce Garrot: "treinta centímetros de cátedra", como si pidiera perdón), los "motivos" —como diría la filología— de la noche, el canto, la música: la pérdida de la identidad, la captación de la esencia.

> "Su ruiseñor" crecerá sobre la idea dieciochesca de Filomena, acercándose a la fuente viva que misteriosamente vuelve tan caro al hombre

ese canto. Su oda –la más invocatoria, las más *oda* en el sentido escolar– replica con magia sonora la línea errática del ruiseñor encendido como una estrella en los árboles. No sé de otro poema de Keats que –si preciso fuera señalar uno solo– nos acerque más a su *desvelada ansiedad* de ser, a su entrega por irrupción, a su ingreso enajenado. Este es el delirio lúcido del lírico, el lenguaje que no espera al pensamiento, que vuela por imágenes y accede por incantación. Realmente ya no se pude hablar. Pienso en Keats cara arriba, yéndose al canto; pienso en San Juan de la Cruz: "Que me quedé balbuciendo / Toda ciencia trascendiendo".

Póstumamente fueron reunidos los trabajos críticos de Cortázar, en tres volúmenes, cada uno a cargo de los críticos Saúl Yurkievich, Jaime Alazraki y Saúl Sosnowski.

Obra crítica I dio a conocer, entre otros trabajos ya publicados, el ensayo crítico "Teoría del túnel" de 1947. Retomando la metáfora del subsuelo, de raíz dostoievskiana, Cortázar elabora su idea de la novela en relación con el trabajo del inconsciente (tesis surrealista) y la problemática ética de la fenomenología existencial. *Obra crítica II* recoge los ensayos sobre Rimbaud (1941), Keats (1944) y Marechal (1949) a los cuales me he referido. *Obra crítica III* recoge numerosos artículos y reseñas que dan cuenta de su intensa actividad intelectual, y entre otros textos de diverso estilo da lugar a "la tierna carta al artista uruguayo Felisberto Hernández", un *cronopio* con el cual casi se cruzan en el pueblo bonaerense de Bolívar, como lo consigna Hebe Monges (1995).

Insisto, Cortázar debe ser restituido a su lugar como teórico y crítico literario que representa la cultura humanista y la visión específica del mundo.

TRADUCCIONES

No quiero dejar de señalar, aunque sólo sea rápidamente, la importancia de la labor de Cortázar como traductor. En primer término, estimo que su dominio del propio idioma se halla íntimamente ligado a su conocimiento de otras lenguas, que en vez de crear una subestimación o desvirtuación de su lengua natal, redunda en una ampliación de sus posibilidades expresivas. Por otra parte, sus ejercicios lingüísticos, especialmente en *Rayuela*, abarcan el ámbito de las lenguas relacionadas con la cultura mediterránea, sin olvidar el rico idioma de Shakespeare y de Joyce, que tan a fondo conoció.

Me atrevería a decir que lo idiomático es una de sus grandes pasiones. A su evidente dominio del francés –su otra lengua materna, que habló casi exclusivamente hasta los cuatro años–, del inglés, del italiano, cabe agregar nociones del alemán y del ruso. Asigno importancia a esa innata predisposición glótica, que me parece relacionada con una permanente búsqueda del signo en relación con el verbo interior, ámbito de la poesía.

Las traducciones a las cuales se dedicó Cortázar –no sólo por gusto sino también por oficio–, durante buen tiempo, le permitieron desarrollar un afinamiento extraordinario en cuanto a los matices de la expresión, una versatilidad sintáctica y una riqueza semántico-fonética, verdaderamente notables, que aplicó a su propia lengua.

El otro aspecto que quiero señalar, relativo a sus tareas de traducción (las más importantes han sido detalladas en la bibliografía de este libro), es su compenetración íntima y profunda con autores que le son particularmente afines.

Tradujo a Edgar Alan Poe en dos gruesos volúmenes, editados originalmente por la Universidad de Puerto Rico. Es imposible pensar que esa amorosa recreación de una obra para volcarla en otros signos expresivos haya sido baldía para el autor de *Las armas secretas*. Chesterton y Daniel Defoe (cuánto de aventura robinsoniana hay en las novelas de Cortázar) fueron también vertidos por él a nuestra lengua. De Defoe queda huella en una obra teatral. Sus traducciones de los libros de Alfred Stern (*Filosofía de la risa y del llanto* y *La filosofía existencial de Jean-Paul Sartre*) suponen también, no sé si elección pero sí coincidencia profunda de preocupaciones con los temas propuestos. Qué decir de *El inmoralista* de André Gide y de *Nacimiento de la Odisea* de Jean Giono. Gide es sin duda alguna uno de los más queridos maestros de Cortázar. La huella de su raigal esteticismo, pero también de su eticidad y sinceridad, aparece marcada desde *Los reyes* hasta *Rayuela*. El libro de Giono es poesía, no sólo por su contenido mítico sino por su depurada, intensa y carnal formulación expresiva, y su presencia me parece significativa en la trayectoria de Cortázar. He indicado, en páginas anteriores, como una de las constantes profundas del escritor, su inserción en la línea del humanismo grecolatino, tempranamente asimilado en las clases de su maestro de juventud, Arturo Marasso; la herencia clásica queda incorporada al escritor: ya para siempre respirará como propio el aire azul del Mediterráneo que vio a Ulises y a Palinuro; los mitos estarán vivos en su sangre. No es casual por lo tanto que Cortázar logre una creación lingüística magistral al traducir el *Nacimiento de la Odisea*.

Otras traducciones suyas son las de Henri Bremond, Lord Houghton, Walter de la Mare y Marguerite Yourcenar.

No se ha realizado, que sepamos, una búsqueda minuciosa de sus traducciones en temas de arte. Debo al estudioso Gabriel Taboada el dato de su colaboración como traductor en el Diccionario Oxford de la Música de Percy A. Scholes (traducción de la 9ª edición editado por Sudamericana, 1964), donde figura su nombre entre los de otros traductores y musicólogos como Carlos Suffern, Jorge D'Urbano y Daniel Devoto.

NOTAS

1. Cortázar, Julio. "Para una poética", *La Torre*, Año II, N° 7, 1954.
2. Cortázar, Julio. "Leopoldo Marechal: *Adán Buenasayres*", *Realidad*, N° 14, Buenos Aires, 1949. Reeditado en el volumen compilado por Graciela Maturo: Marechal, Leopoldo y otros. *Claves de Adán Buenosayres*. Mendoza, Azor, 1965.

CapÍtulo VII

Hacia una comprensión
de la obra de Julio Cortázar

En Julio Cortázar coexisten, como en todo genio, la mística y la ciencia, la Razón Poética y el espíritu de análisis. Veo afirmarse en él dos modos de mirar la realidad, dos "temples" anímicos y —en consecuencia— dos perspectivas estéticas distintas, aunque complementarias. He comprendido estas actitudes bajo los rótulos "clásico" y "grotesco", entendiendo estos términos con gran elasticidad.

La pauta de lo "clásico" corresponde al órfico sentimiento de la *armonía cósmica*, y a la confianza en las posibilidades de integración del hombre en esa totalidad. Tal actitud comporta un rechazo de las categorías habituales de espacio y tiempo y un acceso a la visión absoluta, integradora. Este profundo "clasicismo", tal como lo concibe el genio griego, otorga una especial importancia a lo estético. La contemplación de la belleza, la captación sensible de las formas, colores y sonidos, la inmersión en la música, crea en el ánimo del contemplador una resonancia acorde, que equivale a una iniciación mística. Al poeta le es dado el acceso a esa iniciación. Antes de haber tomado entre sus manos la "rama dorada" de que habla Virgilio, el legado de Orfeo y sus discípulos, halla su propia revelación a través de la belleza. Su expresión, consecuentemente, aspira a la creación de formas bellas, tanto en el orden plástico como musical, o verbal.

Cortázar aparece ligado, a través de toda su obra, a esa contemplación de lo bello. En sus primeros versos se da esa dimensión de plenitud (¿no se llama el libro *Presencia*?), aunque también asome, paralelamente, la tensión temporal. El joven poeta se entrega a las "correspondencias" de la naturaleza, anticipando la contemplación poético-mística de Persio, de Johnny, del recorredor de galerías, de Oliveira, Marini, el protagonista de "Reunión":

> Pero ahora vale la pena aprovechar de este respiro absurdo, dejarse ir mirando el dibujo que hacen las ramas del árbol contra el cielo más claro, con algunas estrellas, siguiendo con ojos entornados ese dibujo casual de las ramas y las hojas, esos ritmos que se encuentran, se cabalgan y se separan [...] me hace tanto bien recordar un tema de Mozart que me ha acompañado desde siempre, el movimiento inicial del cuarteto "La caza", la evocación del halalí en la mansa voz de los violines, esa trasposición de una ceremonia salvaje en un claro goce pensativo. Lo pienso, lo repito, lo canturreo en la memoria, y siento al mismo tiempo cómo la melodía y el dibujo de la copa del árbol contra el cielo se van acercando, traban amistad, se tantean una y otra vez hasta que el dibujo se ordena de pronto en la presencia visible de la melodía, un ritmo que sale de una rama baja...

Es esta una trasposición, a un lenguaje descriptivo y no poéticamente presentativo, del estado de contemplación poética. Cortázar, en esos pasajes, renuncia a la expresión poemática, exenta del comentario y de la circunstancia, pero no a lo poético en sí mismo. La antigua filosofía del Amor y la Belleza ha asentado la estética como uno de los grandes caminos hacia la instauración de ese estado casi angélico en que la eternidad se hace *presente* y anula los condicionamientos vitales. Se trata de una experiencia mística por participación en el ser. El papel de la música como apertura a esa experiencia es bien conocido. Así lo destaca H. Serouya (*Le Mysticisme*):

> *Les Orphiques sont enivrés par le charme de la musique qu'ils considéraint comme un présent des dieux ou comme un larcin qu'Orphée paya de sa vie. La musique dont l'usage est si bien mise en lumière dejà dans la Bible, est la langue des inmortels comme le vin est leur breuvage. Elle enivre et divinise. Celui qui le goûte est dans l'extase, son esprit perd la perception et le souvenir des chose d'ici bas.*

No es necesario insistir sobre el papel de la música como constante temática en la obra de Cortázar. En todos sus libros está presente y es precisamente una escala hacia el éxtasis, una vía de contacto con el misterio, con la "superrealidad".

Asimismo, los ritmos arquitectónicos o pictóricos, en tanto que armónicos, son concebidos como una captación de la armonía universal. En Mondrian, por ejemplo, pero también en Uccello, Rembrandt, Watteau o Vieira da Silva, dispares, halla Cortázar esa expresión pictórica de la armonía interior que se resiste al análisis.

La poesía es legado órfico; aunque Cortázar adopta preferentemente la vía expresiva de la narración, no se aparta sustancialmente de ella. Y además, paralelamente, sigue desarrollando una labor poética que todavía no ha sido suficientemente estudiada. La visión poética, íntimamente arraigada en su espíritu, condiciona en forma constante un rescate de la esencialidad, por el trabajo continuo de unificación de lo dispar. Tal ambición se expresa en formas analógicas como la metáfora (analogía verbal) o, más frecuentemente, a través de *figuras* que apuntan a un plano mítico (analogía simbólica), ambas igualmente referidas al plano ontológico. La analogía, como lo apunta Matila Ghyka es "el hilo de Ariadna del pensamiento mediterráneo". Cortázar no se limita a la metaforización verbal, forma más difundida, y a veces meramente retórica de la analogía; superando el nivel morfológico, su visión se instala en lo que llama Ghyka una "interpretación sinfónica" del universo[1].

Con ello ingresa en la gran familia que desde Platón viene hasta nosotros a través de Dante, Shakespeare y los románticos. La familia que incluye a Hölderlin y a Keats, pero también a Poe, Baudelaire, Mallarmé, Valéry, Gide, Darío, Marechal, Lezama Lima, Murena, Octavio paz y Molinari. La metáfora deja de ser, para ellos, un lujo verbal: cada fragmento de la realidad es en sí una metáfora, puede ser clave analógica de otra forma real, y a su vez conduce a la realidad no sensible, al Uno.

Es explicable, por lo tanto, la soltura con que Cortázar accede al territorio de los mitos clásicos. Vuelve a vivirlos, ajeno a toda incorporación "libresca", desde su raíz. Su mirada de contemplador abarca la totalidad de lo real, supera la circunstancia fenoménica de tiempo y espacio y puede aprehender gestos y rostros arquetípicos. Esta actitud es bien visible en *Los reyes*, en Johnny-Orfeo (*El perseguidor*), en Persio contemplador y astrólogo, en Horacio melómano. Orfeo aparece aludido una y otra vez hasta convertirse en imagen-símbolo, *leit motiv* en *Los premios*, donde se reitera la figura de un misterioso guitarrista "que fue de Picasso, que fue de Apollinaire". Esa imagen preside y acompaña, como Orfeo a los Argonautas, el viaje del Malcolm. Persio es Orfeo, y también de algún modo uno de los buscadores del Graal: su vía no es la acción, sino la poesía; acaso es un Eneas o –perdido en la popa, al borde de acceder al llamado oscuro de las aguas– Palinuro. Medrano, Raúl, López, en menor grado los demás, son igualmente argonautas. Cada uno de ellos puede ser Ulises, Jasón, tanto como Johnny-músico, como Oliveira-escritor, protagonista de una aventura múltiple. La proyección personal, autobiográfica, no agota el valor mítico; este asume su plenitud poética al adquirir su sentido arquetípico y universal.

La búsqueda del Graal o peregrinaje místico es un tema obsesivo en Cortázar. Es la encarnación de su permanente búsqueda interior, referida a un cielo, un "paraíso perdido", una Edad de Oro, *kibbutz*; centro interior o "abismo del ser" del que esas imágenes son espejo.

He señalado en varios de sus cuentos el tratamiento irónico o humorístico de que el tema es objeto. Ello no desvirtúa su gravitación real en el espíritu de Cortázar, siempre pronto a denunciar el lado grotesco de lo humano. Ese "camino" hace el fondo de sus novelas *Los premios* y *Rayuela*.

En la primera, el recorrido épico insume a varios protagonistas. Varias son las "búsquedas" que se entrecruzan (el protagonista es en realidad el *grupo humano*), y diversos los resultados. La popa velada, el descenso a la bodega del barco, los corredores laberínticos, insinúan con bastante claridad las etapas-elementos del itinerario épico clásico, pese al tratamiento lúdico a que el autor los somete, al dar a su novela cierta apariencia de novela de piratas.

En *Rayuela*, el autor-personaje invita al lector a participar (y quien sabe leer, efectivamente, lo hace) en la búsqueda múltiple y sin término de un indefinido Graal, meta siempre pospuesta pero, en ciertos momentos, alcanzada. La tipificación del itinerario épico queda, nuevamente, sugerida. Cortázar prefiere dejar indicadas las similitudes, dentro de la derivación humorística que da a su "epopeya". El descenso *ad inferos* es aludido por la bajada a la morgue del manicomio, una *nekya* cómica, minimizada, pero no por ello exenta de dramatismo. Pero sería empobrecer la riqueza polivalente del libro, el adjudicar a los personajes y situaciones vitales que presenta la equivalencia de cifras míticas tradicionales. Pola puede ser una Circe esclavizadora de los sentidos; la Maga, acaso, la mujer intercesora de la tradición neoplatónica, pero el aprovechamiento del pensamiento mítico es mucho más profundo, y afecta a la estructura íntima de la visión.

Cortázar posee la cualidad de rescatar de las aguas del devenir, lo permanente y esencial de la conducta y el ser del hombre. Esta manera de mirar es la que el mismo autor, en su penetrante ensayo luego ampliado[2], valoraba en la poesía de Keats. El acercamiento del poeta de *Endymion* al mito griego no es la aproximación del estudioso, prolija en los detalles, sino la identificación empática que restituye al plano simbólico su total dimensión viviente y actual. Keats, dice Cortázar, asume la mitología "desde dentro, entera y viviente", y lo hace "como recobrando un bien propio y natural". Agrega, "Su goce es de eternidad e infinitud". Ve en Ketas, el gran clásico-romántico –ah, la inanidad de las etiquetas–, al poeta que pasa "del tiempo a lo intemporal, de lo humano a lo divino. Pero no lo divino inhumano sino el valor divinidad entendido por una imaginación griega". De modo análogo, el autor de *Los premios* intenta, en toda su obra *la instauración de una eternidad contra el tiempo*. Sus figuras se transforman en cifras de un presente que no cesa.

Apunta a ese mismo plano su dilección por el juego. Nuestro poeta capta agudamente el aspecto mágico, ritual de los juegos, su valor de apertura frente a la limitación de espacio y tiempo en que el hombre corrientemente se mueve. Juegos de todo tipo aparecen en sus libros: juegos infantiles, juegos mágicos, juegos de palabras, juegos literarios, etc. La literatura misma es un juego (el elemento lúdico resulta evidentísimo en *Rayuela*, que propone un juego al lector, y en *Los premios* donde reina una atmósfera de juego infantil, subrayada a ratos por las observaciones del niño). El arte, como otros aspectos de la vida, es también juego. Y en cierto modo toda la existencia lo es. Me parece importante, sin embargo, señalar la no gratuidad del juego en su obra, hecho que lo distingue netamente del juego intelectual y metafísico que se da en Borges, con quien ha sido muchas veces comparado. El juego, para Cortázar, es siempre significante, mágico, es decir, actuante sobre la realidad, comprometido en ella. Roger Caillois ha señalado certeramente el carácter intemporal y mágico, a menudo sacralizado, de los juegos. Ciertos juegos, en particular, conservan desvaídamente el carácter de ritos simbólicos; entre ellos se cuenta la rayuela. Según ciertos autores, "los primeros estudios sobre el juego han postulado una conexión entre el diagrama de la rayuela y el laberinto, o han sugerido que el avance de un comportamiento a otro es una representación del proceso del alma"[3].

El laberinto (ya *Los reyes* presenta su figura) supone, según Mircea Eliade, la idea de la defensa de un *centro*. La rayuela sería pues un símbolo laberíntico, es decir, un *mandala* o diagrama iniciático. Cortázar elige a la rayuela como juego-símbolo del peregrinaje. Pero su libro mismo es una rayuela, un mandala ("dibujar mi mandala es recorrerlo") que incita a iniciar el salto de una casilla a otra. Todos estos elementos –juego, mito, contemplación, poesía, música– son caminos o realizaciones de un espíritu que siente la potencialidad de superar el devenir, de instalarse en lo eterno. La forma estética que corresponde naturalmente a esta línea espiritual es, desde luego, la poesía.

Pero recordemos que la polarización extrema representada por esta luciferina aventura lleva en sí misma su propia limitación, y el reclamo de un polo antagónico. No olvidemos tampoco que el mito, revestido de perfección estética, nacido de un proceso esencializador, encierra un fermento religioso que puede condicionar el paso de lo estético a lo agónico. Como lo afirma Luis Diez del Corral:

> La mitología ha seguido cantando después de muerta, como la cabeza cortada de Orfeo. Siempre contiene una cierta dosis de religiosidad que, por mínima que sea, resulta inflamable y puede dar lugar en ambientes propicios a aparatosas llamaradas, como en el Renacimiento o el Clasicismo alemán. Son estos fenómenos excepcionales y aislados, que puedan acarrear a veces incluso desequilibrios trágicos.[4]

Acaso pueda aceptarse que Cortázar, seducido por la pureza estética del mito griego, haya cedido cada vez más a su virtualidad religiosa y dramática. Ello sería una de las causas de que el autor de *Los reyes*, tan afín a Mallarmé, a Valéry, aparezca cada vez más avasallado por una tensión existencial y agónica que marca el paso de lo bello a lo grotesco, de la intemporalidad a la historia.

Veamos ahora el desarrollo de este aspecto, que va cobrando importancia en su obra: el grotesco; paralelamente a la constante clásica y con un creciente predominio sobre ella, se va dando la intensificación de esta línea. Empleo el término "grotesco" en el amplio sentido que le confiere Wolfgang Kayser cuando lo hace abarcar la representación del *mundo distanciado* opuesto a la armonía, la plasmación de la angustia ante la vida y de la "insuficiencia de las categorías mediante las cuales nos orientamos en el mundo"[5]. Lo absurdo, teratológico, demoníaco, demencial, ridículo, dramático (no trágico), onírico, fantástico y macabro, serían comprendidos bajo la amplia denominación de grotesco, que en cierto modo equivale parcialmente a barroco y romántico.

Ya en los primeros versos de Cortázar asoma, junto al sentimiento de lo bello, una extrañeza ante el mundo, un distanciamiento que se vuelca en manifestaciones de nostalgia y dolor. En *Los reyes*, la encarnación de esa extrañeza es Minotauro. Cortázar ha vivificado el mito haciéndonos ingresar (como Borges en "La casa de Asterión") en la visión del monstruo. La obra desenvuelve una tensión dialéctica, no resuelta, entre dos mundos antagónicos.

Bestiario inicia una inmersión a fondo en esta línea. Cortázar se aleja, al menos aparentemente, del simbolismo, la pureza mallarmeana, el lenguaje poético, para asumir con un verdadero sentido de catarsis el mundo de los instintos, las frustraciones, el deseo reprimido. Violencia, crueldad, sexualidad, inspiran imágenes que parecen cumplir una misión liberadora. Cortázar se vuelve hacia lo cotidiano y sin brillo, capta escenas vulgares, tristes, ridículas, presenta seres desprovistos de dignidad paradigmática, abraza el lenguaje directo y conversacional, ajeno a toda ambición estetizante. Lo expresivo desplaza como valor a lo bello. "Final del juego" y "Las armas secretas" continúan esta línea que, dando lugar a la ironía, crea una visión "desde afuera": la tensión cómico-dramática suscitada por la historia de los perros, etc. Cortázar se halla aquí más próximo de Lautréamont o Alfred Jarry que de Keats o Valéry. Igualmente los nombres de Kafka, Poe, Lewis Carroll, surgen en el espíritu de quien lee sus libros. Al equilibrio, al sentimiento de la unidad cósmica, la presencia de lo divino, la contemplación de la belleza, se contraponen con violencia la desmesura, el horror, la demencia, el sentimiento del vacío, la captación de una humanidad miserable y caída.

El autor no abandona la experiencia mística, solitaria, pero su centro de gravitación se desplaza a la participación humana, histórico-social. Es el paso de la conciencia a la esfera de la voluntad. El reconocimiento de la condición humana, del error, la culpa, la debilidad, que engendran dolor, hace nacer una nueva dimensión en su espíritu. En los libros nombrados, *Los premios* y más acentuadamente *Rayuela* y *Todos los fuegos el fuego*, esta evolución se hace patente en sus dos sentidos: como ascesis o purificación personal ("Las babas del diablo", *Los premios*), y al mismo tiempo como una mediatización del impulso místico a través del amor y la compasión. La vida del hombre, llegado cierto momento, es la vida de *todos* los hombres.

La idea de la salvación colectiva ha sido reiteradamente expuesta en *Rayuela*. Los episodios, de Berthe Trépat o la *clocharde*, son una clara afirmación de la negación de sí mismo en la asunción del dolor y la miseria de los otros: compadecer, asumir, en la compasión unitiva, el dolor de los seres humanos. Sólo de tal actitud pueden nacer páginas como las mencionadas de *Rayuela*, como "La Señorita Cora". A esta actitud de compromiso humano y catarsis individual corresponde una agudización del sentido de la historia ("Reunión"), la valoración del actuar. En "La isla a mediodía", la ambición de Marini-Ícaro es castigada con la muerte. El humor desaforado de *Historias de Cronopios y de Famas* no es sólo una visión gozosamente satírica; es acción en plenitud, destrucción de modos de vida, de pensamiento, de lenguaje, plasmación de una voluntad transformadora. También lo es *Rayuela*, libro que se instala en la ambición rimbaudiana de *changer la vie*.

La vida del hombre, como el universo, entero, tiene su ritmo. El espíritu no puede durar en la plenitud intemporal: de esta obtiene el grado de iluminación que le permite aplicarse a lo existencial y condicionado. De lo eterno a lo temporal, del yo a los otros, de los otros al yo y al ego trascendental, tal el movimiento del hombre, ser abierto a lo divino pero temporalizado y encarnado. La línea de la verticalidad se complementa en la horizontal, más aun, la reclama.

Cortázar ha logrado en su obra la plena objetivación de esa síntesis dinámica. Tiempo y eternidad, mística y ética, contemplación y acción, clasicismo y "grotesco", poesía y humor, dejan de ser, en sus libros, categorías independientes o cerradas en sí mismas. De su permanente intercambio surge la vitalidad de su obra, que configura el itinerario de una experiencia profundamente cumplida.

Cortázar, argentino y hombre del planeta, cumplió una trayectoria de singulares perfiles tanto en el plano interior cuanto en el artístico. Veo desplegarse su personalidad a lo largo de todos sus libros sin quebradura alguna, en una creciente espiral que va enriqueciendo y depurando temas y tónicas ya dados desde el comienzo. La suya es una experiencia revelatoria de su propio ser, una transformación en distintos niveles que se proyecta con la urgencia del diálogo hacia sus contemporáneos, y hace de su palabra un instrumento de la acción. Es el *perseguidor* que nos incluye en su agonía, *l'homme revolté* tocado por la gracia poética.

EL COMPROMISO POLÍTICO

En los últimos años, el tema del compromiso político parece haber preocupado en forma obsesiva a los críticos latinoamericanos de Cortázar. Llama la atención, sin embargo, el hecho de que las controversias surgidas en torno a este problema se fundan, en muchos casos, más en los gestos y declaraciones del autor, desde luego importantes para conocer su posición y pensamiento, que en la consideración de sus escritos literarios.

Debemos reconocer que es muy difícil, para el común de los lectores latinoamericanos de hoy, inmersos en la aguda problemática que viven sus pueblos, aceptar la tarea de un escritor que trabaja preferentemente sobre otros planos de la realidad, y admitir que esa pueda ser también, y acaso más profundamente, una tarea revolucionaria.

Creo innegable en la obra de Cortázar la presencia creciente de una responsabilidad histórica que cobra especial desarrollo a partir de *Los premios*. A lo largo de estas páginas he intentado seguir esa progresión, perceptible a través de los elementos intrínsecos de sus cuentos y novelas, que halla su correlato opinante en ensayos y declaraciones. *La vuelta al día en ochenta mundos* y *Último round*, por su especial carácter miscelánico, acogieron opiniones de Cortázar que no aparecen manifiestas en otros libros, y también expresiones líricas de motivación circunstancial, que atestiguan en forma fehaciente su toma de posición a favor de la revolución social, su compromiso con los movimientos de liberación en el Tercer Mundo.

Sigo creyendo, no obstante, que este acuciante tema no es axial en el autor de *Rayuela* solicitado por una inquietud básica de carácter metafísico, sin que este reconocimiento pueda inducirnos a omitir su actitud atenta y participante en la historia, actitud que algunos comentaristas de Cortázar pretenden retórica y falta de apoyo teórico; como si fuera lícito enjuiciar la libre opción de un hombre, trátese o no de un escritor.

Estimo que su adhesión a la revolución cubana guardó distancia frente a la posición filosófica del marxismo, cuya praxis política apoyó en parte. Ni los admiradores ni los detractores de Cortázar han señalado este punto. Recordaré otros datos que señalan su independencia moral frente a posturas partidistas: por ejemplo el caso Padilla y sus derivaciones, bien conocidas a través de la difusión periodística en la década del 70.

De este comentado asunto, y de otras polémicas conexas, se extraen las siguientes conclusiones: Cortázar asumió un compromiso ineludible con su tiempo y su historia, tanto en los actos de su vida cuanto, profundamente, en su obra, pero no aceptó la exigencia de una acción política ni el sometimiento de su labor a consignas externas a su propia conciencia. Después del entredicho originado en mayo de 1971 entre un grupo de intelectuales europeos y latinoamericanos y el gobierno de Fidel Castro, hubo cierta distancia entre ambos, que incluye en cierto modo a Cortázar a pesar de que este no firmó la última carta de ese grupo restando su adhesión al gobierno cubano. Ese entredicho, hábilmente explotado –y distorsionado– por la prensa, provocó una irónica y dolorida respuesta de Cortázar: "Policrítica en la hora de los chacales", que es una reiteración de su sentimiento de adhesión revolucionaria. En una palabra, creo que los medios de comunicación han explotado en una forma u otra el compromiso político en el autor de *Rayuela,* sin respetar las particulares matizaciones que asume su propio sentido de la responsabilidad y la libertad.

De modo análogo, ha sido chocante en otras épocas ver como "usaba" su nombre, estilo y definiciones, esa misma sociedad de consumo a la que tan incisivamente acusan sus libros. En ello disiento del escritor A. Vanasco, quien consideró que Cortázar iba dando a su país "su propia toponimia". Los cronopios, los axolotl, las rayuelas y demás nombres o entidades de su mundo empezaron a usarse para designar revistas, bares, librerías, cantantes. A mi modo de ver, no se trataba sino de uno de los típicos procedimientos de la subcultura, que asimila y anula toda acción creadora, y del mismo modo comercializó el fenómeno *hippie,* la batalla psicológica de París en mayo de 1968, o la obra disidente de Cortázar.

El verdadero fermento revolucionario del autor se halla, más allá de sus declaraciones personales, en sus libros. Si el autor de *Bestiario* podía ser considerado ya como el *outsider* que objetiva sus demonios privados, sus libros posteriores certifican una apertura cada vez mayor a la conciencia histórico-social, no sólo manifiesta en esporádicas alabanzas de la acción revolucionaria, o en intermitentes opiniones políticas, sino, y mucho más, en el humorístico ataque con que desnuda reiteradamente las estructuras políticas, morales, intelectuales e idiomáticas de una sociedad que se considera depositaria de la cultura pero que basa su aparente seguridad en el poder y en el tener.

Son las obras de Cortázar, las que dan respaldo moral a las siguientes declaraciones:

Si alguna vez se pudo ser un gran escritor sin sentirse partícipe del destino histórico inmediato del hombre, en este momento no se puede escribir sin esa participación que es responsabilidad y obligación, y sólo las obras que la trasunten, aunque sean de pura imaginación, aunque inventen la infinita gama lúdica de que es capaz el poeta y el novelista, aunque jamás apunten directamente a esa participación,

> sólo ellas contendrán de alguna indecible manera ese temblor, esa pre-
> sencia, esa atmósfera que las hace reconocibles y entrañables
>
> [...]
>
> Ya no es posible respetar como se respetó en otros tiempos al escritor
> que se refugiaba en una libertad mal entendida para dar la espalda a su
> propio signo humano, a su pobre y maravillosa condición de hombre
> entre hombres, de privilegiado entre desposeídos y martirizados.

Y esta otra frase, que todo atento lector de su obra encontrará definitoria y exacta:

> Incapaz de acción política, no renuncio a mi solitaria vocación de
> cultura, a mi empecinada búsqueda ontológica, a los juegos de la ima-
> ginación en sus planos más vertiginosos; pero todo eso no gira ya en
> sí mismo, no tiene ya nada que ver con el cómodo humanismo de los
> mandarines de Occidente. En lo más gratuito que pueda yo escribir
> asomará siempre una voluntad de contacto con el presente histórico
> del hombre.

JULIO CORTÁZAR Y EL HOMBRE NUEVO

He tratado de señalar, en las obras de Julio Cortázar, los signos de una
unitaria continuidad y una armónica evolución.

Los sonetos de su primer libro —*Presencia*— constituyen el primer
movimiento de una amplia sinfonía cuyos *tempos* se irán dando en coincidencia con tiempos anímicos y vitales. A través de una forma que tiende
naturalmente a lo musical, el espíritu asoma a la palabra en actitud de
contemplación, e inevitablemente genera los acordes de la armonía y la
desarmonía, de la *presencia* y el desarraigo que tiñe el alma de nostalgia.

Los reyes plantea en términos suntuosos, en equilibrada tensión, la
dialéctica de lo irracional —el orden oscuro del amor y la música— y el
logos desafiante que intenta su reducción. Aquí, Cortázar afirma claramente su destino poético, el destino de citarista, heredero de un legado
espiritual.

Luego de estas obras el poeta Cortázar, si bien continúa escribiendo versos –solitaria, furtiva tarea ineludible de que dan prueba los poemas escritos hasta el fin de su vida– cambia sus medios expresivos, pero hay un espíritu poético, más allá de las palabras que necesita ser oído; la poesía de Cortázar se infunde secretamente en la sustancia de sus cuentos y novelas.

Empieza a cumplirse, además, un ciclo literario-existencial al que no he vacilado en atribuir el carácter de una ascesis. Las obras anteriores quedan, como anticipación y pórtico de una experiencia transformante del escritor que insume todos los medios para encontrar en sí mismo una conciliación de los contrarios. Su rechazo del mundo concreto y real, contrapuesto a la belleza, a la intemporalidad, a la plenitud que resuena en el fondo de su alma, se descarga violentamente en *Bestiario*, en *Final de Juego*. "Casa tomada" es una nítida objetivación del afán de huir ante la extrañeza de un mundo radicalmente ajeno, cuyos seres, él mismo, son percibidos en escala teratológica. No descarto en ello su rechazo purista de la vida real, su incomprensión del hecho político del peronismo. Los cuentos de estos libros, como asimismo los posteriores, liberan tensiones eróticas-instintivas, angustia, miedo. La experiencia "purificadora", progresa conjuntamente con una indeclinable indagación del mundo que no conoce fronteras entre lo interior y lo exterior. En el transcurso de esta doble trayectoria se abren paso los núcleos esencialmente poéticos de la visión de Cortázar.

El horror al mundo real permite la irrupción de la belleza y la intemporalidad que se dan, fugazmente, en ese mismo mundo. Los juegos de unas niñas junto al paso de un tren pueden dar lugar, como la vida, al minuto privilegiado que hace resplandecer los oscuros días; el saxofonista drogado y miserable se transfigura icariamente en la música.

Las *Historia de Cronopios y de Famas* acentúan otra faceta de Cortázar: el humor, ya presente en los cuentos anteriores. Esta línea, que representa el goce lúdico y la capacidad de superación del *pathos* trágico, supone una directa incidencia en lo histórico. La denuncia humorística de formas de vida y de pensamiento insuficientes comporta la intencionalidad de un cambio; ese cambio se orienta hacia la vigencia del orden poético que propone una oculta cítara.

En *Los premios* traza, con clara voluntad de proyección ética e histórica, la epopeya irónica de un grupo humano –un grupo de argentinos– que se enfrenta a sí mismo en un itinerario de desubicación y conmoción vital. Del diverso comportamiento de sus integrantes, de la experiencia profunda que se cumple en algunos de ellos, del comentario poético que acompaña a todo el libro, se desprende la proposición del *hombre nuevo*, individual y socialmente concebido: el hombre lúcido y pleno, capaz de negarse a sí mismo, en la entrega amorosa y la plenitud contemplativa, pero también de asumir responsablemente su persona en el momento de la elección.

La invitación al viaje interior, una y mil veces reiterada en todos los libros de Cortázar, es formulada con máxima vehemencia en *Rayuela*. La inquietud gnoseológica, la vena lúdica, el humor avasallante, acerbo o conmovido, la tensión erótica y mística, la toma de conciencia del tiempo real y la consecuente intención de influir sobre él, y –al mismo tiempo– la negación de lo temporal a través del "estado poético", hallan su campo de combate y su culminación expresiva en esta obra. La experiencia transformadora se expone con fuerza extraordinaria en todos los niveles, pero se acentúa la tónica de una reconciliación con el mundo concreto a través del amor, acto de religamiento sustancial, de la *participación* en el dolor y la culpa de los hombres. Esta nota, que resuena gravemente por debajo del esplendor dialéctico de *Rayuela*, se prolonga con intensidad en otras obras. La conciencia del destino común de los hombres, la compasión unitiva hacia los seres humanos, hacen su más hondo sustrato.

La vuelta al día en ochenta mundos continúa la línea intencionada del juego, penetrada por una evidente voluntad de transformar poéticamente la vida del hombre. *62 / Modelo para armar* y *Libro de Manuel* prolongan este impulso diversificado en la vía política y el erotismo. Hemos evaluado también creaciones posteriores como sus excelentes libros *Un tal Lucas, Octaedro, Deshoras*.

En suma, la renovación formal y expresiva a la que se incorpora la obra de Cortázar obedece a la necesidad interna de plasmar y comunicar una nueva visión del mundo y del hombre. Sin destruir totalmente las estratificaciones lógico-lingüísticas, artísticas, literarias, que definen a este como ser cultural, su tensión expresiva tiende continuamente a rebasarlas y recrearlas. Es un problema común a todo el arte contemporáneo: su necesidad de formas nuevas abarca al lenguaje mismo, tal como ha sido desde hace tiempo señalado por quienes observan en profundidad el proceso de la historia y del pensamiento: "*Notre langage concret est le fruti de conceptions basées sur une interprétation communement adoptée des dones de l'expérience. Il suppose certains postulats admis une fois pour toutes sur l'espace, le mouvement et le temps*"[6].

Poniéndose a la par de otros grandes espíritus de nuestra época, Cortázar asumió, con extraordinaria lucidez, esa búsqueda acorde con una nueva problemática del tiempo y del espacio. Acusando el impacto evidente de la fenomenología, sus obras presentan el mundo no bajo las pautas del "realismo" que suele usurpar tal nombre para el despliegue de un mimetismo superficial, sino en la escala de un realismo profundo y abarcador al que he dado el nombre de super-realismo sin negar de plano su relación con el movimiento surrealista. Una realidad polimórfica, absurda, asombrosa, mágica, a veces escalofriante, reacia a acomodarse en los estrechos encauzamientos de la lógica, súbitamente revelada a través de ciertos significados, en fin, imposible de ser reducida a un sistema cerrado de pensamiento, es la que asoma en sus libros.

En relación con el integracionismo filosófico que tiene su línea más notable en la llamada *filosofía de la Gestalt*, Cortázar se instala en una corriente opuesta a la atomización del conocimiento, y tiende a ver en la vida psicoespiritual, social, y en la realidad toda, el juego relacionante de estructuras en sí mismas significativas. Ello le hizo ubicarse como lector atento al despliegue de los fenómenos de la naturaleza y de la historia, interrogar el tejido que denominamos "azar", buscar en el devenir humano la "intrahistoria". La dualidad sujeto-objeto cede dentro de una concepción que los abarca como elementos interdependientes dentro de una realidad dinámica y compleja.

El revisionismo ideológico, la asimilación de un nuevo enfoque de lo real, no ha llevado a Cortázar, como a otros escritores, a la pretensión de una literatura "objetiva", deshumanizada. Por el contrario, el punto central de ese horizonte del conocimiento permanentemente ampliados es para él el ser existente en el mundo. Todo problema converge hacia el problema fundamental del hombre: encontrar un sentido a la realidad e integrarse en ella. Tal integración se logra por la intuición emotivo-intelectiva. No es otra la fuente del quehacer poético sino tratar de expresar la visión de ese *inteletto d'amore* de que habla Dante.

Las experiencias iniciáticas de antigua tradición en Oriente y Occidente, que intentan análogo acceso a ese estado de conciencia superior, han sido consideradas por Cortázar como positivas y enriquecedoras –aunque no exclusivas– en su incorporación al ámbito cultural euroamericano, amenazado por los flagelos de la cosificación del hombre y la tecnocracia deshumanizada. Por ello, su obra refluye en aguda crítica sobre la actual constitución de las sociedades, sobre caducos sistemas de pensamiento, esquemas y especializaciones que vedan al hombre la comprensión del universo en su totalidad y al mismo tiempo su realización interior y su adaptación a los nuevos tiempos. Los libros de Cortázar se cargan de tensión hacia el futuro y adquieren tintes proféticos y voluntaristas que sustentan un auténtico compromiso histórico.

Contemplación y acción se implican mutuamente en la concepción del *hombre nuevo* que surge de sus páginas. En el nivel histórico-social, el *hombre nuevo* –y se abre allí el drama de su pueblo latinoamericano, aún en trance de su liberación y autodesarrollo– deberá adaptar sus modos de vida a las profundas transformaciones creadas por la revolución tecnológica y científica, por el presumible contacto con la vida de otros planetas, por la ampliación de su horizonte hacia dimensiones cosmológicas. Pero ello sólo podrá cumplirse cuando se haya cumplido también la revolución interior, el despertar del *hombre nuevo* en la conciencia de cada hombre; el *segundo nacimiento* que habrá de reintegrarlo –como lo sostienen milenarias y reivindicadas tradiciones– a la plenitud de la vida en el Ser.

Notas

1. Ghyka, Matila. *Sortilèges du verbe*. París, Gallimard, 1949.
2. Cortázar, Julio. "La urna griega en la poesía de Keats", *Revista de Estudios Clásicos*, tomo II, Mendoza, 1946.

3. Sebeok y Brewster, citados en: Menéndez, E. "Aproximaciones al estudio de un juego: la rayuela", *Cuadernos de antropología*, tomo 4, Buenos Aires, 1963.
4. Diez del Corral, Luis. *La función del mito clásico en la literatura contemporánea*, Madrid, Gredos, 1957.
5. Kayser, W. *Lo grotesco. Su configuración en pintura y literatura*. Buenos Aires, Nova, 1964.
6. Fabre, Lucien. *Une nouvelle figure du monde. Les théories d'Einstein*. París, Payot, 1921.

A Graciela
este delirio,
esta sed,

1972

Selección de cartas de Julio Cortázar a Graciela Maturo

Nota de la autora: El epistolario de Julio Cortázar ha sido publicado en el año 2000 por Alfaguara en una edición a cargo de Aurora Bernárdez. En él figuran treinta y seis cartas que me fueron enviadas por el escritor a raíz de la labor crítica que emprendí en 1963. Para esta edición hice una breve selección de esas cartas pensando que los datos y juicios aportados por Cortázar son de gran interés para todo lector de su obra, y por otra parte el diálogo intelectual y amistoso que mantuvimos es un buen complemento para muchos aspectos del presente libro.

París, 7 de enero de 1964

Querida amiga:

Me excuso por mi demora en contestarle, y le envío esta líneas con algunos puntos de vista que son precisamente respuestas a sus preguntas, pero que quizá la ayudarán en sus propósitos.

La búsqueda de "lo otro". Sí, es el tema central y la razón de ser de *Rayuela.* Todo el libro gira en torno a ese sentimiento de falta, de ausencia, y aunque el protagonista está lejos de llegar a la meta que vagamente entreví, su "epopeya cómica", como muy acertadamente la define usted, no es más que esa especie de búsqueda de un Graal en el que ya no hay la sangre de un dios, sino quizá el dios mismo; pero ese dios sería el hombre, aquí abajo, el hombre libre de todo lo que lo condiciona y lo deforma, empezando por los dioses mismos.

Crítica a la cultura occidental. Bueno, yo no la critico en bloque, no la rechazo ingenuamente como, digamos, Rousseau rechazaba la civilización por creer que el "buen salvaje" era más perfecto. Lo que denuncio en nuestra cultura es la monstruosa hipertrofia de algunas posibilidades humanas (la razón, por ejemplo) en desmedro de otras, menos definibles por estar situadas precisamente al margen de la órbita racional. Pero no me crea un enemigo de la razón, porque sería pueril. Lo que me inquieta es comprobar cotidianamente los efectos de ese desequilibrio resultante de un "humanismo" de raíz griega, que en definitiva pone el acento en el *sapiens* más que en el *homo.* Usted tiene razón: mis ataques son hiperintelectuales, lo cual resultaría contradictorio. Pero, como sucede muchas veces, no tiene toda la razón. No la tiene, porque yo creo que el ataque a fondo a estos moldes de vida viciados y falsos en que nos movemos, no se hace en *Rayuela* con armas intelectuales. Uso estas últimas en las discusiones, en el aparato teórico por así decirlo; pero lo que le da a *Rayuela,* creo, su eficacia última, el impacto a veces terrible que ha tenido en muchos de los lectores, es otra cosa: es lo de abajo, los episodios irracionales, los asomos a dimensiones donde la inteligencia es como un nadador sin agua. Pero esto ya no lo puedo explicar; usted sabrá si lo ha sentido como lo sentí yo al escribirlo. La verdad es que sin esas subyacencias, que son para mí lo

188

único que cuenta de verdad en el libro, yo habría escrito otra novela "inteligente" más. Y vaya si las hay...

De acuerdo con lo que me dice –y me corrige– acerca del surrealismo. Quizá me expresé mal la otra vez, pero también creo con usted que el surrealismo no es un "programa" (mal que le pese a Breton y su capilla, convertidos en una escuelita de provincia), y que la culminación de ese camino debería ser (y a veces ya lo es) la superconciencia. Lo que más me fastidia de los productos del surrealismo, es que son "literatura" o "pintura" o "cine", y no porque usen esos medios como vehículo de acción espiritual y concreta –pues eso estaría muy bien– sino porque acaban por ingresar en el arte o las letras profesionales. Hay muy pocos Artaud y demasiados Dalí. La verdad es que en nuestros días, lo mejor del surrealismo suele estar hecho por gentes que no sospechan para nada que son surrealistas. En mi familia hay uno o dos así.

Gracias por escribirme, y por sentir tan desde adentro esa brújula diferente que unos cuantos quisiéramos atarle al cuello a la Historia.

Su amigo,

Julio Cortázar

París, 23 de abril de 1964

Querida amiga:

Estas líneas no son una verdadera respuesta a su carta ni un comentario como el que merece su estudio. Considérelas un "primer estado" de una carta futura, pero no quiero demorarla más porque su envío me ha conmovido profundamente y quiero que lo sepa. Por desgracia, una serie de complicaciones personales y problemas de trabajo me quitan en este momento toda tranquilidad. Si esperara el momento de comentar su estudio con todo el detalle que quisiera hacerlo, probablemente no le escribiría este año. Le propongo, pues, reservar para dentro de un tiempo todo lo que quiero decirle ahora sobre su trabajo; incluso se me ocurre que cuando aparezca en la Revista, me será más fácil señalarle algunas cosas que quizá le interesarán.

De todos modos, no voy a dejar de decirle hoy sucintamente algunas de las impresiones que he tenido leyendo su estudio. La primera, y quizá la más importante, es la de que yo conozco cada cosa en el momento en que la vivo y la escribo (para mí es una sola operación), mientras que usted conoce la totalidad de lo que llevo hecho, cosa que a mí me resulta imposible. Quiero decir que yo estoy trabajando siempre en un punto dado de la gran alfombra, mientras usted, situada en el lugar desde donde deben mirarse las alfombras, ve el dibujo completo. Me acuerdo de una idea muy hermosa de Cocteau; era, más o menos, esta: "Las estrellas no saben que forman las constelaciones que nosotros vemos". Una sensación parecida he tenido leyendo su estudio, porque usted descubre y verifica una serie de constantes que a mí se me habían escapado siempre, un poco porque no me gusta reflexionar sobre lo que llevo hecho, y otro poco porque soy incapaz de desdoblarme lo suficiente para descubrir esa líneas de fuerza que su estudio me muestra ahora para mi sorpresa. Sorpresa muy agradable, me apresuro a decirle, porque jamás pensé que mi camino tuviera en el fondo tanta coherencia. He trabajado siempre por impulsos a veces casi brutales (cuentos escritos al saltar de la cama, como continuación forzosa de un sueño, o bruscas iluminaciones que exigirían ser dichas), o bien he

190

tenido la impresión de que respondía a ciclos aislados e incluso excluyentes. Por supuesto, cada vez que usted muestra la conexión entre diferentes momentos de mi camino, yo tengo el sentimiento de haber conocido esa conexión, pero soy lo bastante lúcido para saber que me engaño, y que es usted y solamente usted la que después de descubrir esos enlaces, me los revela por primera vez. Incluso a través de usted descubro elementos aislados que jamás hubiera imaginado por mi cuenta. Por ejemplo, la posibilidad de que el tigre de "Bestiario" sea una proyección de la líbido del Nene. Usted se apresura –y está muy bien que lo haga– a señalar que esa interpretación no cubre más que una parte del sentido total del cuento; pero a mi me parece ahora una explicación muy exacta de esa parte, aunque jamás se me hubiera ocurrido. (Recuerdo, hace muchos años, que un amigo me señaló la frecuencia con que se daba el tema del incesto en mis cuentos de ese entonces. Me quedé estupefacto, pues no había advertido la reaparición de ese tema; pero era exacto, y además respondía a razones muy concretas de exorcismo, de sublimación de un problema personal mío de ese entonces.)

Otra de las cosas que encuentro excelentes en su estudio es el haber advertido el carácter "abierto", de "ser en camino" de mis novelas. Hace muy bien en mostrar esa intención, que tanto escandaliza a los que exigen estructuras definidas para admitirlas estética o éticamente. Que me llame usted humorista –calificando muy bien y en diferentes momentos esa afirmación– me llena de alegría. Usted ha de saber que en nuestra América, el humorista de verdad es una especie de perro sarnoso de la literatura. Lo aceptan en "Tía Vicenta" o en algunas audiciones de radio, pero nuestros escritores *serios* no entienden que el humor pueda ser una vía real para llegar al gran cuerpo a cuerpo con X (¿cómo nombrar a X, si cada uno busca lo suyo?). Por eso sus menciones de Marechal, enorme cronopio de la novela, y de Jarry y tanto otros, me alegran mucho. ¿Quién es Carlos Latorre? ¿Se puede conseguir su libro?

En fin, creo que lo que más me ha fascinado en su estudio (y es sobre eso que algún día hablaremos muy largamente, si usted quiere) es la exactitud con que ha entendido y mostrado la tentativa de *Rayuela* en el plano del "viaje interior", que es viaje *hacia*, por todos los medios:

el juego entendido como ceremonia esotérica, la tentativa de establecer un nuevo contacto de hombre a hombre partiendo de otros presupuestos, limpios de culpa y cargo, etc. Las últimas páginas (sobre todo la 21 y 22) me parecen de admirable justeza, de síntesis y, hasta donde yo puedo juzgarme, de verdad.

Termino estas breves alusiones a su estudio con una gran sensación de ingratitud y de injusticia para con usted, pero ya le he dicho que ahora no podría ser más extenso. Y además quiero decirle ahora todo lo que me ha gustado su poesía. Aquí en París me ocurre pasar muchos meses sin leer poemas de argentinos; los de *El rostro* me llegaron en pleno invierno, con la nieve que se juntaba al borde de mi ventana. Soy demasiado sensible al ritmo en cualquiera de sus manifestaciones como para no haber admirado de inmediato la forma en que sus poemas *cantan*, y por cantar entiendo —al margen del sentido profundo— ese perfecto balanceo de cada pájaro-palabra en cada rama-verso. Tengo que decírselo así, un poco cursilonamente quizá, pero es que vivimos una época de poetas sordos, que tienen miedo del ritmo; reacción necesaria contra los excesos de los epígonos de Salinas o Alberti, pero que priva a muchos poetas argentinos actuales de una proyección profunda de su palabra. (Por ejemplo, Roberto Juárroz me parece capaz de poemas extraordinarios; sin embargo, su temor al "lirismo" —las comillas las pone él— lo privan muchas veces de lograr plenamente el poema. Girri, que empezó admirablemente en los tiempos de *Coronación de la espera*, se me antoja reseco y agrietado, un fabricante de fósiles. Y así tantos...)

Creo que de su libro me quedo con "Formas terrestres", donde precisamente el ritmo alcanza una belleza que deja pasar íntegra la otra, la belleza de dentro; por eso el verso final vale también como definición del poema. No crea que reincido en el falso problema del fondo y la forma, pero sí que aprecio una generosidad de respiración que me devuelve a un tiempo en que la mejor poesía de lengua española era como la suya. Hablo de los años treinta, cuando conocí la obra de Cernuda, a quien sospecho que usted debe querer mucho ("hasta que sólo quede de unos cuerpos que amaron / este yerto tesoro, la ceniza", es un verso que Cernuda hubiera podido escribir). Y, para no aburrirla más, otra referencia: "Dejo esta seña", que me parece un poema admirable. Así, Graciela, sepa que siempre querré leer cosas suyas, y que me hará feliz con cada nuevo libro que me envíe.

Hasta siempre, con todo mi afecto,

Julio Cortázar

París, 16 de julio de 1964

Querida Graciela de Sola:

No me crea ingrato ni más holgazán de lo necesario. Me fui de París el 23 de mayo, y su carta debió llegar pocos días después. He andado por Alemania, Suiza e Italia, y volví a París hace dos días. Es muy agradable abrir la puerta y encontrar cartas de amigos.

Contesto a las diversas cuestiones que le interesan. No iré a la Argentina, y por consiguiente no podré asistir a las Jornadas que organiza la Facultad. Lo lamento en la medida en que ese viaje me hubiera permitido conocer personalmente a usted y a su marido, pero no le oculto que va siendo cada vez más improbable que yo vuelva a mi país. Hay razones de fondo, y la más grave es mi total inadaptación a las formas argentinas de vida. Me siento como un fantasma entre vivos (y a veces al revés, pero supongo que en este caso incurro en pecado de misantropía). Mi Argentina está tan fresca y tan cabal en el recuerdo, que toda confrontación con su presente me lacera incurablemente. Creo que hasta ahora ese recuerdo me ha servido para escribir una obra muy argentina. Tal vez llegue el día en que necesite volver para mirar de nuevo unos álamos de Uspallata que no he olvidado, un carril fragante de Mendoza. Por ahora soy un argentino que anda lejos, que tiene que andar lejos para ver mejor.

Me alegro de que le haya gustado mi reseña de *Adán Buenosayres*. Hay una serie de anécdotas divertidas en torno a esa reseña. La primera es la serie de insultos telefónicos que me tocó escuchar cuando se publicó. Las razones políticas del momento cegaban a los mejor pensantes, y aún hoy no entiendo bien cómo *Realidad* se animó a publicar esa nota; creo que la personalidad de Francisco Ayala se impuso contra el escándalo y hasta la cólera de otros miembros del comité de redacción. Aunque yo había cuidado de deslindar muy bien los terrenos, tuve que oír anónimas injurias, en que de nazi para arriba me dijeron todo lo que se les ocurría. En ese coro de ranas grotescas había tema para varios capítulos de *Adán...* Me acuerdo también de que en ese entonces me dolió un poco que Marechal no me hiciera saber su opinión sobre mi crítica. Pero supongo que también él estaba un poco contaminado por los problemas del momento.

Desde luego, si Ud. quiere editar el texto de Marechal y las tres críticas a que se refiere, no tengo el menor inconveniente. Espero leer en estos días su reseña, pero el paquete con las publicaciones que me envió ha ido a parar a casa de un amigo que anda de vacaciones; dentro de un mes podré recuperarlo, y en otra carta hablaremos de eso.

Completamente de acuerdo con lo que me dice de Mansilla. ¡Pero claro! Mansilla es admirable, es una gran lección de *sencillez*, en un país de gentes que se suben al ropero para escribir cualquier pavada. Yo leí de chico *Una excursión...*, y la historia del sargento Gómez y tantas cosas más fueron una fuente de maravilla para mi imaginación. Y ahora lo voy a señalar otra "aproximación" vinculada con *Rayuela*: Eugenio Cambaceres. Otro gran escritor, horriblemente malo de a ratos, pero con una soltura, una naturalidad maravillosas para su tiempo. Usted se habrá fijado que hay una frase de Cambaceres en mi libro. La verdad es que debí poner otra de Mansilla, pero no tengo ya el libro, y nunca pensé en él mientras escribía *Rayuela*. (Por debajo, sin duda, en esos planos de los que no somos dueños, el General me daba una mano de cuando en cuando...)

Gracias por su carta y su buen recuerdo. Hasta siempre, con mis saludos a Sola González y toda la amistad de

Julio Cortázar

París, 28 de enero de 1965

Querida Graciela de Sola:

Todo llegó aquí en su momento... salvo yo, que estaba en Londres viendo algunas de las magníficas piezas de teatro que se dan en esta temporada. Muchas gracias por la buena idea de enviarme la cinta con su conferencia, que ahora cobra una presencia mucho más viva cuando miro las fotos que llegaron esta mañana. Me ha dado usted una gran alegría; no porque se haya ocupado de mí en esa charla (aunque por supuesto me llena de contento) sino por la generosidad que supone el envío de todos esos materiales, y sobre todo porque vuelvo a sentirme cerca de personas a quienes quiero y recuerdo mucho, como Sergio, como Zuleta y su mujer, y además porque ahora los conozco un poco más a usted y su marido. Muchas, muchas gracias por todo eso. Acepto su sugestión de que le escriba a Sergio y, como ignoro su dirección, me permitiré enviarle la carta a usted, indicando en el sobre que es para él. Lo haré muy pronto.

Desde luego, tratándose de un mundo de cronopios como el de todos ustedes, mi audición de la cinta tenía que verse perturbada por toda clase de catástrofes. Tan pronto como leí las instrucciones le anuncié a mi mujer que pasarían cosas extraordinarias; en efecto, mi grabador es de dos pistas y no de cuatro, y la noticia de que habían sido grabadas las pistas 1, 3 y 4 me produjo un estado de profunda perplejidad, que traté de combatir empíricamente. Ya cebado el mate y debidamente instalados Aurora y yo en mi cuarto de trabajo (conocido entre mis amigos por "la pocilga") puse la cinta en marcha y usted empezó a hablar con una claridad extraordinaria, cosa que no dejó de producirnos una enorme estupefacción, ya que esperábamos toda clase de inconvenientes técnicos. Pues no, toda la primera parte de la conferencia la escuchamos muy bien, con los fragmentos leídos por Barrón, y algunas toses que le daban a la charla un clima agradable. Como todo lo que dice usted es –aunque excesivamente generoso– muy lúcido y acertado, le escuchamos como si hubiésemos estado allí, y después colocamos la cinta al revés y seguimos escuchando; todo

196

iba perfectamente, tanto que ya nos habíamos olvidando de nuestras dudas y temores sobre las cuatro pistas y pensábamos que esas cuestiones técnicas eran un puro invento de los fabricantes. Fue en ese preciso momento que pasó el tren. Es decir que usted empezaba una frase, cuando se oyó una locomotora que avanzaba horriblemente (¿por qué pista, Dios mío?) hasta que un rápido con no menos de cincuenta vagones cruzó por la conferencia arrasándolo todo. Estábamos tan atontados que no atinábamos ni a interrumpir la grabación, dar marcha atrás, ensayar de nuevo... El tren pasó ensordecedoramente, y lo que vino luego fue mucho peor, porque desde muy lejos se oía su voz hablando, y además otra voz que también hablaba como si le estuviera discutiendo cada frase; y entonces comprendimos que a partir de ese momento era imposible seguir escuchando a menos de disponer de un grabador de cuatro pistas. Le escribo esta carta mientras espero la respuesta de un amigo francés que, según parece, podrá prestarme ese aparato la semana que viene; y así me enteraré del final de la charla... a menos que pasen otras cosas, que haya otros trenes, que otra persona siga discutiendo sus opiniones, o que en vez de su conferencia escuchemos un tam-tam de Nueva Guinea o la Declaración de los Derechos del Hombre y del Ciudadano, cosas así como muy bien podría suceder cuando usted es la que me envía la cinta y yo soy el que la escucha.

Ya ve que a pesar de este percance (remediable dentro de unos días) le escribo lo mismo para decirle cuánto le agradezco el envío. Me emocionó enterarme de que es la sobrina de Vicente Fatone, que fue uno de los pocos profesores a quienes llegué a admirar y querer de veras en mi juventud. Fatone me enseñó los rudimentos de la técnica de la traducción, y mucho más que eso: me enseñó un rigor intelectual poco frecuente entre nosotros. Después la vida, y algunas incompatibilidades de carácter nos fueron alejando, pero bien recuerdo cuando lo encontré otra vez (en Nueva Delhi, en 1956) y tuve la alegría de estar mucho con él y hablar de viejos tiempos. En cuanto a Maffei, me alegró mucho saberlo bien; hacía años que no tenía noticias suyas. Si vuelve a verlo, dígale que le retribuyo con todo afecto el abrazo que me envía.

Quisiera escribir más largo, pero creo que por hoy basta; me he pasado el día entero sobre la máquina, y es como una horrible calavera llena de letras en vez de dientes. Mis afectos a Sola González, y hasta pronto, con la amistad de siempre,

Julio Cortázar

París, 5 de abril de 1966

Mi querida Graciela:

Su carta y su estudio sobre la poesía de Juárroz me esperaban a mi retorno, después de una larga ausencia de París. He andado un poco por todas partes, tanto para ganarme (?) la vida como por gusto. Fui al Irán, vi las ruinas de Persépolis, caminé hasta la madrugada por las calles de Teherán, me asomé a ese gran misterio que es Shiraz, bebí el vodka de la amistad y la locura con gentes cuyo idioma no podía comprender pero que tenían, como yo, manos y bocas y sonrisas y esos gestos que nos hacen humanos por encima o por debajo de los diccionarios y las culturas. Volví una vez más a Viena, estuve en mi ranchito de la Provenza, bajé a Roma para asomarme apenas un segundo al infierno del cine (no arderé en sus llamas, no sucumbiré a su fácil corrupción de ombligos dorados y cheques como lenguas avezadas); conocí a Antonioni, que se llevará a ese infierno un cuento mío para hacer un film, volví a París y hasta me quedé dos meses en Ginebra, esa perfecta imagen del hastío. Y ahora estoy en París otra vez, antes de volverme todo el verano a mi rancho en el que quisiera terminar una novela que empecé en aviones y trenes y hoteles, y que me reclama con una curiosa voz entre hostil y enamorada, una voz como de lamia o de vampiros. Y hay vampiros en la novela, ya lo verá un día, pero vampiros nada convencionales; hay eso y otras cosas, y en todo caso una tentativa de entrar en otro orden de creación; todo muy oscuro y confuso para mí, lo que me aflige aunque me duela, porque no creo en las claridades apolíneas a priori, sino que la luz me parece siempre un término de la sombra, y pienso que hay que tirarse en plena noche cuando de verdad se merece lo que pocos ven, un amanecer que empieza sobre los tejados. Digo "tirarse" porque estoy haciendo este libro como si sucesivamente me zambullera en cada nuevo arranque (llamémosle capítulo), y ya me he partido varias veces la cabeza y las costillas. Pero reincido, Graciela, reincido. Esta natación no se aprende con profesor ni en las piscinas municipales.

Su carta es triste, usted está triste, se lo siente en cada palabra. Pero trabaja y le escribe a sus amigos, y pienso entonces que la tristeza tendrá un término. ¿Qué importa que las revistas tarden en publicar ensayos, o que las Eudebas de este mundo escriban cartas dilatorias, con su fina capa de azúcar impalpable o su polvito de oro para dorar la grajea? (Se me está pegando el estilo del gran Lezama Lima, a quien espero conozca y ame como yo –aunque desde luego es mejor no imitarlo, primero porque es inimitable, y segundo porque nada debe ser imitado.)

Me gusta mucho su trabajo sobre Juárroz. Va más allá del poeta mismo, a la vez que le hace plena justicia, pero sobre todo es una indagación reveladora sobre la poesía misma, que en este caso Juárroz ilustra admirablemente. Curiosamente, entre la correspondencia que encontré al llegar, había una edición en francés de *Poesía vertical II* (excelente, por cierto) junto con su envío. Eso que llaman casualidades... Entre mate y mate (hacía dos meses que no los probaba) leí su ensayo, releí mis volúmenes de Juárroz, y la versión francesa. Una noche Juárroz-Graciela, una hermosa primera noche de París después de tanto tiempo.

Está bien que haya enviado su trabajo a *Diálogos*. Quizá no lo publiquen, porque la revista es pequeña y su texto es, como usted lo reconoce, muy extenso; pero es una revista donde hay gentes sensibles, y de todas maneras leerán sus páginas, y a lo mejor se animan y las publican. En todo caso me alegra que lo haya enviado a ellos y no a otras publicaciones que cada vez me parecen más resecas e innecesarias; no las nombro siquiera.

Contesto su pregunta: no sé de nadie que esté ocupándose de mis libros para Eudeba u otra casa. Pero como usted se interesa tanto por todo lo que hago, le señalo un trabajo muy excepcional que acaba de publicar un muchacho llamado Héctor N. Schmucler, en *Pasado y Presente*, de Córdoba (Año 3, N° 9, 1965). Se llama "*Rayuela*: juicio a la literatura", y me parece un estudio muy fuera de lo común por lo bien pensado y por la información conexa que revela. Avíseme si no lo consigue, pues podría prestarle la separata que me ha enviado el autor.

Si un día tiene ganas de escribirme, hágalo directamente a mi ranchito provenzal. La dirección es: Saignon per Apt (Vaucluse), Francia. Estaré allí desde fines de este mes hasta comienzos de setiembre.

¿Le gustan el tomillo, el romero, el orégano, la lavanda? Los valles de la Alta Provenza huelen a todo eso en verano.

Un abrazo de su siempre amigo,

Julio

Saignon, 11 de Junio de 1966

Querida Graciela:

Perdóneme la demora en contestarle; he andado viajando un poco, conociendo Alsacia y los Vosgos, y luego me vine a Saignon donde me esperaba un enorme trabajo (revisar las traducciones en inglés y en francés de veinte cuentos, y ayudar a la traductora que está llevando *Rayuela* al italiano). Pero ahora me siento un poco más aliviado, sobre todo porque salvé la primera etapa de un nuevo libro que me había dado mucho trabajo a fines del año pasado, y de golpe lo veo con más claridad y puedo terminarlo, creo, sin demasiada exasperación.

Tengo algunas cosas que decirle sobre su proyecto de escribir un trabajo extenso acerca de mi obra. La primera cosa es casi profesional, y lo considero un deber de amigo y de colega. Creo haberle mencionado ya a Héctor Schmucler, que escribió un excelente estudio sobre *Rayuela* en *Pasado y Presente* (si no lo tiene, avíseme, puedo enviarle desde aquí una separata que me hizo llegar el autor). Schmucler está por dos años en Francia, y se me apareció en Saignon con el plan de escribir un libro sobre mi obra, que será publicado por la editorial Jorge Álvarez. Tengo la impresión de que esto es serio y que se hará, porque Schmucler me ha causado una excelente impresión; hablamos casi dos días, pasé por los pequeños infiernos de los interrogatorios de primero y hasta tercer grado (no en el sentido escolar sino policial), y el hombre se volvió a París con un cuaderno lleno de notas.

Le digo esto porque usted debería reflexionar antes de tomarse el enorme trabajo de escribir un estudio cuyo sumario me envía junto con su carta. ¿Tiene sentido en este momento, cuando parecería que un editor bonaerense va a publicar un libro sobre mí? Esta cuestión no puedo contestarla yo, pero si era mi deber advertirle de cuál era la situación; usted vera si es preferible esperar un tiempo, o renunciar al proyecto.

Aquí en Saignon no estoy en muy buenas condiciones para proporcionarle algunos de los datos que me pide, pero sí para agradecerle una vez más todo el interés que se toma por mis cosas, y desearme a mí mismo que, a pesar de lo que le anuncio en los párrafos anteriores, usted siga adelante. Conozco su sensibilidad, y siempre estuve de acuerdo con la visión general que da usted de mi obra; me considero profundamente afortunado de contar con una crítica como usted. Así, pues, el *ethos* y el *pathos* han hablado sucesivamente en esta carta; Graciela de Sola, decidirá.

Vuelvo sobre la cuestión de los datos que me pide. ¿Mi libro de poesía? Ni siquiera yo lo tengo, el último ejemplar se me quedó en B.A. cuando me vine. Le voy a escribir a mi madre para que se fije si hay alguno en la biblioteca de casa (que ha sido muy saqueada por parientes en estos 15 años); si aparece, le daré su dirección para que se lo envíe directamente. ¿Nómina de otros trabajos míos? Me acuerdo de un largo ensayo, "Situación de la novela", publicado por *Cuadernos Americanos* en 1948, '49 o quizá '50. Schmucler cita un texto mío, "Notas sobre la novela contemporánea" (*Realidad*, B.A., V.III, N° 8, 1948) del que no me acuerdo ni una palabra. En *Cabalgata*, por los años '48 y '49, llevé una sección de reseñas bibliográficas, algunas de las cuales firmé. ¿Traducciones? Bueno, me acuerdo de: Daniel Defoe, *Robinson Crousoe* (la versión completa, pues en general sólo se edita la primera parte, la de la isla), Viau, B.A., 1948 o '49; Walter De la Mare, *Memorias de una enana*, Argos, B.A.; G. K. Chesterton, *El hombre que sabía demasiado*, Nova, B.A., 1946 o '47; André Gide, *El inmoralista*, Argos, 1948; Lord Houghton, *Vida y cartas de John Keats*, Imán, 1949; Afred Sterm, *Filosofía de la risa y del llanto*, y *La filosofía existencial de Jean-Paul Sartre*. Imán. En *Sur* hay notas mías entre 1948 y 1953 (sobre Artaud, Octavio Paz, Gardel, etc.); y el libro de Giono que usted recuerda en su carta, y que ahora vivo todos los días en estos valles donde los nombres griegos asoman a cada paso junto con el olor del tomillo. El otro día fui a bañarme a Aigues-Mortes y estuve en Saintes-Maries-de la Mer, donde los gitanos veneran a Sara, la criada de las dos Marías, la Salomé y la Jacobé. Toda la leyenda es fascinadora, pues se sabe que en esa región existía un culto muy arcaico de las Diosas Madres, que formaban una tríada como era usual. El cristianismo, hábilmente, sustituyó las tres Madres por las tres Marías, fabricando un desembarco milagroso de las dos Marías y de María Magdalena, que luego fue "raptada" por otra región de la actual Provenza, debiendo ser substituida por Sara, la criada de las dos primeras Marías... Nadando en esas aguas que conocieron a Odiseo y a Palinuro, pensaba yo en esas metamorfosis infinitas y maravillosas del Mediterráneo. Y ahora, al citarle a Giono, vuelvo a acordarme.

Bueno, por lo que toca a Sola González, dígale por favor que recibí sus dos libros y que le escribiré cuando los haya leído (uno lleva sus atrasos bibliográficos a cualquier parte, y los míos suman centenares de libros, de modo que estoy obligado a hacer esperar a los amigos). En cuanto a las noticias que quiere sobre mi poesía, se reducen al librito casi inexistente, y a muchísimos poemas que duermen en cuadernos de diversas tapas. Entre los 20 y los 40 años escribí más poesía que prosa, y me creí un poeta en verso. Sigo pensando que alcancé a hacer algunos poemas buenos (como aquel sobre Masaccio que publicó *Sur* hacia 1950, creo) pero después mi noción de la poesía se hizo tan alta y vertiginosa y exigente a través de los ejemplos de Rimbaud, Keats, Artaud y tantos otros, que me decreté no-poeta, quemé montones de papeles, y sólo de tanto en tanto, cuando sopla ese viento del que hablaba Rilke en las *Elegías de Duino*, reincido solitaria y furtivamente.

Bueno, Graciela, esto por lo largo parece una novela de Cortázar. Escríbame un día de estos, ya sabe que la siento muy próxima. ¿Y cuándo me envía poemas?

Un abrazo de su amigo provenzal,

Julio

Como siempre, mis afectos a Sergio cuando divise su silueta de oso blanco en alguna esquina.

Saignon, 30 de Julio de 1966

Querida Graciela:

A pesar de mis largas vacaciones, tengo mucho trabajo que terminar antes de septiembre, y a eso se debe en buena parte mi demora en contestarle (los festivales de Aix-en-Provence y los paseos por los campos de lavanda se suman también en la cuenta de los días). Quiero decirle que me dio una alegría con la noticia de que ha de seguir trabajando sobre mis libros. Creo que yo hice bien al escribirle mi carta anterior, y ahora creo que usted también está en el buen camino al seguir adelante, puesto que lo suyo será siempre *otra cosa*, una visión diferente de mi obra. Muchas gracias, y cuente desde luego con mi mejor buena voluntad para ayudarla. El librito de poemas ya ha sido pedido, y en cuanto a *Los reyes*, estoy casi seguro de que tengo un ejemplar en París –además del mío propio, que guardé desde un comienzo y que me ha acompañado por todas partes–. Vuelvo a París en los primeros días de octubre, y desde allí se lo enviaré; entre tanto habrá recibido, si mi madre lo encuentra, *Presencia*.

En el ínterin veo que la Argentina vuelve una vez más a su ya socorrido régimen de generales, coroneles y policías. Los diarios de París publican algunas noticias típicas: censura periodística, prohibición de la venta de *Marcha*, etc. Algunos amigos me han escrito sin ocultar su satisfacción por un gobierno que acabaría al parecer con la mediocridad del anterior; visto desde Europa, la idea de alegrarse por otro golpe de estado militar parece inconcebible, pero desde luego habría que estar allí para tener algún derecho de juzgar con conocimiento de causa. Desde aquí me duele y me dolerá siempre el increíble fariseísmo civil y militar que parece ser el signo de la Argentina de este siglo; pero lo especialmente malo de los militares es que cuando son ellos los que mandan, ni siquiera se puede denunciar el fariseísmo. Si es eso lo que alegra a esos amigos de que le hablaba, me duele por ellos, por estar tan metidos en el pozo.

Espero los poemas prometidos, y lamento que la edición de su libro le haya parecido tan mala. Acaban de enviarme el último número

205

de *El corno emplumado* donde hay mucha poesía interesante. ¿Leyó *Cuadrivio*, de Octavio Paz? Los estudios sobre Darío, Pessoa y Cernuda son admirables; sobre todo el que se refiere a Cernuda, donde Paz los pone en su sitio a los criticastros españoles. (La edición es de Joaquín Mortiz, por si quiere buscarlo.) Yo tendré ocasión de hablar sobre temas de orden poético en el librito que me estoy divirtiendo en escribir para un editor mexicano y del que ya creo le hablé. Será una especie de "almanaque" o de baúl de sastre, pero prefiero el primer término porque no les tengo simpatía a los sastres y en cambio toda mi infancia estuvo iluminada por *El almanaque del mensajero*, del que quizá quede algún ejemplar en su casa (hay que mirar en los muebles viejos, en los sótanos). Será un libro divertido, que irritará a los famas y encantará a algunos cronopios.

Hasta fin de agosto estaré aquí, luego voy a Suiza y a Austria a trabajar y vuelvo a París a comienzos de octubre. A partir del 20 de agosto será mejor escribirme a París, pero no se preocupe si tardo en contestarle; serán dos meses un tanto complicados para mí.

Con afectos para su marido, un abrazo de su amigo

Julio

París, 1 de abril de 1967

Mi querida Graciela:

Sí, yo le había dicho que tenía mucho trabajo por delante, pero incluso me quedé corto. Antes y después de las seis semanas que pasé en Cuba (sin hablar de todo lo que hice allá) he estado viviendo como privado de mí mismo, mirándome escribir cartas o preparar textos o tomar aviones con esa mirada un poco irónica que merecen los que se agitan demasiado sin que se sepa en el fondo para qué. Pero ahora las cosas están más tranquilas, dentro de un mes podré irme a Saignon a descansar, y me da un gran gusto enviarle estas líneas y contestar a algunas preguntas que me hace.

Pero, primero, gracias por su libro y por el buen recuerdo del epígrafe. Como en todo lo que llevo leído de usted, hay un *tono* inconfundible que me conmueve, un don de participación y de contacto con el lector –por lo menos con un lector como yo– que da a sus poemas algo entrañable. Una continuidad, también, la permanencia cambiante de una voz que está pasando por la vida como ese espejo del que habla Stendhal (pero el espejo de sus poemas abarca el cielo y la tierra, a diferencia del que imaginaba el novelista); quiero decir que cada ciclo de poemas es un avance pero nunca, me parece, una ruptura. Usted es profundamente clásica, pienso, dándole a la palabra un valor que los jóvenes se obstinan en querer ver de otra manera; usted busca conciliar, como todo gran clásico; busca explicarse lo inexplicable, traerlo a una región de armonía y de posible diálogo. Vivimos tiempos en los que una empresa poética así entendida será casi siempre mal entendida; se prefieren los testimonios más directos del desgarramiento, de la muerte por explosión del humanismo que se creía inmortal. Leyendo su libro me pregunto, yo que desde hace años colaboro en esa muerte necesaria en muchos sentidos, si las cosas son tan maniqueas como la razón quiere que sean. En todo caso sus poemas me alivian de muchas negaciones suicidas de la poesía de nuestro tiempo, y restablecen una perspectiva en la que las nubes siguen siendo una parte importante del paisaje, cuando no la más importante. Sus poemas –hace ya mucho tiempo– pasan por mi memoria como hermosas nubes.

Desde luego, Graciela, estoy a su disposición para contestar las preguntas a que se refiere en su carta. Quiero aclararle, después de lo que me cuenta sobre una referencia del señor Ford, que no es exacto que yo le haya dado a Schmucler una especie de exclusividad para su trabajo. Por lo pronto, el ensayo sobre *Rayuela* fue escrito antes de que nos conociéramos personalmente o por carta. Luego, en París (o en Saignon, ahora que recuerdo mejor) contesté todas las preguntas que le interesaban a Schmucler con vistas a su libro, pero sin que eso agotara por así decir el tema. Desde luego, si puedo ayudarla en su tarea, no tiene más que pedirme los datos que necesite; este verano tendré tiempo para contestarle con todo el detalle necesario. En cuanto a las fotos, también se las mandaré llegado el momento.

En julio saldrá el libro que terminé hace poco y que editará Siglo XXI de México. Pienso que en sus páginas encontrará usted no pocas referencias de tono bastante personal –gustos, discrepancias, arrimos y desarrimos– que podrán ayudarla en su trabajo.

Hasta pronto, entonces, con el afecto de siempre,

Julio

Por favor, dígale a Sola González que su poema "Ici repose Max Jacob" me conmovió profundamente.

Saignon, 3 de junio de 1967

Querida Graciela:

He cerrado todas las persianas de mi cuarto de trabajo, para no ver el sol de las tres de la tarde y no escuchar el zumbido de las abejas que saborean el tomillo y la lavanda. No hay mayor mérito en esto, porque sufro fotofobia y trabajo siempre en la penumbra, pero aquí en el sur de Francia hay que hacer un esfuerzo para arrancarse al placer de estar en el campo y trabajar poco. Si hubiera tenido mi grabador, que me olvidé en París, le hubiera contestado oralmente todas sus preguntas, y hubiera sido más divertido para los dos; pero no queda más remedio que recurrir una vez más a la máquina. Vamos a ver si puedo ayudarla un poco en su trabajo.

1) Datos biográficos. En el libro de Luis Harss hay ya bastantes, que le conviene consultar. (¿O no hay? Ya no me acuerdo.) Nací en Bruselas, en agosto de 1914. Signo astrológico, Virgo: por consiguiente, asténico, tendencias intelectuales, mi planeta es Mercurio y mi color es el gris (aunque en realidad me gusta el verde). Mi nacimiento fue un producto del turismo y la diplomacia; a mi padre lo incorporaron a una misión comercial cerca de la legación argentina en Bélgica, y como acababa de casarse, se llevó a mi madre a Bruselas. Me tocó nacer en los días de la ocupación de Bruselas por los alemanes, a comienzos de la primera guerra mundial. Tenía casi 4 años cuando mi familia pudo volver a la Argentina; hablaba sobre todo francés, y de él me quedó la manera de pronunciar las "r" que nunca pude quitarme. Crecí en Banfield, pueblo suburbano de Buenos Aires, en una casa con un gran jardín lleno de gatos, perros, tortugas y cotorras; el paraíso. Pero en ese paraíso yo era ya Adán, en el sentido de que no guardo un recuerdo feliz de mi infancia; demasiadas servidumbres, una sensibilidad excesiva, una tristeza frecuente, asma, brazos rotos, primeros amores desesperados ("Los venenos" es muy autobiográfico). Estudios secundarios en Buenos Aires: maestro normal en 1932, profesor normal en Letras en 1935, primeros empleos, cátedras en pueblos y ciudades de campo, paso por Mendoza en 1944-45, después de 7 años de enseñar en escue-

las secundarias. Renuncia a raíz del fracaso del movimiento antiperonista en el que anduve metido, vuelta a Buenos Aires. Ya llevaba 10 años escribiendo, pero no publicaba nada o casi nada (el tomito de sonetos, quizá un cuento). De 1946 a 1951, vida porteña, solitaria e independiente; convencido de ser un solterón irreductible, amigo de muy poca gente, melómano, lector a jornada completa, enamorado del cine, burguesito ciego a todo lo que pasaba más allá de la esfera de lo estético. Traductor público nacional, gran oficio para una vida como la mía en ese entonces. Egoístamente solitaria e independiente. A todo esto, Perón / Perón / que grande sos, etc., los altoparlantes en la esquina de mi estudio, exasperación creciente: en noviembre de 1951 vendí todo lo que tenía y me vine a París. El resto usted lo conoce, es *Rayuela* a ratos, es mi mujer y millares de hoteles, paisajes, exploración de Europa y de buena parte del mundo (en 1956 estuve en la India).

2) Orden de publicación de mis libros: en general sigue el orden temporal en el que fueron escritos. Pero cuando escribí *Los premios*, había ya unas 50 páginas de apuntes sueltos que luego se aglutinaron en *Rayuela*. Y los cronopios nacieron en París en 1952 y fueron escritos en ese año y el siguiente, aunque sólo se publicaron en 1962.

3) Valor que asigno a *Los reyes*: creo que le dije algunas cosas a Harss sobre esto. Usted sabe que la idea de ese texto me vino en... un colectivo. Fue, estoy seguro, lo que los ingleses llaman *a visitation*. Esa misma noche empecé a escribir, a verme escribir más bien, y terminé el texto al otro día por la tarde. Yo estoy convencido de que fui usado, de que alguien hizo ese libro con mi mano. En todo caso me eligió bien, entre otras cosas porque yo sabía y sé una barbaridad sobre mitología (no por nada fui alumno de don Arturo Marasso) y los dioses y los héroes no me habían parecido nunca irreales sino todo lo contrario. Un recuerdo de adolescencia: la crisis de llanto, la desesperación irrestañable que fue para mí la escena de la muerte de Patroclo en la *Ilíada*. Ahora, después de tantos años, la relectura de *Los reyes* me agrada, sin ningún narcisismo, como si fuera un libro ajeno pero que contiene mucho de mí mismo. Le repito lo que le dije a Harss: ese libro es como una despedida inconsciente a una visión lujosa y estetizante del mundo; la prueba es que jamás volví a escribir una sola línea en ese estilo; otra

prueba es que los cuentos de *Bestiario*, contemporáneos algunos y otros apenas posteriores a *Los reyes*, no tenían ya nada que ver con esa visión del mundo. Pero me alegro de ser su autor, de haber reivindicado al Minotauro. Hace dos o tres meses, María Casares dijo en París, en francés, el monólogo de Ariadna; yo estaba en Cuba, y lamenté mucho no haber podido escucharla. Sí, guardo una vieja y casi secreta ternura por ese "*testament of beauty*", en el doble sentido de la expresión.

4) A propósito de la posible publicación de mis poemas: bueno, no se ría, pero sucede una cosa muy divertida, cuyo secreto usted me guardará un tiempito, hasta que la noticia se confirme. Un cronopio italiano se me apareció un día con la noticia de que, para él, yo era un poeta considerable. Nunca sabré de donde este cronopio había conseguido una serie de poemas míos, impresos a mimeógrafo y sólo dados a unos pocos amigos (a quienes no les gustaron). El cronopio no solamente ama mis cosas, sino que acaba de hacerme firmar un contrato para editar un volumen de poemas en italiano (aquí es donde usted empieza a reírse). A mí la cosa me parece tan descabellada que no puedo negarme, porque de cuando en cuando hay que divertirse un poco, y probablemente este mismo año, hacia noviembre, salga el librito. Como ve, ya no tengo derecho a seguir guardando tanto secreto sobre mi lado de hacedor de versos. Y por eso le mando algunos, los que tengo aquí; pero no son para publicar sino para usted, y, naturalmente, para citar lo que pueda interesarle cuando escriba su ensayo. Hagamos una cosa: si lo que va a leer le interesa, dígamelo y siempre me será posible, desde París, completarle mi *opus carmina* (el latín es de fabricación casera, nunca pasé de la lúgubre Introducción en el primer año de la calle Viamonte).

Le envío dos series de poemas; nada puede ser más diferente que una de la otra, y es por eso que le envío las dos, para situarla mejor. Hoy lamento bastante que *Razones de la cólera* no se publicara en la Argentina en la época en que fue escrito; incluso dos de esos poemas están incluidos en el libro "mexicano" del que paso a hablarle en

5) *La vuelta al día en ochenta mundos*: el sumario, que me pide usted, es difícil de hacer. Es una especie de baúl, de almanaque; de todos modos, dentro de dos o tres meses usted lo tendrá. Le adelanto

algunos títulos: "Del sentimiento de lo fantástico", "Teoría general de los piantados", dos cuentos, poemas, un ensayo sobre criminología (no muy en serio). En resumen, ese libro es un "divertimento", donde las ilustraciones y el texto juegan un ping-pong que puede agradar a un lector sensible.

6) Fotos: le voy a hacer enviar directamente unas fotos que me hicieron Sara Facio y Alicia D'Amico, magníficas fotógrafas porteñas (a las que les he escrito un texto para un álbum sobre Buenos Aires que saldrá a fin de año). Supongo que pasarán unas semanas, pero estas chicas se las enviarán con toda seguridad.

Bueno, ya ve que el viaje a Amsterdam no interfirió en mi contestación, porque yo me sentía muy culpable y quise escribirle lo antes posible. Sé que estos datos son insuficientes, y al releer mi carta tengo la impresión de que todo está por decir; pero sólo hablando, quizá, podría llenar tantos huecos. En fin, siga preguntándome cuando se le planteen problemas en su trabajo; yo la ayudaré siempre. Y gracias.

Hasta pronto, con un abrazo de su amigo

Julio

Saignon, 2 de julio de 1967

Mi querida Graciela:

Llegamos hace dos días a este ranchito caluroso y asoleado, y además de las cigarras y las cerezas encontré varios metros cúbicos de correspondencia y paquetes acumulados a lo largo de un mes. Ahora empiezo a comprender por qué ciertos autores tienen secretarias; yo, desde luego, no la tendré jamás, pero la verdad es que me abruma esta correspondencia, muchas veces urgente e importante (mis simpatías por la causa cubana significan múltiples obligaciones epistolares), y me duele no tener más tiempo para lo mío y para contestar largamente a quienes, como usted, están tan cerca de mi mundo.

Sus dos cartas estaban aquí, y me dieron una gran alegría. Hay en ellas unas cuantas cosas que exigen respuesta, y aunque me perdonará que sea demasiado breve, por lo que le digo más arriba, espero dejar bien aclarados los problemas más importantes.

Entendido: desde París le enviaré *Los reyes* y más poesía (lo de *opus poetica* completa, como dice usted, me resulta complicado, porque mis poemas andan bastante dispersos en papeles sueltos y "libros" hechos con mimeógrafo; pero prometo buscar hasta quedar cubierto de polvo y telarañas).

No, no hay ningún equívoco, Graciela. Ya sé que usted no valora preferentemente mi poesía, ni mucho menos. Debo de haberme expresado muy mal. En realidad está sucediendo un fenómeno curioso en estos últimos tiempos, y es que paralelamente a su interés por mi poesía, yo mismo vuelvo a ella, la releo, y descubro que fui un tanto injusto al negarme sistemáticamente a darla a conocer en otros tiempos. Creo haberle contado que un poeta italiano va a sacar un tomo de poesías mías traducidas por él; por un lado, mi sentido cronopiesco del humor hace que me divierta enormemente al pensar que primero seré leído en italiano que en español, pero por otro lado no me niego ya a serlo en este idioma cuando se trata de mis versos. Quede aclarado de paso que, en lo que se refiere a su estudio sobre mí, está autorizada con la máxima libertad a citar poemas, pasajes, fragmentos, todo lo que le parezca bien.

Comprendo sus reparos al ensayo de Harss. Estoy en parte de acuerdo, pero debo disculparlo en cierto sentido porque muchas de las cosas un tanto irónicas o des-valorativas que él dice, en realidad las dice porque yo empecé por decírselas a él. La frase sobre *Presencia* es un ejemplo. Usted, desde luego, tiene pleno derecho a pensar de otra manera. Creo, sí, que Harss no sintió *Los reyes* como usted o como yo mismo, y que lo despachó un tanto apresuradamente. Y que se demostró demasiado exigente con respecto a *Los premios* que, como dijo una tía mía, es un amor de librito.

En su segunda carta usted dice exactamente algo que yo acabo de escribir sobre mí mismo; creo que le alegrará tanta coincidencia a distancia y sin haber hablado previamente del asunto. Usted me ve como un Jano cuando compara mis "dos" poesías. En la revista de la Casa de las Américas saldrá el mes que viene una carta mía a Fernández Retamar en que me planteo el problema del intelectual en estos tiempos, y por centésima vez reabro el problema del "compromiso". Allí, hacia el final, encontrará otra vez a Jano, al hombre que hoy sabe que debe hacer todo lo que pueda por el tercer mundo y por los desposeídos (digamos mi poesía de "tirador de bombas contra todo", como dice usted), y al mismo tiempo al enamorado de las más puras obras en la línea clásica, al nostálgico incurable de Mallarmé y de Góngora, de Valéry y de las catedrales románicas. Me alegro de que usted haya planteado esta aparente dicotomía, que es en realidad una búsqueda de unidad en un plano que concilie los contrarios –lo que en el orden metafísico angustiaba a un tal Oliveira.

Me pregunta usted por *El examen*. Bueno, duerme en un cajoncito, como todo lo que está muerto. Fue una lástima que no se publicara en 1950 cuando lo escribí, porque entre otras cosas resultó que yo tenía doble vista y, tres años antes de que ocurriera, describí minuciosamente los funerales de Eva Perón. Cuando leí los diarios de París, años más tarde, y vi los noticiosos en el cine, comprendí que de alguna manera había perforado el futuro en ese capítulo de la novela. Aparte de eso (y a pesar de eso) supongo que era un libro bastante malo. Hace unos días Carlos Fuentes me pidió el capítulo en cuestión para una antología sobre "padres (y madres) de la patria" sudamericanos, en que colaboraría Vargas Llosa, Carpentier, etc. A lo mejor es divertido publicar 17 años después un episodio escrito 2 años antes de que el verdadero episodio se produjera. Todos los tiempos el tiempo.

En cuanto a la otra novela, aquí está. Cuando conteste los tres metros cúbicos de que le hablé antes, trataré de escribirla por tercera vez; hasta ahora no me gusta. Trata de vampiros, *inter alia.*

¿Don Arturo Malasso? Me inquieta un tiempo de verbo en su frase. Todavía vive, ¿verdad? Don Arturo me enseñó literatura griega y española en el Normal de Profesores "Mariano Acosta". Con Vicente Fatone, fue el único profesor del que me acuerdo. Algún día escribiré algo sobre esas clases, sobre esos tiempos. ¿Nunca se hizo un homenaje por escrito a Marasso, un *mélange* amistoso para ofrecerle? Yo, desde luego, participaría con mucho gusto.

Bueno, Graciela, creo haberle contestado —mal, pobremente, pero en fin...— lo más importante de sus preguntas. Ah, las fotos. Les he escrito a las muchachas pidiéndoles que me las envíen a mí y diciéndoles que son para usted y que si usted las utiliza, indicará naturalmente el nombre de las autoras. Vamos a ver qué pasa; creo que aceptarán. Algunas de ellas las habrá visto en *La Nación,* donde además estas criaturas me hace decir unas cosas increíbles que jamás se me hubiera ocurrido pensar en esta vida.

Hasta siempre, no se enferme de nuevo, y reciba un abrazo cariñoso de su siempre amigo

Julio

Saignon, 31 de agosto de 1967

Querida Graciela:

Hace ya mucho que recibí su carta (del 27 de julio) y los poemas de *Habita entre nosotros*. Creo recordar que en esos mismos días le envié las fotos de Sara y Alicia, que espero haya recibido bien y le sirvan para sus propósitos. No le escribí después porque a mediados de agosto empezó el sitio de mi fortaleza provenzal, un sitio muy encantador por lo demás, a cargo de buenos amigos y amigas que se fueron acercando a medida que viajaban por el Mediodía, y finalmente Aurora y yo nos fuimos a pasar una semana a Córcega donde vive un poeta francés que es un gran amigo. A usted le hubiera gustado seguramente el antiguo molino a orillas de un torrente que se llama Bevinco, perdido en la más profunda soledad en una zona de montañas como a veces se encuentran en nuestra precordillera, con un torrente que canta y a veces se enoja en plena noche, donde pescamos truchas con riesgo de nuestra precaria economía pues está terminantemente prohibido y las multas son abominablemente elevadas. Córcega me pareció extraordinaria, por lo menos la zona norte, más o menos cerca de Bastia, la capital; las huellas de la dominación italiana son múltiples, empezando por el dialecto y la toponimia (Olmeta di Tuda, Murato, Vallecalle... otros tantos pueblecitos primitivos y misteriosos, con antiquísimas iglesias románicas a listas blancas y verdes y relieves de sentido más que esotérico).

Saignon, al regreso, nos pareció casi civilizado; por lo menos eso sentimos al encender la luz eléctrica en vez de manejarnos con velas como en el molino.

Gracias por los poemas, que siguen teniendo esa música tan suya. Me sorprendió al principio, para inmediatamente gustarme mucho, el que empieza: "Estoy sola / cercada...", que me pareció un camino nuevo en usted (que, desde luego, no será nunca la "mujer nueva" de Elizabeth Arden que se menciona en el último verso). El pequeño poema "Miro y me embriago..." me pareció perfecto, y su tercer verso me trajo unas palabras análogas y también muy hermosas de William Blake: "*To see the world in a grain of sand*". Luego me encontré con:

"Las ciudades que sueño...", y ahí sentí frío, se me erizó un poco el pelo en la nuca, porque la novela en la que estoy trabajando aquí –va en su tercera redacción, y esta vez será la buena o el canasto irrevocablemente– se cumple parcialmente en algo que yo llamo la Ciudad, y que no es ninguna de las tres ciudades donde ocurre la acción y sin embargo es una ciudad en la que los personajes entran y salen, se encuentran y anudan y desanudan su último destino. Usted indica en el primer verso que sus ciudades están en sus sueños, y eso no ocurre en mi libro, porque aunque nadie, empezando por mí, sabrá nunca cómo se cumple el ingreso en la Ciudad, de todas maneras no se trata de algo soñado. Eso, sin embargo, es un detalle: lo que me heló la sangre fue reconocer en su poema el clima, la fisonomía más secreta de esa ciudad. Por lo demás en la novela habrá un larguísimo poema que contiene una descripción de la Ciudad, y que no se parece en nada al suyo... salvo en esa atmósfera, que acerca nuestras dos o muchas ciudades, soñadas o imaginadas o realmente vividas. Pienso que no le desagradará saber hasta qué punto estamos compartiendo una geografía imaginaria (?).

Me dice en su carta que le gustaría incluir un poema autógrafo y/o un fragmento de novela. Todo eso es posible, pero tendrá que esperar hasta mi regreso a París (a mediados de septiembre); le haré un par de fotocopias, o le mandaré dos páginas que se hayan salvado de la destrucción. En cuanto al libro "mexicano", por el cual me pregunta, la impresión anda atrasada por el problema de las ilustraciones; aparecerá en octubre.

Hasta siempre, con un abrazo de su amigo,

Julio

Viena, 4 de octubre de 1967

Mi querida Graciela:

Realmente ya no sé si le debo o no una carta. Con esta vida de gitano que llevo (y que usted está imitando, a juzgar por lo que me cuenta en su última, si es la última), termino por perder toda noción de las secuencias. Incluso, fíjese, me equivoco al espaciar, pero aquí la culpa es más bien de una Olivetti vienesa que no me conoce todavía demasiado. Le escribo en la oficina, entre dos tandas de revisiones (¿a usted le gustan las moléculas marcadas, los isótopos, el uranio enriquecido, el agua pesada, los gatos magnéticos [sic] y las calandrias [otra vez sic]?). Y me pregunto si ya le escribí sobre los capítulos mimeografiados que me envió, o si no lo hice. Me lo pregunto porque los leí la primera vez en Saignon (o en París, ya no sé) y ahora que los releo en Viena, me pregunto si los traje solamente para releerlos después de haberle escrito, o para escribirle después de releerlos. La verdad es que mientras los leía la primera vez imaginé todo lo que pensaba decirle, y de alguna manera es como si ya se lo hubiera escrito; a menos que realmente se lo haya escrito y esta carta sea (alguna vez tiene que ocurrir) el primer gran signo gerontológico, esa hora horrible en que, como decía Macedonio, uno se olvida el sombrero en una sopera.

Pongamos que no le escribí, que es lo más probable. Si todo el libro sobre mí es o será como esos capítulos, puedo ya quedarme en paz desde el punto de vista de la crítica y la comprensión en la escala que me interesan. Porque esos capítulos son magníficos, Graciela, y desde luego su único defecto es no querer ver los muchos defectos que también habría que señalar en mi obra. Ignoro las falsas modestias tanto como la vanidad almidonada. Sé que en mucho de mi obra hay grandes agujeros por donde sopla la nada, las carencias, las nostalgias de lo que quise hacer y no pude. Usted, generosamente, se dedica a interpretar y arquitectar lo bueno, lo positivo. Al punto de casi convencerme de que tiene razón, y que al fin y al cabo he escrito más cosas buenas que malas, o que en todo lo que he escrito la balanza se inclina del lado de lo bueno. En todo caso, quiero dejar aclarado que no la creo a usted ni ingenua ni demasiado parcial, y que sólo la "acuso" de demasiada generosidad. No es un rasgo frecuente entre los mejores críticos, y por eso me conmueve tanto.

Podría llenarle páginas sobre su trabajo, pero sería demasiado narcisista y bastante inútil en el fondo. Me gusta la forma en que usted ha desentrañado algunas constantes de *Rayuela*, de las que yo mismo no tenía una noción en el nivel mental o intelectual. Todo el estudio sobre la arquitectura del libro es, me parece, justo; y partiendo de ese acierto básico, las observaciones y los análisis parciales van enriqueciendo cada vez más esa noción central. Cuando usted, por ejemplo, detalla el humor presente en el libro, toca uno de los resortes vitales que los críticos latinoamericanos (que son serios de solemnidad como hay pobres de solemnidad), pocas veces o nunca señalan, ocupadísimos en elogiar o atacar las raíces héticas y hestéticas... (¿Nos entendemos, verdad? Es Horacio el que habla, ahora, todavía una vez más.) Lo mismo puedo decir del análisis sobre los actos más o menos gratuitos que van ocurriendo en el libro; usted los ordena en su justa perspectiva, les da como nadie su intención de rupturas. Así podría citarle tantos otros enfoques precisos y enriquecedores, pero no es necesario; en este caso prefiero que sea usted quien escribe y cita y analiza, y yo el que aprende a conocerse un poco mejor a través de tanta inteligencia y sensibilidad.

Lamento (para volver a algo que me cuenta en su carta) que gentes que aprecio como Roberto García me tachen de escapista y de no suficientemente comprometido, pero desde luego no tengo nada que decir, porque jamás entraré en el muy argentino juego de las polémicas verbales; hay otras cosas que hacer, y no me queda demasiado tiempo. Me imagino que usted ha de divertirse bastante en los seminarios y simposios, y que también rabiará un poco a veces. Terminé la novela, que se sigue llamando *62* a secas; la revisaré este invierno y veremos qué pasa. Desde París, en noviembre (ahora voy a Argelia) le mandaré *Los reyes* (estaba convencido de haberlo hecho hace mucho). Me alegré de que le gustaran las fotos, aproveche la que prefiera pero no se olvide del nombre de las chicas que se han portado como ángeles.

¿Me ayuda a revisar un acta sobre las radiaciones del cobalto? ¿No?
Entonces, hasta pronto y un abrazo,

Julio

Saludos a Sola Gonzales

París, 28 de febrero de 1969

Querida Graciela:

Nos conocemos y nos queremos demasiado como para que usted esté ofendida por mi silencio. La vida no me ha tenido demasiadas contemplaciones estos últimos tiempos, y el relativo método que yo era capaz de imponer a las circunstancias se ha quebrado en vaya a saber cuántos pedazos; por suerte con los pedazos siempre se puede hacer un caleidoscopio, de modo que no me crea sumido en la peor de las misantropías, lejos de eso; más bien al contrario, vivo un momento muy extraño de exaltación, de múltiples trabajos (no siempre literarios, porque Cuba y problemas afines me llevan muchas horas, viajes y páginas), pero desde luego mis lecturas se han vuelto erráticas y desordenadas, mi correspondencia se amontona al punto de que ayer metí dos kilos de cartas en un cajón para no verlas... Basta de explicaciones inútiles; estoy en falta con usted, que me envió el libro hace ya tiempo, y no quiero irme de París una vez más (por pocos días, pero es el desorden y la paralización de siempre) sin enviarle por lo menos unas líneas de gratitud y de afirmación.

No es nada fácil referirse a un libro del que uno es el tema central. Lo que ya conocí de él me daba una idea bastante justa del conjunto final, pero debo decirle que en este caso el resultado de la suma supera el valor parcial de los capítulos. Hay, por supuesto, esa idea que sólo se le había ocurrido a usted (quizá porque sólo a usted podía ocurrírsele: cuestión de afinidades electivas, de muchos años de conocernos como poetas); quiero decir la introducción a un mejor conocimiento de mi obra por la vía poética, por el rastreo y el análisis de mis poemas. Creo que es lo que he leído con más fascinación en todo el libro, porque con respecto a la prosa tengo ya una tal cantidad de elementos críticos al alcance de la mano, y la bibliografía en torno a mí se ha vuelto tan absurdamente compleja y variada, que lo que usted descubre y aporta en el libro se me presenta como un enfoque más de temas ya tratados parcial o totalmente; en cambio la indagación de la poesía (como, más adelante, de mis "ensayos", aunque el calificativo es demasiado generoso de su parte, pues nunca pasaron de reflexiones no demasiado sistemáticas) me ha sido útil y revelador para verme con más lucidez en ese extraño espejo polifacético que es la labor crítica sobre el que la lee un poco en la posición visual y psicológica del que se afeita. Gracias a usted tengo la impresión de aprehenderme mejor como individuo inmerso en un tiempo de creación ya bastante largo; incluso algunas de sus citas correspondientes a muy viejos poemas, me llegaron como curiosas integraciones en mi yo de ahora, como figuras que bruscamente se cerraran; usted se sonreirá, pensando que todavía estoy fascinado por el mecanismo del que nació *62*, pero no es así. Y hablando de *62*, desde luego su estudio es lo menos consistente del libro. Porque evidentemente a usted no le gustó demasiado en primer término, y debió trabajar de prisa en segundo término. No es que yo discrepe de su visión del libro, pero creo que no explica más que una de sus capas, y hay más de una; por lo demás lo que voy viendo en la llamada "crítica" (digamos las reseñas en las revistas y diarios) me hace pensar que yo debo haber visto en el libro muchas más cosas de las que realmente hay, porque los críticos y los lectores están desconcertados y no salen de la superficie. Pienso que el subtítulo, al que la publicidad le ha dado excesiva importancia, perturba y confunde a la gente, llevándola (con el recuerdo de *Rayuela*) a imaginar un *puzzle* que es necesario montar a toda costa. Sí, claro, hay un montaje que cualquiera puede comprender, pero es un montaje extra-textual, no se trata de que las partes cambien de lugar o de posición, sino de un montaje interior y final, como una decantación posterior a la lectura, en la que el lector debe escoger lo que cuenta y lo que finalmente puede dar un sentido a tanta insensatez parcial. Es muy curioso para mí, por ejemplo, que hasta ahora nadie se haya inclinado sobre ese territorio de pasaje que es la Ciudad, que a nadie parezca llamarle la atención las rupturas de todo orden en el plano "realista" que sin embargo se articulan en la figura más profunda, allí donde la muñeca, Hélène, Celia, Juan y tantos otros alcanzan su verdadera identidad. Me temo (y esto irritaría a muchos) que el lector hembra sigue demasiado vivo, que la sequedad de este libro, su negativa a los efectos novelescos (ya demasiado fáciles para mí después de *Rayuela*, y por lo tanto despreciables) hayan desencantado a los que esperaban un nuevo avance en la línea un poco negra y luciferina de Horacio Oliveira. Como a mí mismo me cuesta también arrancarme a la fascinación de escribir dramáticamente, de agotar a fondo situaciones de tensión, traté de equilibrar el libro a través de las livianas y humorísticas aventuras de los argentinos en Londres y en la laguna del vivero; ahora, frente a la indiferencia de los lectores, pienso que me equivoqué conmigo y con ellos; debí llevar la sequedad al límite, escribir como Radiguet escribió *Le diable au corps* o Cocteau *Les enfants terribles*; finalmente *62* es un libro híbrido por debilidad mía, y no me volverá a suceder; o escribiré para divertirme, y entonces será en la línea de un Céline (hablo analógicamente, claro) o llevaré hasta sus últimas consecuencias lo que pretendí sin lograrlo del todo en *62*.

Me sigue gustando mucho su análisis de mis cuentos y de las novelas; creo que muestra aspectos poco sospechados, las corrientes más ocultas, y que tiene muy en cuenta los valores estéticos, desgraciadamente tan dejados de lado por nuestra crítica usual, que tiene una especie de obsesión por lo que ahora llaman "contenidismo", olvidando que ya Gide había mostrado a propósito de Baudelaire que si no hay forma no hay contenido.

Bueno, esta carta es muy revuelta y rapsódica, pero le llevará una idea de mis sentimientos frente a su libro. No se lo agradeceré, porque a usted no le gustaría; la gratitud en casos así suena a falso. En cambio le gustará saber que me trajo una gran alegría, un sentimiento de conciliación, de no haber trabajado en vano puesto que allá, en mi tierra, alguien lleno de sensibilidad e inteligencia se inclinaba sobre mis libros para buscar sus constantes, sus falencias y quizá sus proyecciones.

Mándeme poemas cuando tenga, ya sabe cuánto me gustan; en el librito que estoy terminando para Siglo XXI, y que será una especie de final de *La vuelta al día...*, cito unos versos suyos que leí en Saignon.

Con todo el afecto de

Julio

Saignon, 24 de agosto de 1969

Querida Graciela:

Me alegró su carta, que llegó en buen momento a mi ranchito del sur de Francia. Acababa de terminar la corrección de las pruebas de *Último round*, un librito que aparecer a fin de año en México y Buenos Aires, y que de alguna manera continúa (y concluye, como lo insinúa el título) *La vuelta al día...* Sin duda la "novela" de que le han hablado es ese libro; aunque hay allí de todo, como en el primero, pienso que le gustará encontrar una gran cantidad de poemas –viejos y nuevos–, así como cuatro cuentos bastante largos; el resto es ensayos, historias de locos, pequeñas aventuras imaginarias, ejercicios de estilo, experiencias, todo lo que pueda admitir y reclamar un libro-almanaque.

No, usted no es una retrógrada que todavía escribe poema; muy al contrario, su poesía me ha parecido siempre muy de nuestro tiempo aunque eluda las experiencias muchas veces fascinantes que se intentan en otras latitudes y quizá también en la suya; de todos modos, me gustaría leer esos poemas "coléricos" de que me habla; todo lo que usted escribe me interesa. Por cierto que uno de los textos de *Último round* titulado "Uno de tantos días de Saignon", cuenta una jornada en mi rancho, jornada en la que ocurren muchas cosas, y entre ellas la llegada de una carta suya y la lectura de sus poemas, de los que cito un fragmento. Me alegró hacerlo, y espero que para usted también sea una prueba de afecto esta incorporación de sus versos en mi prosa.

Junto con su carta me llegó ayer otra de una editora brasileña que piensa editar un tomito con una serie de ensayos o textos más o menos ensayísticos míos. Esta gente se encuentra con un problema, y es que no consiguen algunos viejos textos míos (que tampoco yo tengo en París). Como creo que usted ha de tenerlos me permitiré decirles que le escriban; ellos están dispuestos a sacar fotocopias del material y devolverle las revistas o libros de que se trate; es gente seria, y creo que puede estar tranquila. Los textos que le pedirán son los siguientes: "La urna griega en la poesía de John Keats", "Muerte de Antonin Artaud" (en *Sur*, Nº 163, mayo 1948), "Situación de la novela" (en *Cuadernos*

Americanos, Año IX, v. 1. III, N° 4, julio/agosto de l950) y "Para una poética" (*La Torre*, Puerto Rico, Año II, N° 7, 1954).

No se extrañe de estas precisiones por parte de quien no tiene esos textos; es el editor brasileño quien me los suministra. Creo que tengo "Situación de la novela" (que fue reproducido por *Imagen*, de Venezuela, hace dos años), pero el resto no. Si usted puede ayudar a estos amigos, desde ya muchísimas gracias.

Con respecto al estudiante inglés, yo no puedo oponerme a que conozca esas poesías inéditas; de usted depende dárselas o no. Lo dejo en sus manos.

Espero recibir la revista *2001* de la que me habla, y después veremos; en todo caso, en septiembre me voy a trabajar a Viena, y sólo estaré libre y de vuelta en París a mediados de octubre. En principio no me molesta la idea de un reportaje en el que usted me haría las preguntas, pero eso sí, me gustaría que por una vez esas preguntas fueran realmente divertidas, insólitas, fuera de lo que ya tantas veces he contestado de una manera o de otra; como le tengo plena confianza, pienso que quizá podremos ponernos de acuerdo y hacer algo interesante en octubre o noviembre.

Hasta siempre, con todo mi afecto,

Julio

Saignon, 30 de Junio de 1971

Querida Graciela:

Ay, ay, dijo Pérez Freire, tu carta me plantea un problema de tiempo, porque desde que me organicé un poco en mi rancho, me tiré a fondo en esa novela que empecé el año pasado y que algo me dice que debo terminar aquí y antes de volverme a París (casi escribí Europa, porque esto es tan solitario, tan sin definición geográfica precisa, que París me parece la otra punta del planeta desde que me instalo entre estas colinas llenas de tomillo); la correspondencia se me atrasa atrozmente, tengo mala conciencia (¡tu carta repta sobre mi mesa, se sube a la lámpara, gira como una veleta en la ventana, desde hace dos semanas!), y sin embargo no puedo dedicarme en detalle a contestar (o a contestar en detalle) porque el día se va rápido apenas me pierdo en la novela y, es obvio, estoy devorado por ella, más real que cualquier cosa en este momento. Y vos me pedís una serie de cosas que necesitarían páginas y páginas, lo de Cuba por ejemplo. ¿Cómo explicarte algo que empezó hace muchos años y, concretamente, hace dos años y medio cuando el primer "caso Padilla"? Ustedes están tan mal informados en la Argentina sobre los problemas cubanos, que tendría que escribirte una monografía, pero te propongo una excelente solución: conseguí (no creo que te sea demasiado difícil) los últimos números de *Marcha*, donde Ángel Rama está sacando un largo ensayo sobre lo sucedido, que me parece de una gran lucidez. Supongo que habrá amigos que consiguen o traen *Marcha* de Montevideo; si no sabés de nadie, hablale a Paco Urondo, que es buen amigo, y pedíselos de mi parte; él está trabajando en *La Opinión* (Reconquista 585, tercer piso, mirá que datos precisos te doy). Me limito a aclararte lo esencial de tu curiosidad. Hubo dos cartas a Fidel; la primera era un simple pedido de información sobre el arresto de Padilla, y la expresión de una inquietud frente a algo que parecía responder a una nueva pulsión sectaria en la isla. Yo firmé esa carta, que suponía un mínimo de ingerencia en los asuntos internos cubanos, pese a lo cual fue ella la que provocó el violento ataque de Fidel y nuestra "excomunión". La segunda carta, violentísima, me negué a firmarla porque me pareció de una insolencia y de un paternalismo que nada justificaba; preferí escribir un texto individual que entregué a la prensa y del que precisamente *La Opinión* publicó unos fragmentos más llenos de erratas que otra cosa, pero en fin (aquí te lo mando completo). Te repito que la lectura del ensayo de Rama te mostrará el problema en su conjunto con una claridad total, y que ahí podrás "ubicarme", a los fines de tus intereses concretos. Tal vez habrás advertido que en eso que llaman el Cono Sur, el resentimiento de muchos ha estallado alegremente con motivo de la "excomunión", y que de golpe aparecen revolucionarios superalineados con respecto al discurso de Fidel, que mueven tristemente la cabeza y declaran que, en efecto, qué se puede esperar de latinoamericanos con sede en Europa, etc. Una declaración de escritores uruguayos es más que sintomática a ese respecto; el viejo odio contra Mario Vargas, Fuentes, en fin, la lista inevitable, encuentra por fin un apoyo político (que Cuba lamentará algún día, pero esto es otro problema) para vengarse de muchas cosas que no toleran, por ejemplo que *Cien años de soledad* sea un libro maravilloso. (En el otro *affaire*, el de la revista *Libre*, se han estado jugando los mismos tristes y mediocres resentimientos; esa revista está condenada a muerte por motivos que yo me sé, pero no por las razones que aducen los que creen que el sólo hecho de vivir en La Plata o en Paysandú es un acto heroico; ya me joden un poco con sus localismos, y mi cambio de ideas con Arguedas no tuvo otro origen, aunque en ese caso el interlocutor fuera mucho más válido, como lo sabés bien.)

Tu otra pregunta, lo de mi naturalización, exige que te pida total reserva por el momento; que te baste saber que mi situación en Francia, después de mayo del '68 y otras cosas, me obliga a pedir la naturalización para hacer frente a contingencias que podrían ser graves. Como mi pedido se basa en razones de larga permanencia y de afinidades culturales, comprenderás que no puedo decir públicamente que las razones son muy otras, pues en ese caso me negarían esa naturalización. (No te sorprendas; la noticia periodística fue falsa, pues todavía mi gestión está en trámite y tardará más de un año en ser resuelta; comprenderás así que insista tanto en que esta parte de la carta vaya al más riguroso fuero del olvido.) Mi imposibilidad de explicar las causas de mi actitud se prestan; claro; a que mucho cabrón aproveche la volada y saque la escarapela, sin siquiera saber que nadie pierde su nacionalidad argentina por tener la de otro país y que se trata simplemente de una solución burocrática, de un doble pasaporte harto necesario en tiempos de borrasca. Ya hay muchos que me han convertido en francés porque les conviene; personalmente me importa tres pitos lo de las nacionalidades (cf. mi entrevista en *Panorama*, hecha por Urondo, donde expliqué mi noción de "patria") y si mañana, para poder luchar por cosas en las que creo, tuviera que hacerme hindú o yugoeslavo, no vacilaría un solo minuto; y corto aquí, porque es un tema que me irrita a fuerza de parecerme idiota; lo único que falta es que algún "crítico" escriba un día un ensayo mostrando que *Rayuela* es la novela de un francés traducida al español. Si querés mi opinión, es un tema que no deberías mencionar en tu libro, o bien hacerlo pero partiendo de mi esencial latinoamericanidad que ningún pasaporte o documento oficial puede cambiar. ¿Hasta cuando vamos a seguir en la superficie de las cosas, en las apariencias, foto de perfil y nariz de dorso recto?

¿Qué más me preguntás o pedís, pedigüeñísima? Ah, "algún texto poético nuevo". Ay, ay. ¿Te dije que Ocnos, de Barcelona me acompaña en la travesura de publicar poemas hacia octubre o noviembre? Vos conocés la mayoría, pienso. ¿Por qué no das pasajes de esa "policrítica" sobre la cuestión cubana, que te resuelve dos problemas a la vez? Pero fijate que yo eso no lo considero en modo alguno un poema; es una declaración política y personal escrita como se escribe un poema de un tirón, es decir sin enlazar las proposiciones y armar un texto coherente; estaba demasiado deprimido y amargado para ponerme a pensar; solté todo lo que me pasaba por la máquina y así salió, claro. Te lo mando completo y vos hacés lo que quieras.

Bueno, pacientísima y generosa y tanto más, vos también mandame poemas alguna vez. ¿Nos veremos hacia fin de año? Siempre pienso ir allá y quedarme dos meses; verte largo sé que me hará bien.

Un abrazo,

Julio

P.S. Por cierto, en el "poema" hay todo un pasaje sobre la cuestión de la nacionalidad. A lo mejor también resuelve el problema.

París, 21 de diciembre de 1971

Mi querida Graciela:

Gracias por tu hermosa carta, que me hizo mucho bien. Estos son tiempos difíciles para mí (y para todos, basta abrir el diario cada mañana); por eso tus líneas tan amigas y tan llenas de eso que sos vos me trajeron una gran nube blanca con los bordes muy plateados.

No te preocupes por no haber modificado algunos aspectos de tu estudio; lo que llevás escrito sobre mi obra me basta y me sobra, y así debe ser para todo lector honrado, puesto que el terreno de tu indagación está perfectamente delimitado desde un comienzo, y no hay porqué pretender que ingrese en sectores que te interesan menos o que otros pueden explorar a su manera.

Espero esa "copia legible" de la que me hablás, ya sabés que siempre te he leído y te leeré con mucho amor. Mis amigos se asombran —y algunos, claro, no creen que sea cierto— cuando se enteran de que no he leído dos o tres libros íntegramente dedicados a mí; pero es que me aburro, Graciela, y por eso mi frase precedente tiene su valor para mí; a vos (y a uno o dos más) los leo porque sé que me dan algo sobre mí mismo y sobre la realidad; el resto me fatiga y lo abandono después de una ojeada. Pensá en los libros fascinantes que a todos nos quedan por leer; a mis años no puedo perder tiempo leyendo todo lo que escriben sobre mí, el narcisismo tiene sus límites. Tras de lo cual te lo repito: espero la copia legible, vos sos Graciela, la poesía; y de ahí me viene siempre algo diferente, algo que me muestra mejor tanta cosa que quise hacer a mi manera.

Te envío el librito de poemas, viejos y menos viejos, que unos cronopios españoles se ingeniaron para arrancarme después de largas batallas tragicómicas; el prologuito te dará la idea de mi estado de ánimo al hacer esa antología. Sé que hay ahí muchas cosas que conocés (quizá todo, finalmente) pero me gusta que lo recibas bien impreso y en un volumen.

¿Mi viaje? Será para la primavera francesa y el otoño argentino, supongo que hacia marzo-abril, o quizá abril-mayo. Tengo una deuda con vos, y el recuerdo de tu comprensión y de tu bondad; ojalá me ayudés a pagarla cuando llegue a Buenos Aires, porque verte y hablar con vos me dará una infinita alegría.

Te ahorro los clisés sobre fin de año y otras boberías; creo que vos y yo estamos en un tiempo diferente, y en ése, que es bien nuestro, nos conocemos y nos queremos.

Un gran abrazo de

Julio

París, 29 de febrero de 1972

Mi querida Graciela:

Perdoname la demora; estaba metido "hasta las guampas" en el final de una novela (dos veces interrumpida por sendos accidentes –de cuya aura especial hablaremos quizá alguna vez–) y el correo se me fue acumulando ominosamente. Terminado el primer borrador del libro, me concedo un respiro y trato de ganarme algunos perdones antes de zambullirme en la revisión de la novela. No podré escribir la larga carta que quisiera, pero sí necesito decirte algunas cosas que me importan particularmente, y en primer lugar que la idea que me transmitís de tu sentimiento frente a los poemas me dio una gran alegría. Tu gusto por los "Cantos italianos", sobre todo, que me devuelve a una época muy hermosa de mi vida, a una visión del mundo que el presente altera y resquebraja inevitablemete pero a la que mucho de mi alma sigue fiel.

Tu nota a la segunda edición del libro era, pienso, muy necesaria a la luz de tanto mal entendido como los que se tejen diariamente en torno a nuestra literatura actual. No se trata precisamente de que tu punto de vista sea el único posible, porque yo mismo entiendo que cubre tan sólo uno de los sectores de una ambición que lo limitado de mi vida y de mis posibilidades no me permitirá seguramente cumplir como lo soñé en su día. Frente a una mayoría crítica que busca las connotaciones inmediatas, los compromisos más punzantes, las pruebas de una presencia poco menos que física en la historia del tiempo, tu búsqueda de las "unidades de sentido" en mis libros me parece cada vez mas preciosa. Vos sos la que en la noche alcanza a ver las luciérnagas mientras el resto se deja cegar por los faros de loa autos; vos sos la que escucha el agua a la hora en que los otros abren la radio para no perderse los noticiosos. Yo he querido todo, el agua y los faros y las noticias; pero querer no es poder, y acaso seas vos la que ha desentrañado de mis libros lo que puede darles su sentido más hondo. Pastora de misterios y secretos, amiga del murmullo en medio de tanta conversación altisonante, para vos irá siempre mi gratitud más entrañable, como en medio del amor, a veces, una leve caricia cuenta más que los transportes y las fiebres.

Así, el segundo párrafo de la página 2, resume para mí perfectamente tu opción y los resultados críticos de esa opción. De sobra siento que no estás cómoda en el debate político que se juega en torno a tantas cosas, y en este caso en torno a mi persona y a mis libros; de sobra imagino lo que te habrá costado escribir como has escrito todo el comienzo de tu trabajo, esa puesta al día a la luz de las alternativas políticas; y precisamente por eso, porque sé que muchas cosas nos separan –el pajarito mandón, por ejemplo, y no te enojes–, me llena de orgullo saber que alguien que ve la realidad y la destinación del hombre como las ves vos, puede al mismo tiempo abrirse tan receptivamente a una obra que mil veces andará tan lejos de tus cotos de caza. Y te doy, una vez más, las gracias.

Vuelvo a cosas más inmediatas. Claro que te conectaré con los cronopios de Ocnos, porque me gustaría tanto que publicaran tus poemas y ese trabajo sobre Gabo. Escribile a Joaquín Marco, c/o María Moliner, Arco Iris 51, Barcelona 16. Y fijate que cuando se escribe a una calle que se llama Arco Iris, la cosa tiene lo suyo.

STOP THE PRESS: acabo de encontrar una carta enviada directamente por Joaquín Marco, cuya dirección es: Ocnos, Amílcar, 88 (Torre), Barcelona 16. Aunque sacrifiquemos el arcoiris, pienso que recibirá más directamente tu mensaje. Decile sin rodeos que sos amiga mía, mencionale tu libro, y proponele los dos textos de que me hablás. En casos así, Joaquín me escribe para tener más referencias y en ese caso yo me ocuparé de hacer lo necesario. Ocnos es una editorial muy pequeña y de poetas cronopios (¿no es lo mismo?), de modo que cada libro les plantea siempre problemas económicos considerables; pero siendo quienes son, pienso que hay muchas posibilidades de que se decidan; en todo caso, ya te imaginás hasta que punto voy a arrimar el hombro.

Bueno, ahora me voy a ir deslizando poquito a poco entre bambalinas, como hacen los bailarines hasta que te das cuenta de que la escena ha quedado vacía; me vuelvo a otros trabajos más aburridos y penosos, como por ejemplo leerme íntegramente *62* en inglés para resolverle mil problemas a mi pobre traductor; y por si fuera poco ya me están llegando páginas de la traducción italiana, de manera que ya te darás cuenta, sobre llovido mojado. Menos mal que no sé el ruso, el polaco ni el portugués, porque entonces *harakiri*.

Hasta siempre, Graciela, hasta septiembre u octubre en que espero llegar por allá y verte. ¿Andaremos juntos por las calles porteñas? Sí, seguro que sí, y tomaremos vino tinto y me mostrarás cosas que no conozco, y hablaremos tanto.

Te abrazo mucho,

Julio

BIBLIOGRAFÍA Y FILMOGRAFÍA

OBRA DE JULIO CORTÁZAR

A continuación se anotan los libros en su primera edición, y se omiten los artículos, en su gran mayoría recogidos hoy en tomos generales, como así también las antologías.

1938. *Presencia*. El Bibliófilo, Buenos Aires. (Firmado con el seudónimo Julio Denis)

1949. *Los reyes*. Gulab y Aldabahor, Buenos Aires. (Ilustraciones de Oscar Capristo)

1951. *Bestiario*. Sudamericana, Buenos Aires.

1956. *Final de juego*. Ed. Los Presentes, México.

1958. *Las armas secretas*. Sudamericana, Buenos Aires.

1960. *Los premios*. Sudamericana, Buenos Aires.

1962. *Historias de Cronopios y de Famas*. Minotauro, Buenos Aires.

1963. *Rayuela*. Sudamericana, Buenos Aires.

1966. *Todos los fuegos el fuego*. Sudamericana, Buenos Aires.

1967. *La vuelta al día en ochenta mundos*. Siglo XXI, México.

1968. *62 / Modelo para armar*. Sudamericana, Buenos Aires.

—— *Buenos Aires, Buenos Aires*. Sudamericana, Buenos Aires. (Fotografías de Alicia D'Amico y Sara Facio)

1969. *Último round*. Siglo XXI, México.

1970. *Viaje alrededor de una mesa*. Ed. Rayuela, Buenos Aires.

1971. *Pameos y meopas*. Ed. Ocnos, Barcelona.

1972. *Prosa del observatorio.* Lumen, Barcelona. (Fotografías de Julio Cortázar con la colaboración de Antonio Gálvez)

1973. *Libro de Manuel.* Sudamericana-Planeta, Buenos Aires.

1974. *Octaedro.* Sudamericana, Buenos Aires.

1975. *Silvalandia.* Ed. Cultura, México. (Pinturas de Julio Silva)

—— *Fantomas contra los vampiros multinacionales. Una utopía narrada por Julio Cortázar.* Excelsior, México.

1977. *Alguien que anda por ahí.* Alfaguara, Madrid.

1978. *Territorios.* Siglo XXI, México. (Diseño de Julio Silva)

1979. *Un tal Lucas.* Sudamericana, Buenos Aires.

1980. *Queremos tanto a Glenda.* Nueva Imagen, México.

—— *Monsieur Lautrec.* Ed. Ameris, Madrid. (Dibujos de Hermenegildo Sabat)

—— *Un elogio del tres.* Verlag 3, Zurich. (Litografías de Luis Tomasello)

1981. *La raíz del ombú.* Compañía Anónima de Administración y Fomento Eléctrico, Caracas. (Historieta con dibujos de Alberto Cedrón)

—— *París: ritmos de una ciudad.* Edhasa, Barcelona. (Fotos de Alecio de Andrade)

1983. *Deshoras.* Nueva Imagen, México.

—— *Bestiario de Aloys Zötl.* Ed. Franco María Ricci, Milán. (Ilustraciones de Aloys Zötl)

1984. *Nicaragua tan violentamente dulce.* Muchnik, Barcelona.

—— *Argentina: Años de alambradas culturales.* Muchnik, Barcelona.

—— *Los autonautas de la cosmopista o Un viaje atemporal París-Marsella.* Muchnik, Buenos Aires-Barcelona. (En colaboración con Carol Dunlop y dibujos de Stéphane Hebert)

—— *Negro el diez.* Galérie Maximilien Guiol, París. (Litografías de Luis Tomasello)

—— *Salvo el crepúsculo.* Nueva Imagen, México-Buenos Aires.

—— *Alto el Perú.* Nueva Imagen, México. (Fotografías de Manja Offerhaus)

—— *El tango de la vuelta - La Puñalada.* Ed. Elisabeth Franck, Bruselas. (En colaboración con Pat Andrea)

1986. *Divertimento*. Sudamericana-Planeta, Buenos Aires.

—— *El examen*. Sudamericana-Planeta, Buenos Aires.

1991. *Poemas inéditos*. Universidad Católica de Salta, Salta. (Nota de Nicolás Cócaro)

1994. *Obra crítica I*. Alfaguara, Madrid-Buenos Aires. (Edición a cargo de Saúl Yurkievich)

—— *Obra crítica II*. Alfaguara, Madrid-Buenos Aires. (Edición a cargo de Jaime Alazraki)

—— *Obra crítica III*. Alfaguara, Madrid-Buenos Aires. (Edición a cargo de Saúl Sosnowski)

1995. *Diario de Andrés Fava*. Alfaguara, Madrid.

—— *Adiós, Robinson y otras piezas breves*. Alfaguara, Madrid.

1996. *Imagen de John Keats*. Alfaguara, Madrid-Buenos Aires.

1997. *Cuaderno de Zihuatanejo. El libro de los sueños*. Alfaguara, Madrid.

2000. *Cartas. Tomo 1 (1937-1963); Tomo 2 (1964-1968) ; Tomo 3 (1969-1983)*. Alfaguara, Madrid-Buenos Aires. (Edición a cargo de Aurora Bernárdez)

2004. *La raíz del ombú*. Fundación Internacional Argentina, Buenos Aires. (Historieta con dibujos de Alberto Cedrón. Primera edición comercial)

TRADUCCIONES DE JULIO CORTÁZAR

Bremond, Henri. *La poesía pura*. Buenos Aires, Losada.

Chesterton, G. K. *El hombre que sabía demasiado*. Buenos Aires, Nova, 1946 o 1947.

De la Mare, Walter. *Memorias de una enana*. Buenos Aires, Argos.

Defoe, Daniel. *Robinson Crusoe*. Buenos Aires, Viau, 1948 o 1949.

Gide, André. *El inmoralista*. Buenos Aires, Argos, 1948.

Giono, Jean. *Nacimiento de la Odisea*. Buenos Aires, Argos.

Houghton, Lord. *Vida y cartas de John Keats*. Buenos Aires, Imán, 1955.

Poe, Edgar Allan. *Obras en prosa*. Madrid, Ediciones de la Universidad de Puerto Rico y Revista de Occidente, 1956. (También incluye introducción y notas realizadas por el propio Cortázar)

Poe, Edgar Allan. *Cuentos*. La Habana, Ed. Nacional de Cuba, 1963.

——— *Aventuras de Arthur Gordon Pym*. La Habana, Instituto del Libro, 1968.

——— *Eureka*. Madrid, Alianza, 1972.

Stern, Alfred. *Filosofía de la risa y del llanto*. Buenos Aires, Imán, 1950.

——— *La filosofía existencial de Jean-Paul Sartre*. Buenos Aires, Imán.

Yourcenar, Marguerite. *Memorias de Adriano*. Buenos Aires, Sudamericana, 1955.

FILMACIONES SOBRE JULIO CORTÁZAR Y SUS OBRAS

1961. La cifra impar (Argentina)
Dirección: Manuel Antín. Adaptación: Arturo Cerretani y Manuel Antín. Música: Adolfo Morpurgo. Duración: 90 minutos. Intérpretes principales: Lautaro Murúa, Sergio Renán, María Rosa Gallo y Milagros de la Vega.
Basada en el cuento "Cartas de mamá" (*Las armas secretas*).

1962. El perseguidor (Argentina)
Dirección: Osías Wilensky. Música: Rubén Barbieri.
Basada en el relato "El perseguidor" (*Las armas secretas*).

1963. Circe (Argentina)
Dirección: Manuel Antín. Adaptación: Julio Cortázar. Intérpretes principales: Graciela Borges, Sergio Renán, Walter Vidarte y Alberto Argibay.
Basada en el cuento "Circe" (*Bestiario*).

1964. Intimidad de los parques (Argentina / Perú)
Dirección: Manuel Antín. Adaptación: Raymundo R. Calcagno, Héctor Grossi y Manuel Antín. Duración: 70 minutos. Intérpretes principales: Paco Rabal, Dora Baret y Ricardo Blume.
Basada en los cuentos "Continuidad de los parques" y "El ídolo de las Cícladas" (ambos de *Final de juego*).

1966. **Blow up** (Gran Bretaña / Italia)
Dirección: Michelangelo Antonioni. Música: Herbie Hancock y los Yardbirds. Duración: 111 minutos. Intérpetres principales: David Hemmings, Vanessa Redgrave, Sarah Miles, John Castle, Peter Bowles, Jane Birkin y Gillian Hills.
Basada en el cuento "Las babas del diablo" (*Las armas secretas*).

1967. **Week End** (Italia / Francia)
Dirección: Jean-Luc Godard. Duración: 105 minutos. Intérpretes principales: Mireille Darc, Jean Yanne, Jean-Pierre Kalfon y Valérie Lagrange.
Basada en el cuento "La autopista del sur" (*Todos los fuegos el fuego*).

1971. **La fin du jeu** (Francia)
Dirección: Walter Renaud. Intérpretes principales: Barbara Warner, Anne Laure Dizengremel, Nicolas Martin y Lorente Rio.
Basada en el cuento "Final del juego" (*Final de juego*).

1978. **El gran atasco** (Italia / España / Francia)
Dirección: Luigi Comencini. Duración: 114 minutos. Intérpretes principales: Fernando Rey, Annie Girardot, Marcello Mastroianni y Ugo Tognazzi.
Basada en el cuento "La autopista del sur" (*Todos los fuegos el fuego*).

1998. **Diario para un cuento** (Argentina / España / Francia)
Dirección: Jana Bokova. Guión: Leslie Megahey, Jana Bokova y Gualberto Ferrari. Música: Rodolfo Mederos. Duración: 96 minutos. Intérpretes principales: Germán Palacios, Silke Hornillos Klein, Héctor Alterio, Enrique Pinti, Inés Estévez e Ingrid Pelicori.
Basada en el cuento "Diario para un cuento" (*Deshoras*).

1999. **Fear of Alternative Realities** (Estados Unidos)
Dirección: Zhanna Kleiman. Duración: 55 minutos.
Basada en el cuento "La noche boca arriba" (*Final de juego*).

2000. **Furia** (Francia)
Dirección: Alexandre Aja. Música: Brian May. Duración: 90 minutos. Intérpretes principales: Stanislas Merhar, Marion Cotillard, Wadeck Stanczak y Pierre Vaneck.
Basada en el cuento "Graffiti" (*Queremos tanto a Glenda*).

Cortometrajes

1988. **End of the game**
Dirección: Michelle Bjornson. Producción: Michelle Bjornson, Doug Williams.
Basada en el cuento "Final del juego" (*Final de juego*).

1994. **Continuidad de los Parques**
Dirección: Marco O. Grossi. Duración: 12 minutos.

1994. **Autobus** (Lituania)
Dirección: Vytautas Palsis. Intérpretes: Ingeborga Dapkunaite, Kostas Smoriginas.
Basada en el cuento "Ómnibus" (*Bestiario*).

1995. **Casa Tomada** (Argentina)
Dirección: Edgardo Domínguez. Duración: 5 minutos.

1997. **House Taken Over** (Australia)
Dirección: Liz Hughes. Main cast: Ingrid Mason, Max Phipps. Duración: 18 minutos.
Basada en el cuento "Casa tomada" (*Bestiario*).

1999. **La nuit face au ciel** (Francia)
Dirección: Harriet Marin. Producción: Lazennec tout court. Intérpretes principales: Luca Vellani y Christel Amsalem.
Basada en el cuento "La noche boca arriba" (*Final de juego*).

Documentales

1978. Mesa redonda sobre cine y literatura (Francia)
Grabada en la Universidad de Le Mirail, Toulouse. Con la participación de Julio Cortázar, Juan José Saer, Augusto Roa Bastos y Nicolás Sarquís. Duración: 58 minutos.

1984. Semblanza de Julio Cortázar
Dirección: Rossana Lacayo. Duración: 25 minutos.
Realizada por el Instituto Nacional de Cine de Nicaragua.

1994. Cortázar (Argentina / México)
Dirección: Tristán Bauer. Música: Tata Cedrón. Duración: 80 minutos.

1998. Julio Cortázar (Francia)
Dirección: Gérard Poitou-Weber. Duración: 52 minutos.

1999. Julio Cortázar
Dirección: Alan Caroff y Claude Namer. Duración: 45 minutos.

1999. Julio Cortázar
Dirección: Alain Sicard (para la Universidad de Poitiers). Duración: 50 minutos.

1999. Chez Julio Cortázar (Holanda)
Dirección: Erich Van Zvylen. Duración: 50 minutos.

2002. Cortázar: Apuntes para un documental (Argentina)
Dirección: Eduardo Montes-Bradley. Duración: 80 minutos.
Realizado con el apoyo del Instituto Nacional de Cine y Audiovisuales.

Episodios para TV

1974. **Monsieur Bébé** (Francia)
Director: Claude Chabrol.
Basada en el cuento "Los buenos servicios" (*Las armas secretas*).

1978. **Cartas de mamá** (España)
Dirección: Miguel Picazo. Productor: Eduardo Esquide. Música: José Nieto.
Duración: 60 minutos. Intérpretes principales: Susana Mara, Julio Núñez, Guillermo Gentile y Luisa Rodrigo.
Basada en el cuento "Cartas de mamá" (*Las armas secretas*).

1982. **Instrucciones para John Howell**
Dirección: José Antonio Páramo. Producción: Juan Mauri. Guión: Angela Duerto. Fotografía: Francisco Fraile. Música: José Nieto.
Duración: 71 minutos. Intérpretes principales: Héctor Alterio, Maribel Martín, Carlos Lucena y Fernando Cebrián.
Basada en el cuento "Instrucciones para John Howell" (*Todos los fuegos el fuego*).

1986. **Sinfín** (Argentina)
Director: Cristian Pauls.
Opera prima basada en el cuento "Casa tomada" (*Bestiario*).

Selección de obras consultadas

Actas de la Jornada de estudio de la obra de Julio Cortázar. Centro de Investigación de Literatura Argentina en la Facultad de Filosofía y Letras de la Universidad Católica de Buenos Aires, 28 de octubre de 1994.

Alazraki, Jaime; Ivask, Ivan y Marco, Joaquín (compiladores). *Julio Cortázar: la isla final*. Barcelona, Ultramar, 1989.

Altesor, Homero. *Cosmologías. De Minkowski a Merleau Ponty*. Buenos Aires, Biblos, 1999.

Amícola, José. *Sobre Cortázar.* Buenos Aires, Ed. Escuela, 1969.

Ariza, Adolfo. "*Bestiario* de Julio Cortázar", *Revista de Literaturas Modernas* (Universidad de Cuyo), Nº 12 Mendoza, 1973.

Aronne Amestoy, Lida. *Cortázar. La novela mandala.* Buenos Aires, Ed. Fernando García Cambeiro, 1973.

Azcuy, Eduardo A. *Arquetipos y símbolos celestes.* Buenos Aires, Ed. Fernando García Cambeiro, 1976.

——— *Asedios a la otra realidad.* Buenos Aires, Kier, 1999.

Azzetti, Héctor. *Libro de Manuel o el fin de la utopía. Una lectura política de la última novela de Julio Cortázar.* Resistencia, Universidad Nacional del Nordeste, 2003.

Burgos, Fernando (editor). *Los ochenta mundos de Cortázar: ensayos.* Madrid, Edi-6, 1987.

Câmara, Leonidas. *O duplo registro na ficçáo de Cortázar.* Río de Janeiro, José Olympio editora, 1983.

Casa de las Américas, Nº145/146, Año XXV, La Habana, julio-octubre de 1984.

Cédola, Estela. *Cortázar: el escritor y sus contextos.* Buenos Aires, Edicial, 1993.

Curutchet, Juan Carlos. *Julio Cortázar o la crítica de la Razón pragmática.* Madrid, Editora Nacional, 1972.

Fernández, Ana María. *Teoría de la novela en Unamuno, Ortega y Cortázar.* Madrid, Editorial Pliegos, 1991.

Fernández Retamar, Roberto. *Carta y coloquio: cinco miradas sobre Cortázar.* Buenos Aires, Tiempo Contemporáneo, 1968.

Filer, Malva E. *Los Mundos de Julio Cortázar.* New York, Las Américas Publishing Company, 1970.

——— "Las transformaciones del Yo en la Obra de Julio Cortázar", *Cuadernos Hispanoamericanos*, Nº 242, febrero de 1970.

Flores, Félix. *El lirismo metafísico de Julio Cortázar.* Madrid, Alianza, 1974.

Fuentes, Carlos. "*Rayuela.* La novela como caja de Pandora" en *La nueva novela hispanoamericana.* México, Ed. Joaquín Mortiz, 1969.

García Canclini, Néstor. *Cortázar, una antropología poética.* Buenos Aires, Nova Editorial, 1968.

García Canclini, Néstor. "La inautenticidad y el absurdo en la narrativa de Cortázar", *Revista de Filosofía* (Instituto de Filosofía, Universidad de La Plata), Nº 16, La Plata.

Giacoman, Helmy F. (editor). *Homenaje a Julio Cortázar*. Madrid, Anaya, 1972.

Goloboff, Mario. *Julio Cortázar. La biografía*. Buenos Aires, Seix Barral, 1998.

Henryksen, Zheyla. *Tiempo sagrado y tiempo profano en Borges y Cortázar*. Madrid, Pliegos, 1992.

INTI. *Julio Cortázar en Barnard*. Número especial 10-11, otoño de 1979 - primavera de 1980, Providence, 1981.

Lastra, Pedro (compilador). *Julio Cortázar*. Madrid, Taurus, 1981.

Legaz, María Elena (compiladora). *Un tal Julio Cortázar, otras lecturas*. Córdoba, Alción, 1998.

Lezama Lima, José; Simo, Ana María; Fernández Retamar, Roberto; Vargas Llosa, Mario. *Cinco miradas sobre Julio Cortázar*. Buenos Aires, Tiempo Contemporáneo, 1968.

Monges, Hebe. (selección, introducción y notas). *Los venenos y otros textos. Antología I*. Buenos Aires, Colihue, 1996.

—— *El perseguidor y otros textos. Antología II*. Buenos Aires, Colihue, 1996.

Ortega, Julio y Yurkievich, Saúl (editores). *Julio Cortázar: Rayuela*. Buenos Aires, FCE, 1992.

Pereira Teresinka. *El realismo mágico y otras herencias de Julio Cortázar*. Portugal- USA, Nova Era and Backstage Books, 1976.

Picon-Garfield, Evelyn. *¿Es Julio Cortázar un surrealista?* Madrid, Gredos, 1975.

Prego, Omar. *La fascinación de las palabras: conversaciones con Julio Cortázar*. Barcelona, Muchnik, 1985.

Puler, Alicia. *Lo lúdico y lo fantástico en la obra de Julio Cortázar*. Madrid, Fundamentos, 1986.

Ramírez Molas, Pedro. *Tiempo y narración: enfoques de la temporalidad en Borges, Carpentier, Cortázar y García Márquez*. Madrid, Gredos, 1978.

Rein, Mercedes. *Julio Cortázar. El escritor y sus máscaras*. Montevideo, Editorial Diaco, 1987.

Roy, Joaquin. *Julio Cortázar ante su sociedad*. Barcelona, Península, 1974.

Schölz, László. *El arte poética de Julio Cortázar*. Buenos Aires, Castañeda, 1977.

—— "Un Octaedro del Octaedro de Julio Cortázar", *Revista Hispanoamericana*, N° 42, 1976.

Sosnowski, Saúl. *Borges y la Cábala: la búsqueda del verbo*. Buenos Aires, Hispamérica, 1976.

—— *Julio Cortázar*. Buenos Aires, Hispamérica, 1976.

—— *Julio Cortázar: Una búsqueda Mítica*. Buenos Aires, Ediciones Noé, 1973.

Uriarte, Fernando. *Julio Cortázar, novelista de Buenos Aires*. Santiago de Chile, Ediciones de la revista *Mapocho*, tomo V, N° 2-3, 1966.

Vinocur, Sara y Tirri, Néstor (compiladores). *La vuelta a Cortázar en nueve ensayos*. Buenos Aires, Carlos Pérez Editor, 1968.

Yates, Donald. "Otros mundos, otros fuegos: fantasía y realismo mágico en Iberoamérica" en *Memoria del XVI Congreso de Literatura Iberoamericana*. Michigan, East. Lansig, 1977.

Yurkievich, Saúl (compilador). *Julio Cortázar: mundos y modos*, Barcelona, Minotauro, 1997.

ÍNDICE